DE MENDEL PARADOX

NICK THACKER

VOORWOORD

Dit boek is vanuit het Engels vertaald met behulp van een service, om lezers over de hele wereld geweldige verhalen te bieden. We hopen dat je ervan geniet, en vergeef eventuele taalfouten!

Als dank, bezoek nickthacker.com/dutch om een gratis thriller roman te downloaden!

CHAPTER 1

PROLOOG

Een week geleden

Grindelwald, Zwitserland

De wind wakkerde aan en zorgde ervoor dat Alina haar sjaal hoger trok, zodat het onderste deel van haar gezicht bedekt werd. Het was koud, kouder dan ze had gedacht dat het zou zijn. Het was jaren geleden dat ze terug was geweest, jaren sinds ze naar de universiteit in het verre Genève was vertrokken.

Terwijl haar ouders en grootouders nog in het kleine bergstadje woonden, had Alina hard gewerkt om er op uit te trekken en "de wereld te zien". Die wereld was nu slechts iets meer dan 100 mijl groter geworden, en ze had haar geboorteland nog niet verlaten. Zwitserland was mooi, zonder twijfel, maar ze wilde meer.

Zij wilde rennen langs de witte zandstranden van de Caribische eilanden, rennen met de stieren in Spanje, en door de straten van het bruisende New York City rennen.

Zij had het carrièrepad gekozen waarvan zij dacht dat het haar dromen en leven het best zou laten samenkomen: internationale zaken. Het was intrigerend; zij was altijd al geïnteresseerd geweest in politiek en het gemanoeuvreer van multinationale ondernemingen, en zij genoot van de ontelbare soorten mensen met wie zij in Genève werkte en studeerde.

Alina trok vervolgens haar muts naar beneden en merkte dat de sjaal de drukkende kou nauwelijks tegenhield. In dit deel van het land sloeg de winter hard toe en bleef lang aan, en als het niet noodzakelijk was om het grootste deel van hun werkzame leven buiten door te brengen, zouden de inwoners van Grindelwald ongetwijfeld een winterslaap houden.

Ze versnelde haar pas, geen gemakkelijke taak tijdens de bergopwaartse terugweg naar de herberg van haar ouders. Haar familie bezat een groot chalet met meerdere slaapkamers, dat ze als verhuurpand gebruikten voor hun inkomen. Het was al generaties lang in de familie. Als Alina niet had besloten weg te lopen en een opleiding te gaan volgen, zou ze de herberg hebben gerund en een professionele bed and breakfast eigenaar zijn geworden.

Ze hadden zelfs de plaats naar haar genoemd - *Alina's* - toen ze geboren werd.

Haar familie verachtte haar beroepskeuze niet, noch wensten ze dat ze zou falen. Maar ze wist dat het haar vader had gestoken toen ze hen vertelde over haar plannen om naar de universiteit van Genève te gaan. Hij had verwacht dat zijn hele kroost - drie jongens en één meisje - in de voetsporen van de familie zou treden, dat ze herbergiers en lokale bedrijfseigenaars zouden worden. Om de toeristische economie van Grindelwald in leven te houden.

Ze glimlachte tegen zichzelf. Het was een mooie droom, maar wel een onrealistische voor kinderen die opgegroeid waren met de nieuwste videospelletjes, gadgets en internettoegang. Er was een hele wereld daarbuiten, een die ze wanhopig graag wilde zien, en ze stond op het punt om precies dat te kunnen doen.

Rechts van haar, net naast het kleine pad achter het eerste dennenbosje, hoorde ze een geluid.

Ze stopte, draaide haar hoofd naar rechts.

De sneeuw was diep, al meer dan een meter, en dempte de geluiden van het bos en de nabijgelegen stad. Maar het verstilde ook de lucht, verstilde de vroege nacht, en maakte het mogelijk om verse, nabije geluiden duidelijk te horen.

Ze keek naar de boomgrens. Dit was Gorbers land, en ze had hier met haar broers spelletjes en streken uitgehaald. Ze kende het gebied goed, maar 's nachts voelde het heel anders aan, zwaarder. De lichte, luchtige openheid van de Berner Alpen leek te worden vervangen door een diepe, intense ernst wanneer de nacht viel over de vallei.

Misschien kwam het door de kou of de duisternis veroorzaakt door bomen die vochten om ruimte voor hun eigen schaduwen. Of beide.

Het geluid kwam weer - een klein, licht krassend geluid.

Het kwam uit een ruimte achter een rotsblok, en het liep recht in de richting van de plek waar volgens haar het huis van de oude Gorber stond. Om bij het huis van de oude loodgieter te komen, liep een ander pad, nauwelijks breed genoeg om er een auto op te laten rijden, om dit bosje bomen heen naar het noorden, om vervolgens weer naar beneden te gaan en uit te komen op de veranda van zijn hut.

Maar ze kon niet zeker zijn. Het was donker en het werd donkerder. De oude Gorber zou toch zeker niet in het bos aan het rommelen zijn op dit uur.

Ze riep naar het bos. "Hallo?"

Ze probeerde het opnieuw in het Duits.

Er kwam geen antwoord, en na nog een ogenblik keerde ze

zich weer naar het pad. Haar stappen knarsten door de samenge-drukte sneeuw op het pad, en ze was zich nu scherp bewust van haar eigen geluiden.

Adem, heet en snel, een beetje haveloos.

Voetstappen, langzaam en ploeterend, duidelijk en precies.

En de duizend kronkels en spanningen in haar kleding en jasje, die wrijven en rekken als ze beweegt.

Een meter of vijftien verder hoorde ze het geluid weer. Haar rechteroor pikte het als eerste op, en ze zwaaide haar hoofd opzij, maar bleef in beweging. Deze keer was het geluid luider.

Dichterbij.

"H - Hallo?"

Het gekras kwam weer, en toen weer, sneller. Het geluid klonk als iemand die dennenappels tegen boomstammen schraapte, ze langs de bast sleepte als ze passeerden.

Toen ze dichter bij haar kwamen.

Alina brak in een jog, dan een ren.

Het geluid veranderde van een zacht schrapen in een bonkend ritme.

Of was dat het geluid van haar eigen hart?

Ze liep sneller, haar benen drukkend en aansporend om mee te werken, om te vechten tegen de strakke broek die ze in het huis van haar ouders had aangetrokken voor ze naar de herberg vertrok. Waarom had ze besloten iets te dragen dat zo weinig nut had? Waarom had ze niet gewoon een trainingsbroek of een sneeuw-broek aangetrokken?

Het bonzen ging door, nu vlak achter haar, en ze besefte dat het nu buiten de maat was. Haar eigen hart maakte veel lawaai, maar het was een triplet ritme, terwijl het schrapende gebonk van achter haar meer een militaire mars was.

Ze voelde dat haar adem stokte, haar lichaam kon dit tempo gewoon niet volhouden. Ze was nooit atletisch geweest, en ze had lang niet genoeg tijd doorgebracht in de sportzaal van de universiteit. Ze ging alleen als ze dacht dat die leuke jongen van haar cursus Europese Geschiedenis...

Het bonzen stopte. Het schrapen stopte. Haar hart bleef kloppen.

Ze bleef rennen, maar ze vertraagde. *Waarom was het gestopt?*

Zij wilde verder gaan; zij kon de lichten van de herberg in de verte zien, net voorbij de toppen van de dennenbomen die de dalende heuvel voor haar omzoomden.

Maar ze moest het weten.

Ze moest weten wat het was dat het lawaai had gemaakt.

Het was nog maar een halve seconde geleden gestopt, maar zij was doorgereden. Ze vertraagde nu, en stopte in het midden van de weg.

Toen, net zo langzaam, draaide ze zich om.

Ze keek achter zich, om te zien wat het was dat haar uit het bos was gevolgd.

En ze schreeuwde.

CHAPTER 2
BEN

Drie dagen geleden

Anchorage, Alaska

Ben hield het pakje handverwarmers omhoog en vroeg zich af of de mensen die ze ontworpen hadden het ooit echt koud hadden gehad. Hij zuchtte, en mompelde toen onder zijn adem. "Vijf dollar voor een pakje van deze dingen?"

Hij gooide het oranje pakje handwarmers terug in de bak op de plank en ging verder. Hij had nog enkele benodigdheden nodig, vooral kleine dingen en navullingen voor zijn EHBO-doos, om zijn 'bug-out bag' aan te vullen, een voorzorgsmaatregel voor het geval hij de hut snel moest verlaten en een kant-en-klaar overlevingspakket.

Hij hield hem graag vol en op alles voorbereid, maar hij genoot echt van het winkelen voor de spullen die hij erin bewaarde. Hij was in Anchorage, in een van de grote sport- en buitensportwinkels, en hij had net door het gangpad met uitverkoopartikelen gedwaald, in de hoop iets bruikbaars te vinden dat hij nog niet had.

Tot nu toe was het een flop.

Hij had een voorraad EHBO-spullen en meer gaas ingeslagen, maar zijn voorraad slonk, vooral nadat een verrassingsreddingsmissie hem met een sneeuwscooter naar de bergen achter zijn land had gebracht. Hij moest de piloot van een neergestort vliegtuig redden, zijn verwondingen behandelen, en hem helpen gegevens van de crashplaats te halen.

Zijn uitrusting had goed gepresteerd, maar hij had de bergen verlaten met een tekort aan enkele essentiële voorraden.

Harvey "Ben" Bennett, de leider van de nieuw gevormde Civilian Special Operations, was een beer van een man. Lang en dik, met bruin haar en bruine ogen, zag hij eruit als een uitvergrote versie van een gemiddelde Amerikaanse man. Hij hield zijn haar kort genoeg om er zich geen zorgen over te hoeven maken, en hij droeg kleren die hem comfort en bruikbaarheid boden, wat goed paste in de backwoods van Alaska.

De aanhoudende winter drukte nog steeds op het gebied, dus vandaag had hij een wollen basislaag onder een rood en bruin geruit overhemd met lange mouwen aan. Een zwaardere jas lag op de passagiersstoel van zijn SUV, maar de zon had hem al vroeg in de middag voldoende opgewarmd om zonder jas de winkel in te gaan.

Zijn telefoon zoemde in zijn zak. Hij hield hem op stil, en er waren maar drie bellers die hij doorliet zodat het belsignaal van de telefoon ook echt trilde. Een daarvan was Julie, de beller van nu.

"Hé," zei hij, terwijl hij de telefoon naar zijn oor bracht.

"Ben je nog steeds aan het winkelen?"

"Ik sta op het punt om te gaan. Ze hadden hier niet echt iets. Ik bestel wel online. Wat is er?

Julie pauzeerde, en Ben kon haar horen klikken op haar laptop.

Zijn vrouw was een van de CSO leden, en ze had onlangs een rol aangenomen als een soort van inlichtingen en informatie technologie officier. Ze had een graad in computerwetenschappen en had voor de CDC gewerkt als onderzoeker van computer informatiesystemen, waar ze had uitgeblonken voor ze Ben ontmoette.

"Nieuwe baan," zei ze uiteindelijk. *"Kwam net binnen, Mr. E heeft het doorgelicht. Ziet er legaal uit voor mij."*

"Wat is er?" vroeg Ben, terwijl hij zijn telefoon in zijn andere hand legde en zijn bijna lege karretje naar de kassa duwde.

"Blijkbaar zijn we gevraagd om een vrouw te ontmoeten, Eliza Earnhardt, die beweert dat ze informatie heeft over een bedrijf dat... hoe zei ze het? "twijfelachtig onderzoek."

"Bedenkelijk onderzoek," huh? Zei Ben. "Klinkt leuk. Wat voor twijfelachtig onderzoek?"

Ben kon Julie bijna haar hoofd horen schudden. *"Heb ik niet gezegd."*

"Dat doen ze nooit. Moet legaal zijn - niemand laat ooit zijn kaarten zien bij de eerste hand."

"Het zou ze een slechte pokerspeler maken," zei Julie.

"Hoe dan ook, wat is het plan? Is er een ontmoeting gepland?"

"Mevr. E is er mee bezig; ik heb meer voor je als je terug bent."

Mevrouw E was een ander lid van de CSO, de vrouw van de man die hen allemaal had samengebracht. Zij en haar man hadden een enorm communicatieconglomeraat geleid en hadden eerder in het decennium zwaar geïnvesteerd in satellietcommunicatie en -technologie. Nu de gezondheidsproblemen en het teruggetrokken bestaan van de heer E hem verhinderden deel te nemen aan de dagelijkse gang van zaken van zijn bedrijf, hadden zij hun zinnen gezet op meer filantropische inspanningen.

"Oké, nou ik ga uitchecken, dan ga ik naar huis. Geef me een uurtje."

"Komt voor elkaar - ik stuur Reggie een sms; ik denk dat hij ergens in de onderste 48 zit."

"Klinkt goed, Jules. Bedankt."

Hij hing op en duwde de kar in de richting van de toonbank. Het jonge blondharige meisje achter de toonbank zag er niet ouder uit dan veertien jaar, en ze schonk hem een brede, met een beugel bedekte tandeloze glimlach toen hij de kassa naderde. Hij had haar hier eerder gezien. Leuk meisje, waarschijnlijk werkte ze part-time in het weekend en in de zomer.

"Is alles in orde?" vroeg ze.

"Niet echt," zei Ben. "Ik denk dat jullie geen melk en kaas meer hebben."

De grijns vervaagde en werd vervangen door een mix van verwarring en angst. "Uh, meneer... dit is een sportwinkel. We verkopen *outdoor* producten."

Ben knikte langzaam, keek omhoog naar het plafond en probeerde de list echt te verkopen. "Ah, dat moet de reden zijn. Oké, bedankt."

Hij hield een glimlach in toen ze de twee artikelen die hij kocht over de transportband liet gaan, maar ze kon haar oogrol slecht verbergen.

CHAPTER 3

LARS

Drie dagen geleden

Grindelwald, Zwitserland

Lars smeet de ontvanger op zijn houder. Het was een bevredigende ervaring; het indrukken van de 'END' knop op een mobiele telefoon miste de impactvolle tactiele feedback van het slaan van een mechanisch apparaat tegen een ander.

Hij had die ouderwetse telefoon hier om persoonlijke redenen laten installeren. Zijn team en de aannemers die zijn kantoor in dit gloednieuwe gebouw hadden gebouwd, wisten niet wat die reden was, en hij had er geen belang bij het hen te vertellen. Het kantoor was *van hem*, en hij had het *op zijn* manier ingericht.

Maar die manier - de manier waarop hij de ruimte had ingericht - was niet *alleen* zijn manier. Het was het kantoor van zijn grootvader, of in ieder geval een exacte replica ervan. Tot en met het type telefoon dat hij had gekocht van een antiquair in Praag, kwam alles overeen met wat hij zich herinnerde van de werkkamer van zijn grootvader toen Lars nog een jongen was.

Het kantoor van zijn grootvader was in de loop der jaren

veranderd in een modernere, meer praktische suite, van waaruit hij zijn EKG-imperium runde. Baden Tennyson, de 'Baron van de Biologie', was een man met een uitzonderlijke gave, niet alleen in het beoefenen van de wetenschap, maar ook in de kunst van het opbouwen van een imperium. Baden Tennyson had zijn bedrijf laten uitgroeien tot een wereldwijd centrum van onderzoek en ontwikkeling in de biologische wetenschappen, en hij had sterke allianties gesloten met multinationale farmaceutische bedrijven die hem en zijn bedrijf aantrekkelijke dividenden opleverden.

Lars, de "gouden jongen" van de familie en al lang verwachte opvolger van de troon van zijn grootvader, had zijn vormingsjaren doorgebracht als legerarts en was daarna overgegaan op medisch onderzoek. Uiteindelijk werd hij door zijn grootvader oud genoeg bevonden om een hele afdeling van EKG te leiden. Die leeftijd - vierendertig - was veel later dan Lars gewild zou hebben, maar hij was niet van plan zijn grootvader tegen te spreken. Het had een heel leven geduurd, maar Lars had eindelijk de felbegeerde positie van Directeur en Hoofd Onderzoeker gekregen bij de gloednieuwe divisie van het bedrijf van zijn grootvader.

Lars was betrokken geweest bij elk aspect van het groeiproces van de nieuwe afdeling, van het kiezen van een goede afgelegen locatie tot het inhuren van alle werknemers en leden van het beveiligingsteam. Lars was een perfectionist, en hij had nu de blanco cheque en de zegen van zijn idool om precies te bouwen wat hij wilde. Deze divisie was Lars' trots en vreugde, en hij was vast van plan om er ook die van zijn grootvader van te maken.

Alles aan deze kamer moest zijn passie voor zijn werk weerspiegelen en zijn wens om in de voetsporen van zijn grootvader te treden. Hij had hier geen desktopcomputer - hoewel hij overal een laptop bij zich had - en de meeste moderne apparatuur die hij nodig had voor de meer alledaagse aspecten van zijn werk, had hij in het kantoor van zijn assistent hiernaast. Hij maakte aantekeningen op een geel schrijfblok, met een replica van een vulpen uit 1959 die hij zijn grootvader ooit had zien gebruiken. Hij had zelfs een deurbelachtig intercomsysteem laten installeren, maar dat werd zelden gebruikt.

Lars Tennyson stond op en rekte zich uit. Hij had een pauze nodig, maar nu was niet het moment. Er was werk te doen, en dat werk bereikte nu het punt waarop er geen weg meer terug was. Als ze het onderzoek stopzetten, konden ze het later niet hervatten. Het was alles of niets, nu of nooit.

Hij liep door het kantoor, bewonderde de manier waarop zijn schoenen wegzakten in het zachte, pluche oranje tapijt - zo anders dan de glanzende tegelvloer in de rest van het gebouw - en klopte op de deur van het kantoor van zijn assistent.

Hij wachtte niet op een antwoord. Lars gooide de deur open en trof zijn mollige, ronde assistent, Roger Dietrich, hijgend en verbaasd aan. Het goedkope, in een grote winkel gekochte bureau sprak boekdelen over de man die er achter zat. Efficiënt, praktisch, snugger.

"Lars - wat is er?"

"We moeten naar de volgende fase van het onderzoek. Vandaag. *Nu.*"

"Wacht, wacht," zei Roger. "Het is te vroeg - ik bedoel, Dr. Canavero zou een gepland gesprek hebben -"

"Ik had hem net aan de telefoon," snauwde Lars. "Hij vertelde me dat er vertragingen zijn en dat hij ervoor kiest om te aarzelen in plaats van vooruit te gaan."

"En je vertelde hem -"

"Ik heb hem *niets* verteld," zei Lars, terwijl hij zich herinnerde hoe hij midden in een zin de verbinding met zijn hoofdarts had verbroken. "Maar als ik me goed herinner, heb *ik* de leiding over dit onderzoek. *Ik ben* verantwoordelijk voor het succes ervan."

"Ja, maar -"

"Ik wil dat je aan Canavero uitlegt hoe belangrijk deze test is. Hoe cruciaal het is voor ons succes. Zonder een succesvolle proef *deze week*, wordt ons onderzoek *maanden teruggeworpen*. Mogelijk jaren."

Dietrichs kaken en wangen dansten mee terwijl hij knikte naar Lars' woorden. Zijn kleine, kraaloogjes boorden zich in Lars' ziel en zagen en begrepen precies wat zijn baas hem vertelde. Zijn assistent was een man met vele talenten, maar het was zijn loyaliteit aan zijn baas en het bedrijf waar Lars het meest om gaf.

"Ik begrijp het. Ik zal met het team praten."

Lars knikte eens. "Dit *moet* deze week af zijn. Het *moet*."

Dietrichs gezicht bleef leeg, uitdrukkingsloos. Die ogen bleven zich in hem boren. Hem lezen.

Lars voelde dat zijn handen begonnen te trillen.

"Dietrich," zei hij, zijn stem bijna fluisterend, "dit moet op tijd af zijn. Begrijp je dat?"

Dietrich staarde hem langer aan en slikte toen. "Ja. Ja, dat wil ik."

"Goed," zei Lars terwijl hij zichzelf bij elkaar raapte. "Ga aan het werk. Ik moet morgenvroeg in Bern zijn, dus ik ga me voorbereiden. Je hebt mijn volledige autoriteit om te doen wat nodig is om dit proces weer op gang te krijgen."

Dietrich forceerde een korte glimlach, en toen viel zijn hoofd terug naar zijn computerscherm. Lars wist niet zeker waar de man op dat moment mee bezig was, maar hij had het gevoel dat het een soort spreadsheet was, een rekenprogramma dat dit alles op de een of andere manier draaiende moest houden.

Lars slaagde erin zijn angst te bedwingen en zijn kalmte terug te vinden. Als er iemand in de wereld was aan wie hij zijn onzekerheden kon toevertrouwen, dan was het Dietrich wel. Ze deelden zoveel, alles eigenlijk. Maar vooral op kantoor hield hij zijn emoties liever in bedwang. Het was een veiliger weg naar succes. Er was genoeg om zich zorgen over te maken zonder zijn persoonlijke gevoelens bloot te leggen.

Hij glimlachte naar zijn assistent, en draaide zich toen om om te vertrekken.

ROGER DIETRICH VOELDE DE WARMTE OVER ZICH HEEN GLIJDEN TERWIJL HIJ STIL ZAT IN ZIJN BUREAUSTOEL. Lars had altijd dat effect op hem. Hij was al meer dan tien jaar zijn assistent. Hij had de jongere Lars voor het eerst ontmoet toen hij in Frankrijk afstudeerde in Animal Behavioral Science. Dietrich, een Duitse transplantatie, was op hetzelfde moment bezig met een MBA en de twee hadden elkaar gevonden in de bibliotheek van de universiteit.

Het had Roger meer moed gekost dan hij voor mogelijk had gehouden om op te staan en door de open ruimte van de bibliotheek te lopen om zichzelf voor te stellen. Hij had zich voorgesteld dat alle ogen in de kamer de hele tijd naar hem zouden staren. Oordelend.

Vanaf dat moment groeide hun relatie langzaam, gebaseerd op wederzijds respect voor elkaar, maar ook op een wederzijdse angst voor wat het allemaal betekende. Ze waren voorzichtig, vertrouwden elkaar maar aarzelden, tot ze op een dag achterom keken en ontdekten dat ze een decennium samen achter de rug hadden.

Dietrich glimlachte en richtte zich toen weer op zijn werk. Lars' was de typische type-A persoonlijkheid, de stereotype ondernemer - vol visie, dromen en strategieën, maar wanhopig behoefte aan de kalmere, meer grondige aanwezigheid in de buurt om ze in balans te houden. Roger Dietrich was als Lars Tennyson's handen - de jongere man had het verstand voor de job, maar Dietrich was de werker die ze tot bloei bracht.

En ze vormden een ongelooflijk team. In staat om elkaars gedachten af te maken, begrepen ze het uiteindelijke doel hier en geloofden in het project. Roger was toegewijd aan Lars' succes, omdat hij wist dat het succes van zijn partner het zijne betekende. Ze waren beiden gedreven, maar hun individuele verwezenlijkingen waren samen veel beter.

Roger minimaliseerde de spreadsheet waaraan hij had gewerkt - een hypothetische begroting voor het volgende kwartaal, dat pas over drie weken zou worden ingediend - en opende zijn e-mail client. Lars was op dreef, en hij zou niet stoppen voordat Roger hem had bewezen dat de zaken nog steeds onder controle waren.

De helft van Rogers werk bestond uit planning, het maken van ramingen van inkomsten en uitgaven, en in het algemeen het aansturen van het personeel en de medische professionals die zij in de nieuwe divisie in dienst hadden.

De andere helft van zijn werk was het in toom houden van Lars. Zoals elke visionaire leider, kon Lars met zijn hoofd in de wolken lopen - of in het zand - en had hij een zachte hand nodig om hem terug naar de realiteit te trekken. Roger was niet zeker of deze situatie gelijkaardig was, maar hij zou het uitzoeken.

Hij begon een e-mail te typen toen zijn telefoon ging. Hij

haalde hem uit zijn zak. *Dr. Lucio Canavero.* Canavero was het hoofd van het medisch onderzoek in de vleugel, en een wereldberoemde arts en chirurg.

"Dit is Dietrich."

"Heb je met Mr. Tennyson gesproken?"

"Betreffende?" vroeg Dietrich. Hij hield er nooit van zijn kaarten te vroeg uit te spelen. Misschien was dit niet meer dan een controle, en zou het dus niet nodig zijn de beller te alarmeren.

"Ik was net met hem aan het bellen en probeerde hem uit te leggen dat we onze deadline niet gaan halen.

"Ah, ja," zei Dietrich. "Dit is verontrustend. Mr. Tennyson was net hier, en vroeg me om te verifiëren -"

"Ik controleer het nu," zei de dokter, zijn stem gealarmeerd en koortsachtig. *"We zullen het niet kunnen raken."*

"En om welke reden? Mr. Tennyson zou dat graag willen weten. We hadden de indruk dat uw team snel te werk ging en de fases doorliep zoals gepland.

"Maar, er is een incident geweest."

Dietrichs bloed werd koud. In hun beroep betekende 'een incident' nooit iets goeds. Hij greep de telefoon steviger vast en verlaagde zijn stem. "Wat voor incident, Canavero? Lars zei dat hij met je gesproken had, en dat je ervoor koos om te aarzelen over de volgende fase. Is de operatie niet volgens plan verlopen?"

Er was een pauze. *"De operatie is verlopen zoals we gepland hadden."*

"Dat is uitstekend nieuws."

"Goed, maar de revalidatie na de operatie is gestagneerd."

Dietrich fronste zijn wenkbrauwen. "Gestagneerd? Op welke manier?"

"Nou, het lijkt erop dat het onderwerp niet meer reageert op prikkels van buitenaf."

"Hoe - hoe is dat zelfs mogelijk? Het onderwerp leeft niet meer?"

"Wel, ja. Het onderwerp leeft, maar... we kunnen het niet lezen - wacht even."

Dietrich zuchtte. Als er iets was wat hij en Lars gemeen hadden, dan was het hun ongeduld. Hij rolde met zijn ogen terwijl hij wachtte op de terugkeer van de dokter.

Hij deed het, ademloos. *"Dietrich - het onderwerp - lijkt... beweegt. Reageert op...*

"Wacht, rustig aan. Je valt weg." Dietrich probeerde de volumeknop aan de zijkant van de telefoon in te drukken. Het hielp niet.

"Antwoord - status onbekend. Subject lijkt te zijn - subject ..."

Weer een pauze, maar het klonk alsof Dr. Canavero nog steeds aan de andere kant was, nog steeds zwaar ademend. Nog steeds...

Er was een knallend geluid. *Was het alleen in de telefoon? Was het ergens boven?*

"Dr. Cana - Dr. Canavero, kunt u me horen? Wat is er gebeurd..."

"Code Vier! Ik herhaal, Code Vier," schreeuwde de stem van de man in de telefoon. Het was niet de stem van de dokter. Het was geen stem die Dietrich herkende.

Hij luisterde verder, wachtend tot de schijn van normaliteit terugkeerde.

Dat is nooit gebeurd.

Hij hoorde nog een klap, gevolgd door een diepe, zware plof. Het was recht boven hem. Het verlaagde plafond in het kantoor schudde, en hij vroeg zich af wat voor kracht er nodig was om de betonnen platen tussen elke verdieping te doen trillen.

Hij stond op, luisterde deels naar de luidspreker van de telefoon maar ook naar de wereld om hem heen. Hij en Lars deelden de dubbele kantoorruimte in de achterste hoek aan de zuidoostelijke kant van het gebouw. Direct boven hen waren de laboratoria, de insluitingscellen, de -

Nee.

Dit kon niet waar zijn. Onmogelijk dat er zojuist een echte Code Vier was aangekondigd.

En toen hoorde hij het. Het begon op de vloer boven hem, het diepe dreunende geluid nam toe in snelheid en volume. Toen het geluid een paar seconden later, dit was onmiskenbaar.

Alarm claxons.

Opnieuw op de verdieping direct boven hem, dan naar beneden door de trappenhuizen en tenslotte door het hele gebouw, inclusief de kantoren en vergaderzalen op de eerste verdieping waar Lars en Dietrich en de andere stafmedewerkers werkten.

Ze schalden door kleine verborgen luidsprekers, het lawaai veel luider dan Dietrich zou hebben geraden. Hij vroeg zich af of Lars al vertrokken was. Hij zou het snel weten, hoe dan ook. De telefoon van de man zou hem waarschuwen voor de Code Vier en om toestemming vragen voor het volgende protocol.

Lars zou die toestemming niet geven. Hij had dit nodig. *Zij* hadden dit nodig. Ze waren de controle nog niet helemaal kwijt. Nog niet. Lars zou proberen om het te stoppen, om hun controle over de situatie terug te krijgen. Of dat zou lukken was nog maar de vraag. Lars verwachtte binnen enkele minuten iets van Dietrich te horen.

Maar Dietrich moest eerst een ander telefoontje plegen. Eén die mogelijk het verhaal zou veranderen.

Dietrich klapte zijn computer dicht en gooide hem in de leren schoudertas. Hij gooide hem over zijn schouder terwijl hij het gesprek met Canavero ophing en een ander gesprek begon, alles met één hand.

Hij was al aan het rennen voordat de tas zich aan zijn zijde had genesteld.

CHAPTER 5

BEN

"ZE IS EEN ACTIVISTE. OF WAS – IK WEET HET NIET ZEKER," begon Julie.

Ben zat in het nieuwe gedeelte van hun cabine, een hele vleugel die het idee van een 'cabine' volledig om zeep hielp. Twee verdiepingen, een vergaderzaal, een hele communicatieruimte vol satellietbeeld- en GPS-technologie en talloze computeronderdelen die Ben nauwelijks begreep, en kamers genoeg voor de CSO als geheel en voor gasten.

Reggie, Bens beste vriend, zat op een van de schermen en nam deel aan de vergadering via een verbinding op afstand, waar hij zich ook ter wereld bevond. Als hij in de stad was, logeerde hij meestal bij Ben en Julie, in een van de CSO kamers, en had hij de grote vergaderzaal die Mr. E had geïnstalleerd veranderd in een geïmproviseerde 'man cave', compleet met pooltafel, bierkoelkast, en spelcomputers.

"Ik dacht dat haar man de activist was?" vroeg Reggie.

"Hij was - ze waren het allebei. Eliza en haar man, Jakob Earnhardt, waren een soort dierenrechtenactivisten die Europese bedrijven meer onder de loep wilden nemen. Haar man was ook een professionele lobbyist."

"Een van die kerels die betaald wordt om het Congres te laten doen wat bedrijven willen?" vroeg Ben.

"Ja, maar hij opereerde in Europa."

"*Klinkt als een belangenconflict,*" voegde Reggie eraan toe.

"Nou," legde Julie uit, "door de manier waarop ze het zei, leek het alsof haar man aan dezelfde kant stond als hun dierenrechtenvrienden - die probeerden te lobbyen bij lokale en regionale overheden en bedrijven om de beperkingen aan te scherpen en meer transparantie te bieden bij hun onderzoek."

"*Op dieren.*"

"Ja, denk ik."

"En haar man is dood?" Vroeg Ben.

"Hij stierf bij een klimongeluk een jaar geleden."

"*Dus, ze wil dat we naar Zwitserland gaan en haar helpen dat bedrijf te pakken?*" vroeg Reggie.

Mevr. E piepte in vanaf een andere monitor. "*Welk bedrijf is dit nu weer?*"

"Nou, voor zover ik kan zeggen, bestaat het niet. Mijn zoekacties leveren wat nieuws en verwijzingen op, maar er is niets substantieels. Ik denk dat het gewoon een kleine divisie van een groter bedrijf is, en dat ze hun investeringen gescheiden willen houden."

"*Nou, als ze dieren martelen, zou ik er niet aan twijfelen,*" zei Reggie.

"We weten niet of ze het zijn," zei Julie, "maar Eliza gelooft dat ze *iets* doen wat niet mag."

"En waarom bel je ons?" vroeg Ben. "De CSO is ongeveer zo

ver weg als je kunt krijgen van hulp op de grond. Kan ze de plaatselijke autoriteiten niet bellen?"

"Dat heeft ze al gedaan," zei Julie. "Ze hebben haar verteld dat er een 'lopend onderzoek' is."

"Wat alleen maar betekent dat er een formulier van één bladzijde is ingevuld in het midden van iemands stapel op zijn bureau op het bureau op het bureau," zei Ben.

"Precies," zei Julie.

"Wat dacht je van iets hogerop?" vroeg Reggie. *"Iets op staats- of nationaal niveau? Dit is tenslotte Zwitserland - ik zou denken dat een land met voldoende respect voor zijn eigen binnenlandse aangelegenheden zou willen weten wat er binnen het land gebeurt."*

Julie haalde haar schouders op. "Dat heb ik haar ook gevraagd. Eliza zei alleen dat ze alle opties heeft geprobeerd waar ze toegang tot heeft. Volgens haar kan er zelfs sprake zijn van corruptie op dat niveau, of - en hier noemde ze het werk van haar man - het kan zo simpel zijn als geld dat in de juiste handen valt. Genoeg en de hand kiest ervoor om te negeren wat de ander doet."

"Dat is een goede manier om het te zeggen," zei Ben. Hij kon minstens drie scenario's bedenken waarin ze precies tegen dat soort sabotage waren aangelopen; regeringen en bedrijven en individuen die aan justitie ontsnapten door simpelweg genoeg geld te hebben om iedereen die te dichtbij kwam af te kopen.

"Oké," zei Reggie. *"Het klinkt zeker als iets dat ik zou willen bekijken, maar de timing is niet geweldig. Ik weet niet of ik weg kan van wat ik hier aan het doen ben."*

"Wat *ben* je aan het doen?" Vroeg Ben.

Reggie keek even van het scherm af. "Nou, ik, uh... laten we zeggen dat er *een meisje bij betrokken is.*"

Ben glimlachte en knikte toen. Zijn vriend had geen avontuurtjes of vriendinnetjes gehad sinds hij hem kende, afgezien van de relatie die hij nu had. Hij was eerder getrouwd geweest, lang voordat Ben hem had ontmoet, dus hij wist dat Reggie een beetje afkerig stond tegenover serieuze relaties.

Deze vrouw werd echter al snel iemand van wie ze allemaal dachten dat ze in zijn leven zou blijven. Dr. Sarah Lindgren, een vermaard antropologe en dochter van de beroemde archeoloog Dr. Graham Lindgren, was een Zweeds-Jamaicaanse Amerikaanse die de CSO de laatste paar missies af en toe had geholpen. Ze had het druk met haar onderwijs- en spreekbeurtenprogramma, maar ze was naar de bruiloft van Ben en Julie gekomen en was momenteel in de Verenigde Staten.

Na de publicatie van een boek met hun nieuwe vriendin, Victoria Reyes, had Sarah Lindgren het druk met spreekbeurten en signeersessies op de universiteit.

Ben had zich niet gerealiseerd dat zij en Reggie samen waren, maar het was logisch. Na hun debacle in Peru had de CSO ingestemd met een welverdiende vakantie van twee maanden, levensbedreigende aanvallen of een kernoorlog daargelaten.

Hij had Reggie kunnen overhalen weer aan het werk te gaan en zijn vakantie kunnen inkorten, maar Ben wist dat de man ook tijd met Sarah nodig had - en bovendien leek wat Eliza beschreef niet het soort missie waarvoor alle hens aan dek moest.

"Dat is goed, broer," zei Ben, knipogend naar het scherm. "We redden het wel zonder jou. Julie en Mrs. E kunnen hier blijven en communicatieondersteuning bieden als dat nodig is, en ik kan overvliegen om haar te ontmoeten."

"Wil je alleen gaan?" vroeg Julie.

"Nee, maar het heeft geen zin om ons allemaal naar buiten te laten komen. Als we verder onderzoek willen doen en meer hulp nodig hebben, kunnen we ook altijd een kaartje voor je regelen."

De CSO was opgericht om problemen aan te pakken die hen werden voorgelegd door iedereen die een goede oplossing zocht voor iets dat niet via de "normale" kanalen kon worden opgelost. Normaal betekende in dit geval meestal het vinden van dingen die verloren waren gegaan, of het opjagen van organisaties en groepen waar de regeringen niets mee te maken wilden hebben. Soms ging het om het vinden van een verloren schat, soms om iemand ervan te weerhouden iets te doen dat verwoestende gevolgen zou hebben.

Julie hield haar handen omhoog. "Mij best - ik zit graag een poosje achter een computerscherm en laat jou alle lol hebben."

Ben glimlachte naar zijn nieuwe vrouw. "Ja, 'leuk' is *precies* hoe ik zou beschrijven wat we hebben meegemaakt."

Mevr. E sprong terug in het gesprek. *"Ik zal met mijn man over de tickets praten en ze voor u regelen. Verwacht een reisroute aan het eind van de dag, en een vlucht ergens morgenmiddag. Is dat genoeg tijd om je klaar te maken?"*

"Niet zeker of er iets is om klaar te maken," zei Ben. "Ik heb alleen een afspraak met Eliza, en we gaan waarschijnlijk proberen om op wat deuren te kloppen of zoiets."

"Toch," ging Mevr. E verder. *"Ik zou je graag een soort van steun in het veld geven."*

"Heb je het over de *human* resources-ondersteuning of de *bang bang*-ondersteuning?"

Mevrouw E glimlachte op het scherm, haar kaalgeschoren hoofd strak en achter haar ogen getrokken. *"Beide, misschien."*

"Klinkt goed," zei Ben. "Oké, laten we gaan."

CHAPTER 6

ELIAS

DE OCHTEND WERD NIET ZO GEMAKKELIJK ALS HIJ HAD GEHOOPT. Elias Ziegler controleerde zijn geweer uit gewoonte, de derde keer dit uur. Hij stelde een volledige diagnose en wenste zelfs dat hij zijn veldmat had meegenomen om schoon te maken. Gewoonlijk gaf hij de voorkeur aan geweren en pistolen van Duitse makelij, zoals Heckler en Koch en Mauser, maar dat was vooral uit loyaliteit aan zijn land en aan zijn training tijdens zijn tijd bij GSG-9.

De *Grenzschutzgruppe 9 der Bundespolizei,* of de Grensbeschermingsgroep 9 van de Federale Politie, was een tactische elite-eenheid van de Duitse Federale Politie, opgericht na de verwoestende gebeurtenissen van de Olympische Spelen van München in 1972. Elias was na zijn militaire loopbaan op 35-jarige leeftijd bij de eenheid gekomen, diende vervolgens nog tien jaar en steeg in rang naarmate hij in de reguliere operatiegroep van de eenheid diende.

Na zijn pensionering trok hij wat rond in Europa, om zich uiteindelijk te vestigen in een eenkamerflat in Frankrijk. Hij bracht er weinig tijd door en koos in plaats daarvan voor een semi-nomadische levensstijl, waarbij hij Europa doorkruiste op huur-missies en klusjes die een speciaal soort vaardigheden vereisten.

Voor die vaardigheden was hij vandaag ingehuurd, en het zou een flop worden, tenzij hij het contract kon verlengen. Zijn orders waren eenvoudig: jaag op groot wild in de uitlopers van deze streek, en kom niet met lege handen terug. Het probleem was dat er eigenlijk geen groot wild in deze streek *was* - steenbokken, gemzen, edelherten. Soms waren er berichten over bruine beren die in de regio rondzwierven, maar die waren ongegrond en meestal rond de grenzen.

Hij had het bedrijf om meer details gevraagd, maar die waren niet verrassend vaag. Hij was ervan uitgegaan dat ze een soort "dierencontrole" nodig hadden, en die veronderstelling was bijna juist gebleken toen hij zich realiseerde dat hij zijn jachtvergunning niet hoefde te bewijzen en de jaarlijkse jachtkosten niet hoefde te betalen. De kantonregels waren hier zelfs opgeheven - althans, dat hadden ze hem verteld.

Elias zuchtte en controleerde nogmaals zijn geweer, waarna hij besloot in te pakken en terug te gaan naar de taverne. Het weer werd warmer in deze tijd van het jaar, maar de lenteavonden in de uitlopers van Zwitserland waren zo kil dat hij er vroeg mee wilde ophouden.

Hij rommelde wat in zijn rugzak en ontdekte dat hij zijn laatste proteïnerepen al had opgegeten, en besloot toen dat hij inderdaad vroeg terug zou gaan. Hij zou het bedrijf morgenochtend bellen en klagen dat ze hem niet genoeg informatie hadden gegeven - gewoon op hun land rondlopen en op zoek gaan naar dieren om te schieten was een vreselijke jachtstrategie. Hij had meer nodig. Hij moest weten welke sporen te volgen, welke uitwerpselen te onderzoeken, welke eetgewoonten en waterbehoeften ze zouden hebben.

Elias stamde af van een lange lijn van jagers. Zijn vader en grootvader hadden hem en zijn broers leren jagen, en zelfs de Ziegler vrouwen hadden blijk gegeven van vaardigheid in het hanteren van wapens. De oorlog had zowel zijn vaderland als zijn familiegeschiedenis verwoest, en het had hem heel wat politiek gemanoeuvreer en afstand van zijn familiestamboom gekost om na WO II weer in de gratie van zijn landgenoten te komen. Zijn vader was gestorven toen hij voor de verkeerde kant vocht, en gelukkig was Elias ver van de boom gevallen als het op politieke voorkeur aankwam.

Hij stond op en rekte zich uit. Morgen was er weer een dag, en hij was ervan overtuigd dat hij het contract kon laten verlengen. Hij zou voor de helft betaald worden voor zijn werk tot nu toe, maar hij wilde echt de premie die ze beloofd hadden door het contract na te komen. Zijn contactpersoon bij het bedrijf had hem zelfs voorgesteld dat ze een eenheid konden samenstellen om het land af te zoeken naar het dier - twee extra mannen, waaronder een die zou koken en kwartiermeestertaken zou vervullen.

Hij had geantwoord dat hij liever alleen werkte, maar nu twijfelde hij aan zichzelf. Elias' maag knorde. *Het zou fijn zijn om een verse, warme maaltijd te hebben om naar terug te keren.*

Veel van jagen zoals dit was wachten, volgen, kamperen, en nog meer wachten. Het moment van het overhalen van de trekker en het neerhalen van een wild dier was een moment dat je moest verdienen, en dat moment kon dagen duren om te bereiken. Hij genoot ervan om alleen in het bos te zijn, maar zijn leeftijd deed hem verlangen naar kortere, eenvoudigere dagen. Een trektocht door dichtbeboste gebieden op zoek naar wild mag dan vredig zijn, het was niet gemakkelijk.

Hij stond op, rekte zich uit, en begon zijn geweer in te pakken. *Tijd om te gaan,* dacht hij. Hij kon bijna proeven van het Beierse bier dat op hem stond te wachten in de thematent op een steenworp afstand van zijn camping. Hij zou zich misschien zelfs te buiten gaan en de dagvergoeding die het bedrijf hem had toegekend gebruiken voor een van de enorme kalkoenbouten die hij achter de bar had zien roken.

Met een gedachte aan eten en drinken, sloot hij zijn rugzak, sloeg die over zijn schouder en draaide zich om.

Hij hoorde een klik. Een piepklein, gefragmenteerd geluid dat tegelijk volkomen op zijn gemak was te midden van het woud er omheen, en toch iets zo vreemds dat het zijn aandacht trok.

Het was het klikkende geluid van een brekerstok, een die zo dik was als zijn duim, en dus sterk genoeg om een flinke druk te weerstaan.

Hij wachtte. Nog steeds weggedraaid van het lawaai. Hij voelde aanwezigheid en ruimte soms beter aan *zonder* zijn ogen te gebruiken, en bovendien werd het steeds donkerder. Hij wilde de kans op een prooi niet verpesten.

Hij en de stokbreker wachtten daar meer dan een minuut, Elias ademde nauwelijks en het schepsel - wat het ook was - gaf geen kik.

Voor zover hij wist, kon het ding hem besluipen, klaar om toe te slaan, maar hij voelde dat iets dat groot genoeg en onvoorzichtig genoeg was om een stok onder zijn voeten te breken, ofwel geen gevaar voor hem vormde, ofwel een aanval zou ontketenen die luid genoeg was om hem te doen reageren.

Elias wachtte nog even en waagde toen een blik over zijn schouder.

Niets.

De stilte en de stilte van de Zwitserse Alpen begroetten hem en staarden hem aan zoals ze al uren deden, alleen nu donkerder en kouder. Hij keek met zijn ogen in de ruimte tussen de bomen, en -

Daar.

Nee, zijn ogen hielden hem voor de gek. Wat hij had aangezien voor een schaduw, een opdoemend wezen dat groter was dan hij op twee voeten, was niets anders dan een simpele illusie, geworpen door de gedraaide takken van de bomen. Hij herkende zelfs de takken die een rol speelden in de truc, hij zag de stammen en de grote ruimtes ertussen die de schaduw vormden die hij eerder had gezien.

Tijd om te gaan, oude man, zei hij tegen zichzelf. Hij draaide zich nog een keer om en draaide toen opnieuw zijn hoofd om naar de schepselachtige schaduw te gluren.

Het was weg.

Zie je? Hij zei tegen zichzelf. *Niets dan een truc van de verbeelding.*

CHAPTER 7

BEN

Het was een hele dag reizen geweest voordat Ben aankwam in het kleine stadje Grindelwald in Zwitserland. Vluchten naar Genève, dan naar Bern, dan een lange, meanderende treinreis naar Grindelwald. Bij aankomst wilde Ben niets liever dan een lang dutje doen - de trein bood geen comfortabele zitplaatsen, en hij haatte vliegen - en een hapje eten.

Maar toen hij uit de trein stapte en de bergen zag, of 'hoorns', zoals ze hier werden genoemd, was hij stomverbaasd. Hij had heel wat afgereisd tijdens zijn dienstverband bij de CSO, en hij had zelfs in een van de meest pittoreske staten van de planeet gewoond, maar hij had nog nooit van zijn leven een dorp gezien dat zo mooi verspreid lag onder de torenhoge bergketen. Idyllisch en volmaakt in kleur en landschap, had Grindelwald hetzelfde effect gehad op ontelbare mensen die naar het gebied reisden om te skiën, te klimmen en bezienswaardigheden te bezoeken. Het was lang een nationale schat geweest, en zelfs een internationale toeristische bestemming.

En een deel van die aantrekkingskracht, wist Ben nu, was dat de stad een betrekkelijk kleine bevolking had van rond de 4.000. De inwoners hielden zich voornamelijk bezig met toerisme en gastvrijheid, maar ze hadden ook een sympathieke uitstraling van eigen bodem, en het had niet lang geduurd voordat Ben dat had ontdekt. Hij had rondgevraagd naar de weg naar de kleine herberg die mevrouw E voor hem had geboekt, en hij kreeg een verrukt antwoord waarin niet alleen de weg werd gewezen naar de herberg, maar ook naar elke andere taverne, kroeg en restaurant in de omgeving die de moeite waard waren om te bezoeken terwijl hij bleef.

De herberg bleek vlak bij het station te liggen, dus besloot hij de drie blokken te lopen in plaats van mee te liften, en hij was blij dat hij dat gedaan had. Hij had het gevoel teruggeworpen te zijn in de tijd, naar een plaats waar het leven eenvoudiger en vrediger was. De bloemenperken en het gebladerte stonden in volle bloei, en veel winkelpuien en portieken op de tweede en derde verdieping waren versierd met prachtige voorjaarsbloemstukken.

De hoofdweg door de stad was geasfalteerd, maar het kostte Ben niet veel moeite zich voor te stellen dat er geplaveide of zelfs onverharde paden tussen de gebouwen lagen en dat de auto's vervangen werden door paarden. Het leek hem op een van de vele kleine skioordjes thuis, maar dan zonder de opzichtige vertoning van rijkdom en voorrechten. Een sportwinkel verkocht nieuwe en tweedehands ski- en klimuitrusting, en kleine kruideniers aan weerszijden van de straten boden seizoensfruit en groenten aan voor prijzen in valuta die Ben niet begreep.

De hele ervaring was adembenemend, en hij wenste onmiddellijk dat Julie was meegekomen. Er was nog tijd om haar te laten overvliegen, maar hij zou de middelen van de CSO er niet aan verspillen tenzij ze hier echt nodig was.

De herberg zag eruit als op een ansichtkaart, en de oude man aan de balie - de eigenaar en huurder, nam hij aan - was even opgetogen hem te zien als de vrouw die hem de weg had gewezen. Hij liep met Ben naar zijn kamer en gaf hem hetzelfde verhaal als de vrouw: waar te eten, waar te drinken, waar te skiën.

Ben glimlachte mee, dumpte toen zijn enkele rugzak op het lits-jumeaux bed en draaide zich naar de kleine spiegel in de kamer. Hij had het gevoel dat hij al weken niet gedoucht had, maar zo zag hij er niet uit. Zijn ogen waren zwaar, maar hij had besloten eerst iets te gaan eten, dan terug te komen naar de kamer om te ontspannen en morgenochtend vroeg Eliza te ontmoeten.

Hij belde Julie, nam contact met haar op en vertelde over zijn ervaringen tot nu toe, en ging toen op zoek naar een van de drie pubs die de plaatselijke bewoners hem hadden aanbevolen.

Hij was terechtgekomen in een eenvoudig *Downtown Lodge,* recht tegenover een soortgelijk uitziende herberg die *Alina's heette,* beide schilderachtig uitziende bed-and-breakfasts met één gebouw. Deze had een kleine taverne op de begane grond en een uitnodigende, warme oranje gloed die door de open voordeur naar buiten straalde.

Ben trok zijn jas over zijn nek terwijl hij het laatste biertje dronk. Het was koud, nu de zon onder was gegaan, en hij had zelfs op de voorspelling gezien dat er een beetje sneeuw zou kunnen vallen in de week dat hij hier was. Niet ongewoon voor deze tijd van het jaar, maar hij had half verwacht dat het weer warmer zou zijn dan in Alaska. Op dit moment voelde het alsof het moeilijk zou worden om warm te blijven als hij door de stad liep. Hij maakte een notitie om morgen een ski-jas te kopen, of iets zwaarders dan zijn lichte jas, voordat hij Eliza zou ontmoeten.

"Wil je er nog een?" vroeg de barman. Zijn Engels was perfect, en Ben kon moeilijk geloven dat de man uit Zwitserland kwam.

Hij knikte en legde een creditcard op tafel. "Hou hem ook maar open, als je het niet erg vindt."

De oudere man knipoogde naar hem. "Al gedaan, zoon. Meestal is het rustig in deze tijd van het jaar, dus de enige mensen die komen zijn op zoek naar late-seizoen skiën of vroeg-seizoen bloemen. Hoe dan ook, het is zo rustig dat we ons meestal niet te veel zorgen maken over tabs."

Ben fronste zijn wenkbrauwen. "Is het *gratis* bier?"

De man gniffelde. "Nee, zeker niet. Ik bedoel gewoon dat we ons geen zorgen maken over de rekening tot je vertrekt."

"Dat is... waar een rekening voor is, toch?"

"Nee, verlaat de *stad*. Je blijft in het huis van de oude Ringgenberg, ja?"

Ben knikte weer.

"Vrijdag weggaan?"

"Hoe wist je dat?"

"Hij was hier eerder vandaag. Hij zei dat er later een Amerikaan zou komen, dus moest hij terug naar de balie voordat u er was. Hij zei dat u uit Alaska kwam."

"Ik ben."

"En toch, lijk je koud."

Ben lachte. Hij mocht de man. Hij was grappig en warm, en het leek alsof hij echt genoot van Bens gezelschap. Hij knikte. "Ja, ik heb het koud. Ik heb *koelte* ingepakt, maar ik moet toegeven dat het buiten *koud begint te* worden."

"Ga morgen langs *bij Roth Toni*. De sportwinkels zullen je krijgen - toeristen uit de stad en zo - maar het kleine winkeltje verderop heeft goedkope jassen en zo."

"Dank u, dat waardeer ik echt," zei Ben.

De barman voerde de verplichte *Karate Kid* was op, was af beweging uit, maakte een cirkel op het barblad met een vaatdoek en leunde toen dichter naar hem toe. "Mag ik vragen wat u hier komt doen?"

BEN WIST NIET ZEKER HOE HIJ HET MOEST OPVATTEN.
Zijn stem was wat zachter, en de man leek dit deel van het gesprek voor zichzelf te willen houden. Toch waren er maar drie andere mensen in de bar, allemaal mannen. Twee zaten tegenover elkaar aan een tafel; de derde dronk een whisky aan het andere eind van de bar. Geen van de andere klanten leek zich iets aan te trekken van Ben of hun gesprek.

"Uh, werk, eigenlijk."

De man trok een wenkbrauw op. "Niet veel mensen komen hier voor *werk*, jongen. In wat voor soort zaken zit je?"

"Nou, ik, uh, help mensen met... dingen."

"Ik begrijp het. Een CIA-man uit Alaska."

Ben lachte weer. "Nee, helaas, het is niet zo cool als dat."

"Hoe 'cool' is het dan? Zeg het maar; ik ben gewoon een oude knar die geen goede barverhalen meer heeft."

Ben leunde wat dichterbij en schoof op zijn kruk. De man leek ongevaarlijk, en Ben wist dat er niet echt informatie was die hij kon delen die op enigerlei wijze gevoelig lag, misschien afgezien van de namen van de betrokken partijen. "Ik kreeg net een telefoontje dat iemand hier mijn hulp nodig heeft. Ik werk voor een nieuwe groep, de Civilian Special Operations."

"Speciale Operaties?" vroeg de man. "Oh, dat klinkt *serieus*."

"Geloof me, het burgergedeelte houdt het tam." Het was een leugen, maar het was een veilige. "We helpen meestal mensen dingen terug te vinden die vermist zijn, of dingen recht te zetten die fout zijn gegaan. Zolang we mensen helpen en niet kwetsen, nemen we de job aan."

Er was meer aan de hand, maar opnieuw besloot Ben dat het waarschijnlijk niet de moeite waard was om extra informatie te geven.

De man knikte langzaam, nog steeds glimlachend. Hij zette een mand met friet voor hem neer - Ben had niet eens gemerkt dat de jongere man ze bracht - en bood hem toen nog een biertje aan.

Ben wuifde het weg, wetende dat twee biertjes ongeveer zijn limiet was.

De bareigenaar liep naar de andere kant van de bar en vulde drankjes bij voor zijn klanten, en slenterde toen terug naar Ben.

"Ik kan maar beter gaan," zei Ben, terwijl hij nogmaals zijn kaart aanbood.

"Maak je er geen zorgen over," zei de man. "Kom langs voor je vrijdag vertrekt, dan regelen we het."

Ben bedankte hem en stond op.

"Oh, zoon - voordat je gaat."

"Ja?"

"Je zou kunnen stoppen bij *Alina's* aan de overkant van de straat. Praat met de eigenaar daar. Een man genaamd Hugh. Aardige vent, en ik weet zeker dat hij je wil ontmoeten."

Ben fronste zijn wenkbrauwen. "Wil hij me ontmoeten?"

"Ik ben er zeker van."

"En... waarom is dat?"

"Nou, jij zit in het vak dat mensen helpt, toch? Dingen terug-vindt die vermist zijn?"

Ben zuchtte. Hij wist dat hij zijn mond niet open had moeten doen. *Nu zal hij willen dat ik zijn Mustang cabriolet vind of een oude honkbal kaart,* dacht hij.

"Ik weet het niet," zei Ben. "Ik weet niet of ik duidelijk was toen ik dat zei, en -"

"Ik geloof dat jij dat was, zoon," zei de barman. "Hij heeft een dochter. Kwam thuis om ze te zien nadat ze een tijdje aan de universiteit had gezeten. Het punt is, ze is nooit komen opdagen."

Ben hield zijn hoofd scheef.

"Hij is buiten zichzelf om het uit te zoeken, en de politie hier heeft gewoon niet de middelen om te helpen. Ze zeggen dat ze waarschijnlijk gewoon wacht in een grotere stad, afspreken met vrienden van school. "

"Maar hij denkt van niet?"

De man schudde zijn hoofd. "Niemand denkt dat, jongen. Ze zou een paar nachten geleden in de stad zijn, en iemand zei zelfs dat ze haar uit de trein zagen stappen."

"En ze is nooit bij haar ouders aangekomen."

"Dat is juist. Geen reden om te verwachten dat ze de plannen zou veranderen, en haar vader is er behoorlijk opgewonden over. Het verbaast me eigenlijk dat hij de winkel vandaag nog open heeft - zijn vrouw en haar grootouders zijn naar Interlaken om meer hulp te zoeken."

"Sorry dat te horen," zei Ben.

"Juist, wij ook. Leuke meid."

"Is... er nog iets anders?"

"Nou, nee. Ga gewoon met hem praten als je de kans krijgt."

Ben knikte, nog steeds met het gevoel dat hij geen informatie had moeten geven over zijn werk. Hij wou dat hij kon helpen, maar er waren hier andere zaken die hij moest regelen. Als de plaatselijke politie het niet kon uitzoeken, waarom zou hij het dan wel kunnen?

Maar hij mocht deze man ook, en het kon geen kwaad om even te checken.

"Oké," zei hij. "Ik ga naar hem toe. Morgenochtend, na een vergadering."

Het gezicht van de man lichtte op. "Prachtig! Ik zal het hem zeggen. Dank je, zoon."

"DIT IS EEN PUINHOOP," zei Lars. "Dit is een absolute puinhoop. Ik dacht dat ik mensen als jij betaalde om rotzooi op te ruimen zoals..."

Roger Dietrich stak een hand op, en Lars stopte. Hij zat tegenover hem aan tafel en had het laatste half uur zwijgend en geduldig geluisterd hoe Lars hem en de rest van het personeel had uitgescholden.

Niemand anders op deze planeet had dit kunnen doen, maar Dietrich was niet bang voor Lars.

"Ik ben geen nederige wetenschapper die voor jou werkt, Lars," zei Dietrich. "Houd dat in gedachten. We zitten in hetzelfde team."

Lars' mond ging open, en toen weer dicht. Hij knikte. "Ja, het spijt me. Ik bied mijn excuses aan. Ik ben gewoon aan het einde van mijn Latijn. Dr. Canavero had alles onder controle. Ik kan niet begrijpen wat er gebeurd kan zijn. Hoe dit heeft kunnen gebeuren..."

"We zullen het onder controle hebben," zei Dietrich. "Onthoud dat. We komen er wel weer bovenop, Lars."

"Het zal te laat zijn."

Dietrich schudde zijn hoofd. "Dat gebeurt niet. Onze jager is daar nu, om dit zo snel mogelijk op te lossen."

"Hij doet er te lang over."

"We hebben hem niet eens verteld waar hij op jaagt," betoogde Dietrich.

"En we *kunnen* het hem *niet* vertellen. Het is te riskant. Als mijn grootvader iets te weten komt..."

"Lars, dat doet hij niet. Niemand zal dat doen. Je hebt het juiste gedaan. Afsluiten was de juiste zet, en niemand is wijzer."

Een paar dagen geleden hadden ze de nieuwe onderzoeksdivisie gesloten en al het personeel en wetenschappers met verlof gestuurd, op een handjevol na. Ze hadden de middelen om hen op de loonlijst te houden, maar Lars wilde niet dat zijn grootvader plotseling zou opduiken en om details zou vragen. Ze moesten dit stil houden, dus boden ze hun personeel een 'verrassingsvakantie' aan, inclusief dagvergoeding.

Velen van hen hadden ervoor gekozen om te gaan skiën in een van de vele nabijgelegen skisteden, met de eis dat zij bereid moesten zijn om binnen een week weer aan het werk te gaan. Veel van de wetenschappers, die op de hoogte waren van de gebeurtenissen van een paar dagen geleden, werden ook betaald voor hun stilzwijgen.

Het gebouw draaide nu met een minimale bezetting van bewakers, specialisten en artsen - alleen het nodige personeel om het gebouw een week draaiende te houden.

Maar Lars moest deze zaak opgelost krijgen. Hij had geen

week de tijd. Dietrich wist dat de man gestrest was, maar hij had het goed verborgen gehouden.

Tot nu toe.

Dietrich kende deze man al een decennium, dus hij kon zien wanneer de scheuren begonnen te verschijnen. Ze waren nu nog klein en onopvallend, maar de komende dagen zou het moeilijk worden.

"Wat wil je gaan doen?"

Lars zuchtte. "We moeten ons bij de jager voegen. We moeten het veld in om dit op te lossen. Hoe sneller we daar weg kunnen en..."

"Wil je dat *we* met hem naar buiten gaan? Lars, hij is een professional! We kunnen niet verwachten dat we..."

"Je kunt hier blijven als je wilt," zei Lars. "Ik ga met hem mee. Hoe meer we zoeken, hoe sneller we hem kunnen vinden en terugbrengen naar het lab. Hoe sneller we door kunnen gaan met de operatie."

En hoe sneller we het echte probleem kunnen oplossen, dacht Dietrich. *Hoe sneller we naar de* echte *test kunnen gaan.*

"Informeer Mr. Ziegler dat we zijn schema aanpassen. Zijn richtlijnen zullen morgen om deze tijd duidelijk worden gemaakt. Hopelijk is hij dan nog dicht genoeg bij om terug te keren."

Dietrich was aantekeningen aan het maken op zijn telefoon toen Lars sprak. "Hier?"

"Hier, in het koffiehuis. Dat is prima. Ik vertrouw erop dat u ons morgen ook kunt ontvangen?"

"Ik geloof het wel," zei Dietrich. "Er zijn een paar winkels in de stad, en we zullen niet veel nodig hebben. De wapens die we nodig hebben, hebben we al op kantoor."

"Goed," zei Lars. Hij legde zijn hand op die van Dietrich, en

Roger voelde de warmte weer in zich opkomen. Het gebeurde niet vaak dat Lars uiterlijke tekenen van genegenheid toonde, en het was nog zeldzamer in het openbaar. Er waren geen andere klanten in het koffiehuis, maar Dietrich wist dat het nog steeds een teken van ontreddering was voor Lars.

Dit *moet* worden voltooid. Het *moet* succesvol en op tijd worden afgerond. Er was geen andere optie.

"Deze jager: Elias Ziegler. Is hij nog steeds de moeite waard om te behouden?"

Dietrich dacht even na en knikte toen. "Dat doe ik. Hij is subtiel, discreet. Hij zal waarschijnlijk meer geld vragen, vooral omdat we hem bijna geen informatie geven. Maar hij is goed in wat hij doet - beter dan wij zouden zijn, dat is zeker. Laten we hem zijn gang laten gaan, met onze supervisie."

"Als hij niet optreedt..."

"Als hij faalt, nemen we het heft in eigen handen," zei Dietrich. "Laat mij dat afhandelen. Jij moet je concentreren op de komende rechtszaken, als we deze zaak hebben opgelost."

CHAPTER 10

BEN

BEN SCHUDDE ZIJN HOOFD, zowel om zijn zenuwen te kalmeren als om de laatste kriebels van de vroege morgen van zich af te schudden. Hij was niet vroeger wakker dan gewoonlijk, maar een wekker om zes uur 's morgens *na* een hele dag reizen leek altijd te vroeg.

Niettemin, hij was wakker, en het was tijd om te werken. Hij dronk zijn derde kop koffie - een in de slaapkamer van de herberg, een andere tijdens een bezoek aan de eigenaar van *Alina's*, en nu deze.

Hij zat in een comfortabele stoel in een van de vele cafés langs de hoofdweg van Grindelwald, dezelfde weg waaraan ook zijn eigen herberg lag en die van *Alina* en de *Downtown Lodge*.

Hij nipte aan dit kopje en vond het opmerkelijk beter dan de eerste twee. Of misschien was hij meer wakker, en waren zijn zintuigen eindelijk meer bedreven. Hoe dan ook, hij genoot van het kopje. Hij rilde de laatste rillingen weg - de ochtend was iets kouder dan de avond, en hij moest nog naar de winkel die de barman hem gisteravond had aangeraden.

"Mr. Bennett?"

Hij hoorde de stem van achter hem, en hij draaide zich om, bijna zijn drankje uitspugend. De vrouw die had gesproken was *ongelooflijk* mooi. Helderrood haar dat halverwege haar rug recht naar beneden viel, en een lichaam dat in de perfecte vorm leek te zijn gebeiteld.

Hij stond, proberend de schok weg te veinzen.

"Hoi," zei hij. "Noem me Ben. Jij moet Eliza Earnhardt zijn?"

Ze glimlachte en schokte hem opnieuw. Doe normaal, *man*, dacht hij. *Je hebt al eerder mooie vrouwen gezien. Je bent* getrouwd *met een, in godsnaam.*

"Dank u dat u mij wilt ontmoeten,' zei ze, terwijl ze naar Bens stoel liep, waar een identieke stoel stond te wachten. "Het spijt me dat je helemaal hierheen moest vliegen, maar jij bent de enige die ik kon bedenken om te helpen.

Ben ging weer zitten en bood haar een drankje aan. Ze wuifde het weg. "Waarom is dat, als ik vragen mag?" vroeg hij. "Waarom wij de enigen zijn die je kon bedenken?"

"Oh," zei ze. "Het is niet dat jij de *enige* bent, het is gewoon dat ik al het andere heb geprobeerd. Ik heb het deels uitgelegd aan Juliette, uw vrouw. Ik heb gehoord van de CSO van uw werk hier in Europa."

Werk' is meestal niet hoe mensen het omschrijven, dacht Ben. *Ze probeert ons te vleien.* De CSO was het afgelopen jaar nogal in het nieuws geweest, vooral door het verstoren van onderzoeken in vredestijd naar internationale museumfraude in Athene, en vervolgens door het afzetten van een goed zittende minister van Oudheden in Egypte. Ze hadden geen spijt van die dingen - wat ze hadden voorkomen zou veel ontwrichtender zijn geweest - maar toch was het soms moeilijk om aan mensen uit te leggen dat zij echt de 'good guys' waren.

"Bedankt," zei hij. "Ja, ze zei dat je de politie hebt geprobeerd? En de overheid?"

Eliza leek lichtelijk beledigd door het noemen van de politie. "Het is net zo'n puinhoop om met hen om te gaan als met de regering. Beiden zijn nutteloos."

"Als het gaat om dit bedrijf voor het gerecht te brengen?"

Ze antwoordde niet.

"Ik begrijp het," zei Ben glimlachend. *Ze heeft het zeker gemunt op de regering.* Zulke mensen had hij eerder ontmoet. Ze hadden een gebrek aan vertrouwen in de meeste organisaties en officiële instanties, en ze stelden snel vragen bij alles wat naar bureaucratie rook. De wetenschap dat zij en haar overleden man lobbyisten waren geweest *tegen* de meeste regeringen en bedrijven leek perfect te passen.

"Ik heb je gebeld omdat ik weet dat je je niet druk maakt over dingen als wetten en regels."

"Ho, ho," zei Ben glimlachend. Hij leunde voorover in zijn stoel. "Het is niet dat we *ons geen zorgen* over hen maken - we laten ze ons gewoon niet in de weg staan als we weten dat er goed en fout is, en we geloven dat we het goede hebben gevonden."

"Ik weet ook wat goed en fout is hier," zei ze. "En ik wil dat je me helpt te doen wat goed is."

"En wat is dat?" vroeg Ben. Hij kon al zien dat deze vrouw slim was, to-the-point, en ongelooflijk bedreven in het navigeren van een gesprek naar haar standpunt. En ze deed dat allemaal in het Engels, een taal waarvan hij wist dat het haar tweede of derde taal was. Hij wilde voorop blijven lopen, om er zeker van te zijn dat hij de vragen beantwoord kreeg die hij nodig had.

Ze haalde even adem. "Je sprak met Alina's vader vanmorgen?"

Ben kon zijn verbazing niet verbergen. "J - heb je dat gehoord?"

Ze glimlachte, een eerlijke, oprechte grijns. "Sorry. Het is een kleine stad. Grindelwald heeft misschien vierduizend mensen, maar degenen die je hier in de stad tegenkomt, hebben goede connecties."

"Ben jij een van hen?"

"Dat ben ik niet, maar ik woon hier lang genoeg dat ze me vertrouwen. En het is geen spionage, Ben. Er is gewoon meestal niets beters te doen dan te discussiëren over Ms. Allworth's laatste partij honing of Ruegsegger's laatste problemen met geiten fokken. Geloof me, als er zoiets als Alina's verdwijning gebeurt, weet *iedereen* ervan."

"Juist," zei Ben. "Hoewel verhalen over geiten fokken thuis ook erg populair zijn."

Ze lachte, en haar neus ging een beetje omhoog. Haar tanden waren even perfect als haar figuur. Ze schoof op de stoel en gooide een lang been omhoog en over haar andere knie.

"Dus, ja, ik heb hem gezien," zei Ben. "Hij was... radeloos."

"Natuurlijk," antwoordde ze. "Dit is zijn dochter. Ze is nu vermist sinds, wat? Drie dagen?"

"Twee," zei Ben. "En ze kwam terug van de universiteit in Genève."

"Haar vaders land grenst aan de heuvel net buiten de stad," zei ze. "EKG is eigenaar van dat land."

Ben fronste zijn wenkbrauwen. "Denk je dat EKG - het bedrijf waar je achteraan wilt - iets te maken heeft met Alina's verdwijning?"

Ze haalde haar schouders op. "Geen idee. Maar als ik je alle informatie geef, denk ik dat je de hele zaak ook verdacht zult vinden."

"Oké," zei Ben. "Ik zal bijten. Ik ben hier tenslotte. Ik ben de wereld rondgevlogen om je te ontmoeten omdat mijn vrouw en collega's zeggen dat je verhaal klopt. Maar je wilde ons niet vertellen wat je echt *wilt*. Een bedrijf onderzoeken' is niet echt iets waar we voor toegerust zijn, en toch was u er onvermurwbaar van overtuigd dat wij de juiste personen voor deze klus waren."

Eliza werd serieus, de kleur in haar gezicht vervaagde een beetje. Ze knipperde met haar ogen naar links en rechts en staarde toen gaten door Ben heen. Ze leunde voorover, haar gezicht langzaam naar het zijne.

"Ben, ik wil dat je de mensen van EKG vindt, die verantwoordelijk zijn voor de moord op mijn man.

CHAPTER 11

ELIAS

ELIAS ZIEGLER STAK DE STRAAT OVER EN GING HET KLEINE CAFÉ BINNEN, vijf minuten precies voor het geplande begin van de vergadering. Hij had de opdracht gekregen om daar om negen uur 's morgens bijeen te komen, zogezegd om "opties" te bespreken met het bedrijf dat hem had gecontracteerd.

Hij stapte over de oude houten drempel en stapte een al even oud café binnen, piepklein en in elkaar geflanst in de stijl van elk ander Europees café. Hij hield niet van dit soort plaatsen. Behalve dat ze te klein waren voor een man van zijn grote gestalte, was het gewoon ongemakkelijk voor hem om in zulke warme, uitnodigende plaatsen te zijn. Hij wist nooit hoe hij zich moest gedragen.

"Koffie, meneer?" vroeg een jonge barista zodra hij het gebouw binnenkwam.

Elias bukte zijn hoofd om een laaghangende lamp te ontwijken en bekeek de ruimte. Twee andere mannen zaten in een hoekbank rond een ronde tafel en waren in gesprek. Een vrouw stond achter de barista iets schoon te maken.

De jongen herhaalde de vraag in het Duits.

"Uh, koffie, ja," zei Elias. Hij schraapte zijn keel. *Wanneer was de laatste keer dat ik gesproken heb?* vroeg hij zich af.

"Wil je... een latte? Misschien iets - "

"Koffie. Zwart. Heet."

De jongen slikte en knikte snel, ongetwijfeld verbaasd over de houding van een man die de enige in dit dorp moest zijn die niet blij was dat hij er was.

De vrouw ging door met schoonmaken met één hand, maar strekte zich uit en pakte met haar rechterhand een korte, stevige koffiemok, klapte die omhoog en begon de drank in te schenken.

De jongen herwon zijn kalmte. "Dat - dat is dan vier francs."

Elias was stomverbaasd. *Vier frank? Waar ben ik in godsnaam terechtgekomen?* Hij verlangde terug naar de tijd voordat de Amerikanen cafés en cappuccino's hadden ontdekt, voordat ze dure desserts creëerden uit wat vroeger eenvoudige warme dranken waren. En hij verlangde naar de dagen voordat Amerika diezelfde gruwelijkheden terug exporteerde naar Europa, waar ze vandaan kwamen. Het leek wel of iedereen in de ontwikkelde wereld zich beter voelde omdat hij zich een schandalig dure koffie kon veroorloven.

Hij gooide de biljetten en munten op de toonbank en zuchtte, in een poging zijn ongeduld op de jongeman af te wentelen in de hoop dat de jongen hem geen vragen meer zou stellen.

"Ben - ben je lang in de stad?" vroeg de jongen.

Blijkbaar had zijn aankoop van de koffie de jongen laten weten dat Elias een langer gesprek wilde.

De vrouw zette het kopje koffie op de toonbank met een korte glimlach; daarna ging ze weer aan het schoonmaken.

"Nee."

Hij draaide zich om en liet de jongen geschokt achter bij de toonbank. Elias liep bruusk naar de hoek van de kamer, tegenover de twee mannen die al zaten.

"Elias Ziegler?"

Hij stopte, wachtte. De man herhaalde de naam. Elias draaide zich langzaam om, beide mannen aankijkend.

De ene zat met het gezicht naar de andere man, wiens benen onder de tafel vandaan staken en naar hem toe keken. Hij was degene die gesproken had. Hij droeg een uitdrukking van intrige en anticipatie. Een wenkbrauw een beetje omhoog, een paar rimpels snijdend over het voorste deel van zijn pas kalende hoofd.

Hij zag eruit als een bankier die zich volledig had laten meeslepen in de verwachtingen van zijn sector, die zich had laten meeslepen in de details en de sleur van cijfers, boekhouding en spreadsheets, en die helemaal vergeten was dat er aan de buitenkant nog iets moest zitten dat op een mens leek.

Zijn haar, wat er nog van over was, was sluik, en een draadachtige bril was rond zijn ogen en bijna helemaal rond zijn oren gebogen. Elias bekeek hem terwijl hij naar de twee mannen toe stapte. De man, die iets te zwaar was maar zeker niet zwaarlijvig, zag eruit alsof hij nog nooit in een sportschool was geweest maar door zijn vrouw was aangespoord om beter te eten.

De andere man zag er iets smakelijker uit. Donkerbruin haar met dezelfde lokken, een coltrui onder een grijs wintervest met dons, een broek en sokloze schoenen. Sneakers. De man zag eruit als een Franse bergbeklimmer: in vorm, maar jammerlijk uit de mode.

"Ik ben Ziegler," zei Elias. Hij naderde de tafel. Onwillekeurig ging zijn hand naar zijn rug, waar hij een H&K VP9 in een holster bewaarde. Hij wist dat deze mannen hier waren voor de vergadering, die was bekrachtigd door hetzelfde bedrijf dat hem had ingehuurd, dus het was onwaarschijnlijk dat ze hem om wat voor reden dan ook zouden aanvallen.

Toch, oude gewoonten zijn moeilijk te veranderen.

Hij stak zijn hand weer uit om die van de eerste man te schudden - die van de bankier.

"Mr. Ziegler," begon deze man in het Duits, "mijn naam is Roger Dietrich, dit is Lars Tennyson. Wij zijn van EKG."

"En in welke hoedanigheid bent u bij EKG?"

"Ik werk bij de onderzoeksafdeling. Ik ben Lars' assistent."

"Ik begrijp het."

"Dank u dat u ons wilt ontmoeten," zei Dietrich. Hij gebaarde Ziegler met een omgekeerde handpalm te gaan zitten. Elias overwoog om niet te gaan zitten, maar zag er geen voordeel in om te blijven staan. Er was niemand anders dan de jongen en de vrouw in het kleine café. "Ik hoop dat u van uw koffie geniet."

"Het is koffie."

"Juist. Nou, in ieder geval, nogmaals bedankt. Ik wilde je laten weten dat we vooruitgang hebben geboekt met het project."

Ziegler was nu echt in de war. Hij wist dat het 'project' deze jachttrip was die ze hadden gefinancierd. Ze wilden dat Ziegler iets zou vinden - en doden - in de uitlopers van de Zwitserse Alpen, meer bepaald in het uitgestrekte stuk land dat het bedrijf in de streek bezat.

Tot nu toe was hij niet succesvol geweest. Maar het was pas drie dagen geleden, en ze hadden niet uitgelegd waar hij precies *op moest jagen.*

"Ik neem aan dat je me gaat vertellen wat ik daar in godsnaam moet zoeken?" vroeg Elias.

De twee andere mannen wisselden een snelle blik, en de

bankier-uitziende sprak. "Nee, helaas. Dat kunnen we hier niet bespreken. Als we weer in het veld zijn, kunnen we misschien -"

"Weer het veld in?" Vroeg Ziegler. "Ik dacht dat dit project voorbij was? Ik was van plan terug te komen en te klagen dat je me niet genoeg tijd hebt gegeven."

"Dat is... een deel van waarom we hier zijn, Mr. Ziegler. Ziet u, het bedrijf voelt hetzelfde als u - dit project moet worden voortgezet."

"Mee eens."

"Juist. Wel, we willen de duur van het project verlengen, en wat hulp aanbieden."

"Sorry, ik kan je niet volgen."

"Nog drie dagen - nog een expeditie. Deze keer zul je hulp hebben." Hij keek naar Lars, toen weer naar Ziegler.

Elias pauzeerde en wierp een lange blik op Dietrich en Tennyson. "Jullie?"

"Ja, Mr. Ziegler."

"Nee."

"Ik - Het spijt me?"

"Ik werk alleen. Ik geloof dat ik dat duidelijk heb gemaakt aan je bazen toen ik dit contract accepteerde."

"Dat deed u, Mr. Ziegler. Echter, met de meest recente gang van zaken -"

"Welke gebeurtenissen?"

"Ik bedoel met uw... *falen*, tot nu toe, om te produceren op het contract eindproducten, we -"

"Wees eerlijk tegen me, jongen," zei Ziegler, hem onderbrekend. "Ik schiet recht als ik schiet *en* praat. Daarom heb je me ingehuurd. Nu ben je boos omdat ik je niet gegeven heb... wat het ook is, waar je bazen zich zorgen over maken. *Ik ben* hier omdat ik je zeg dat ik het *zal* vinden, en het bij je *zal* afleveren. Dat is een feit."

"Juist, dat is wat ik bedoel. We denken dat het verstandig is dat we onze...

"Ik werk alleen."

"- *Geef* onze steun terwijl we nog drie dagen in het veld zijn."

Lars leunde voorover en sprak voor de eerste keer. "De steun is niet optioneel, Mr Ziegler." Hij had voortdurend een halve grijns, een zelfvoldane betweterige blik die Ziegler onmiddellijk haatte. *Zeker Frans,* dacht hij.

Elias zuchtte. "Ik krijg geen keuze, of wel?"

"Wel, Mr. Ziegler, u bent vrij om uw contract in te leveren en naar huis te gaan. We vinden wel een ander..."

"Ik kan het vinden. Wat het ook is. Maar het gaat meer kosten."

De kleine man knikte, zijn bril viel enkele centimeters langs zijn neus naar beneden. "Goed. Ja. Dat is het tweede onderwerp dat we met u wilden bespreken. Ik heb de bevoegdheid om de prijs van het contract te verdrievoudigen bij -"

"Ik accepteer." Elias nam een snelle slok van zijn koffie en begon toen uit de zetel te glijden.

"Dat - dat is het? Je bent akkoord met de voorwaarden?"

Elias snoof, keek nog eens naar elke man en kromde toen zijn schouders naar binnen. Zijn massieve gestalte leek op zichzelf te rollen en de hele tafel in beslag te nemen. De twee mannen leunden een beetje achterover in hun stoelen. "Ik ben het beslist *niet* eens met deze 'steun' die jullie me denken te bieden. Maar ik zal u aan uw eerste woorden houden. Je zult me *precies* vertellen wat ik hier te zoeken heb. Dit is geen luie kampeertrip voor mij. Ik wil resultaten boeken, heren, en dat zal ik, zodra ik de juiste informatie heb."

Hij schoof weer uit de stoel en stond, nu boven de tafel uittorenend. "Is dat duidelijk?"

Dietrich en Tennyson knikten tegelijk.

"We - we mailen je de ontmoetings tijd en locatie," riep Lars.

Elias deed geen moeite hun de hand te schudden toen hij vertrok.

CHAPTER 12

BEN

"WACHT," zei Ben. "Denk je dat ze hem *vermoord hebben*? Je zei ons dat het een klim ongeluk was."

Ze knikte. "Ik weet dat ze dat deden. EKG was waar ik zeven jaar heb gewerkt, op hun oude hoofdkantoor in Oostenrijk. Mijn man en ik geloofden in het bedrijfsmodel, het onderzoek, alles. Tot de dingen begonnen te veranderen. Hij had een carrière in lobbyen, meestal werkend voor organisaties als Greenpeace en PETA, dat soort dingen.

"De dingen in het bedrijf begonnen te verschuiven naar dier-onderzoek en testen, wat altijd een beetje gevoelig ligt."

"Ja, daar moet ik het mee eens zijn," zei Ben.

"Maar we wisten dat het ook nodig was. In bepaalde vormen, en op specifieke, zeer *gereguleerde* manieren. Mijn man was een expert in dat soort dingen. Wetgeving die nodig was voor goede testen en onderzoek. Behandelingsmethodes die *alle* partijen ten goede kwamen."

"Zoals het niet doden van dieren."

"Juist. Dit zijn ook geen nieuwe ideeën. We zijn in staat

geweest om 99% van ons onderzoek uit te voeren *zonder* de levens die tijdens het proces worden gebruikt te schaden of zelfs te belasten."

"Ik begrijp het."

"Dus toen er bij EKG dingen begonnen te veranderen - namelijk dat het bedrijf een klein deel van zijn totale onderzoeks- en ontwikkelingslaboratoria afsplitste en hierheen verhuisde - waren mijn man en ik bezorgd."

"Waarom?"

"Omdat ze het deden op een manier die... vreemd was. Ik werkte op die afdeling, en de manier waarop ze het uitlegden was door het uitgeven van een memo. Via e-mail. Het zei iets in de trant van, 'we gaan verhuizen. Sommigen van jullie zijn ontslagen."

Ben lachte. "Het klinkt alsof ze niemand op de hoogte hebben gebracht van hun bedoelingen."

"Precies. En dat was intern, aan hun eigen staf wetenschappers. Je kunt je niet voorstellen hoe vaag en onbeschreven ze waren tegenover het grote publiek."

"Dat geloof ik graag."

"Hoe dan ook, nadat dit gebeurd was, rond de tijd dat ze begonnen met de bouw van het hoofdkwartier voor hun divisie hier, ben ik teruggetreden. Het ging goed met mijn man, en ik maakte me toch al zorgen over de integriteit van het bedrijf en hun koers. Ik dacht dat ik wel wat van zijn werk kon overnemen - hij had te veel werk voor één persoon.

"We vormden een geweldig team, Ben. We hebben bedrijven voor het gerecht gebracht, kleine en grote. We hebben *miljoenen laten uitbetalen* door organisaties die zich niet aan de regels en voorschriften wilden houden.

"Klinkt alsof je advocaatje speelde."

Ze knikte. "We gebruikten paralegals voor het meeste, maar dat was het werk. Brieven schrijven en dreigen met collectieve rechtszaken als ze niet betalen. Maar het *echte* werk was om ze te laten veranderen. Om echt om deze dingen te geven."

"Deden ze dat?"

"Sommigen wel, maar niet veel. Het was vermoeiend werk, maar het was alleen de moeite waard als er iets veranderde. Geld dat van eigenaar verandert is alleen leuk als je er wat van in je schoot geworpen krijgt, en dat is niet genoeg gebeurd om er zwijmelen van te krijgen."

"Niet per se een slechte situatie, dat wel. Je zat er om de juiste redenen in."

"Juist, precies. Maar, zoals ik al zei, het was vermoeiend. De enorme hoeveelheid werk die nodig was om zelfs maar een *uitbetaling te* krijgen, laat staan een verandering in beleid of praktijk, was ontmoedigend. En we hebben nooit veel antwoorden gekregen over *deze* plek. Over mijn oude divisie die naar Zwitserland verhuisde."

"Dus, hoe is je man gestorven?" Ben had onmiddellijk spijt van die vraag. Het voelde hard, brutaal. Maar het leek Eliza niet te deren.

"Het was een klim ongeluk, precies zoals ik zei aan de telefoon. Maar ik heb reden om te geloven dat het bedrijf de hele zaak heeft georkestreerd. Ze hebben hem vermoord, Ben. *Vermoordden* hem vanwege het werk *dat ik* had gedaan. We wilden het stoppen, maar we zouden nooit meer doen dan rechtszaken en brieven tegen hen aanspannen. Zij... hebben het naar het volgende niveau gebracht."

"Ja," zei Ben. "Ik zou zeggen dat hem doden een duidelijke levelverbetering is. Maar... hoe? Hebben ze het op een ongeluk laten lijken?"

Het leek alsof ze zou gaan huilen, maar ze hield zich in. "Ja, dat is wat ik geloof. Hij werd gevonden aan de voet van een wand die we vaak samen beklommen hebben. Het is een gemakkelijke wand, typisch hulpklimmen, en hij viel op de abseil - de abseil."

"Hoe weet je dat er opzet in het spel was?"

Ze pauzeerde. "Dat is het nou net. Ik kan het niet *bewijzen*. Er was niets dat iets anders suggereerde dan een ongeluk."

Ben's gezicht moet iets van zijn gevoelens van ongeloof hebben verraden.

"Ik weet het," zei ze. "Ik weet hoe het klinkt. Het is gek, maar... ik *weet dat* ze hem te pakken hebben gekregen. Ze hebben het zo toevallig mogelijk gedaan. Uitgegleden nok, korter touw, iets. Ik *weet dat* het gebeurd is. Ongeveer een jaar nadat het gebeurde, moest ik spreken op een universiteit, een presentatie die ik vaak gedaan heb. Een dag voor het evenement belde de universiteit om het af te zeggen, wegens 'communicatie misverstanden'. Maar ik geloof dat ook dat het werk van het bedrijf was. Ze wilden ons het zwijgen opleggen, en dat hebben ze gedaan."

"Waarom?" vroeg Ben. "Waarom zouden zij - het bedrijf - die moeite doen? Het is één ding om tegen te zijn wat jij en je man voor de kost deden, maar het is iets heel anders om hem daadwerkelijk *te vermoorden*. Dat is, zoals u zei, 'next level'. Waarom zouden ze zo van streek zijn over uw werk?"

Eliza verschoof weer in haar stoel, om van onderwerp te veranderen. "Harvey - Ben - ken je de naam Lucio Canavero?"

Ben schudde zijn hoofd.

"Hij is een dokter. Een wetenschapper, eigenlijk. Hij werd door EKG gerekruteerd een paar maanden voor ik ontslag nam, maar hij werd al snel hoofd van het hele medische onderzoeksonderdeel van de divisie die hierheen zou verhuizen. Hij kreeg carte blanche om zijn onderzoek uit te voeren, en ik verzeker u, er was genoeg geld om hem tevreden te houden."

"Wat voor onderzoek heeft hij gedaan?" vroeg Ben.

"Dierproeven, net als iedereen op de afdeling. Zoals ik verondersteld werd te doen. Maar zijn werk was, nou, *controversieel.* "

"Op welke manier?"

"Hier," zei ze, "geef me een momentje." Ze haalde haar telefoon tevoorschijn en bladerde door het beginscherm tot ze een map vond en opende die. Er zat een foto-app in, beveiligd met een wachtwoord. Ze plaatste haar duimafdruk op de hoofdknop van de telefoon, en de app opende. "Het is niet de meest veilige methode, maar voor nu is het voldoende. Kijk maar eens. Deze zijn me toegestuurd door een kennis waar ik vroeger mee werkte. Ik heb hem nog niet kunnen bereiken om iets te bevestigen, en ik vrees het ergste."

Ben nam de telefoon en hield hem voorzichtig in zijn open hand. Zijn vinger zweefde over de miniatuur van de eerste afbeelding, maar voordat hij drukte keek hij op.

"Deze - deze zijn *echt?*" Vroeg hij. "En dit is waar Canavero's nieuwe divisie, en EKG, aan werkten?"

Ze knikte. "Waar ze *nog mee bezig* zijn, Ben."

Hij slikte, en wenste bijna dat hij het aanbod om deze vrouw te helpen had afgeslagen. Maar iets dreef hem voort. Iets afschuwelijks, en toch iets intrigerends.

De waarheid.

Zou dit echt zijn?

Hij klikte op de eerste afbeelding en zijn hand beefde, waardoor hij de telefoon bijna liet vallen.

CHAPTER 13

BEN

De beelden waren allemaal close-up foto's, genomen door het personeel en hun baas, Lucio Canavero. Het waren allemaal foto's van de binnenkant van een medische faciliteit, maar in tegenstelling tot een ziekenhuis waren de meeste gangen en hoeken van kamers donker, met slechts een enkele heldere lichtbron direct boven de operatietafels.

En de operatietafels waren precies dat - steriele, koudstalen tafels. Behalve medische werktuigen en instrumenten was er niets op de foto's dat hem deed denken dat hij naar de binnenkant van een ultramodern onderzoekslaboratorium keek.

Maar het waren de *onderwerpen* van de foto's die Ben ontzet hadden. Hij bladerde door elke foto, pauzeerde een paar seconden, kneep en trok soms zijn vingers uit elkaar op het scherm om ze te vergroten en meer details te zien.

Elk van de foto's was van een aap - een chimpansee, vertelde Eliza hem - in verschillende stadia van 'testen'. Zijn ogen waren gesloten op elk van de afbeeldingen tot nu toe, maar Eliza vertelde

Ben dat de aap, een jonge chimpansee met de naam Apollo, springlevend was.

Erger nog, ze vertelde hem dat Apollo niet was verdoofd voordat de operaties waren begonnen.

Op de eerste foto lag Apollo op de metalen tafel, zijn dunne armen en benen vastgebonden met dikke leren banden. Zijn hoofd was recht en gelijkmatig, op zijn plaats gehouden door een vormvaste piepschuimen kop, die ook aan de tafel was bevestigd.

De volgende beelden toonden Apollo opnieuw, maar met de toevoeging van menselijke handen en armen terwijl ze aan Apollo's lichaam werkten, buizen en verschillende zalven vastmakend en aanbrengend op het harige frame van de chimpansee. Eén slangetje liep in de borstholte van de chimpansee, ingebracht en bevestigd nadat een 'onderzoeker' een gat van twee centimeter had gemaakt in de buurt van het borstbeen van het dier.

Een ander beeld toonde een soort vloeistof die door de half-doorzichtige buis stroomde, die opgerold was rond een rechthoekige witte machine die vlakbij op de tafel stond.

"Ga door," zei Eliza.

Ben wilde niet, maar het was belangrijk. Hij was hiervoor helemaal hierheen gevlogen, ook al wist hij dat toen nog niet. Hij was geschokt, maar het waren niet alleen de beelden die hem angst aanjoegen. *Waar ze ook aan werkten, het was belangrijk genoeg om voor te doden*, dacht hij. Dat besef deed hem opkijken.

Eliza knikte, met een bezorgde blik in haar ogen. "Ja," zei ze. "Dit is allemaal waar, Ben. Ga door. Je moet weten wat ze aan het doen zijn."

Dat deed hij. De volgende beelden toonden dat het hoofd van de chimpansee zijwaarts werd gedraaid, met een grotere menselijke hand eronder, die hem wiegde.

En toen begonnen de echte verschrikkingen. Ben keek toe hoe de cameraman steeds vaker opnamen begon te maken, te oordelen naar hoe weinig Apollo's hoofd op de tafel bewoog terwijl de dokters en assistenten hun operatie uitvoerden.

En die operatie leek *het doorsnijden van Apollo's nek in te houden*. De handen van een ander persoon hielden een witte doek vast die het meeste bloed van de chimpansee opving, maar Ben was verbaasd te zien dat er niet veel van over was - misschien een halve liter of twee.

"Ze hebben zijn lichaamstemperatuur verlaagd," zei Eliza. "Het is buiten beeld, maar er is een machine die zoutoplossing in de bloedstroom van de chimpansee pompt, om zijn bloed te vervangen."

"*Vervangen?*" vroeg Ben.

"Ja," zei Eliza. "Ze noemen de procedure *Emergency Preservation and Resuscitation*, of EPR. Het is een nieuwe techniek, maar Amerikaanse artsen gebruiken het bij slachtoffers van schot- en dodelijke verwondingen. Ze worden bijna 'opgeschort', alles in het lichaam van de gastheer wordt vertraagd, zodat artsen gevaarlijk zieke organen kunnen verwijderen of overmatig bloedende verwondingen kunnen verhelpen."

"Dat is... ongelofelijk," zei Ben. Hij kon geen beter woord bedenken. Wat hij zag was, bijna, *niet* geloofwaardig.

"Het is echt opmerkelijk," zei Eliza. "En het werkt, wat nog opmerkelijker is."

"En waarom doen ze dat met Apollo?" vroeg Ben. "Ik heb geen schotwonden of zo gezien."

"Blijf zoeken," zei ze.

Dat deed hij. De volgende beelden waren vanuit een iets

andere hoek, maar nog steeds neerkijkend op Apollo terwijl zijn nek volledig werd doorgesneden.

Ze hebben zijn hoofd afgehakt.

De operatie eindigde met Apollo's hoofd *volledig verwijderd* van het ruggenmerg en de nek, en met iemands handen die Apollo's schedel vasthielden en van de tafel tilden.

Het hoofd verdween, maar werd in het volgende beeld weer teruggeplaatst.

Maar iets leek vreemd, vreemd. Het was...

"Oh, mijn God," fluisterde Ben.

"Ja," zei Eliza.

"Dat is... dat is *niet zijn hoofd.*"

Er was nu nog een chimpanseekop in beeld, maar het was duidelijk de kop van een *andere* chimpansee. Apollo's lichaam lag nog steeds op de tafel, maar op de plaats van het hoofd van de jonge aap lag een nieuw cranium.

"Wat gaan ze doen?" Vroeg Ben. Maar hij bleef naar het volgende beeld glijden, deels hopend dat de sequentie was afgelopen en tegelijkertijd de afloop willen weten.

Dat einde kwam snel.

De volgende reeks beelden liet zien hoe Canavero en zijn team bezig waren het nieuwe chimpanseekopje op Apollo's lichaam *te bevestigen.* Ben keek in stille spanning toe, deels wetend hoe het zou aflopen.

Het laatste beeld was het meest angstaanjagend van allemaal. De Frankenstein-achtige wond op de nek van de jonge chimpansee viel op in het beeld, bloederig en met korstjes, de dikke pezige draden kriskras in 'X'en rond zijn nek, maar het was het *gezicht* van de chimpansee dat Ben's aandacht trok.

De ogen van de chimpansee waren open.

ELIZA KEEK NAAR DE MAN - HARVEY BENNETT - TERWIJL HIJ DOOR DE BEELDEN BLADERDE, zijn ogen aftastend en elk detail opvangend. Ze had geaarzeld haar hand uit te steken, maar ze was nu blij dat ze dat gedaan had. Deze man was grondig, en hij kwam langzaam aan haar kant te staan.

Ze loog niet tegen hem. Ze geloofde dat EKG haar man had vermoord. Ze had het nooit kunnen bewijzen, maar ze wist dat Ben en zijn team bij de CSO niet via de normale kanalen werkten. Ze zouden haar zaak doorlichten, dat zeker, maar ze zouden haar gelijk geven in haar veronderstellingen.

Dit bedrijf moest neergehaald worden.

Zij had het laatste deel van haar leven besteed aan pogingen om bedrijven als dit ten val te brengen, en haar man had zijn hele leven voor datzelfde doel gegeven. Ze waren er vele malen in geslaagd, maar ze waren ook nog nooit tegen een bedrijf als EKG opgelopen.

Zij wist uit haar ervaring en uit de tijd dat zij op het oude hoofdkantoor van EKG werkte, dat er iets *anders* aan hen was. Ze gaven niet om het uitvoeren van onderzoek via typische, door vakgenoten goedgekeurde kanalen, noch om de methoden en middelen die ze gebruikten om hun resultaten te verkrijgen.

Ze gaven om *resultaten*, en dat was het. Niets anders stoorde hen.

Het bedrijf was vele jaren eerder opgericht, net na het einde van de Tweede Wereldoorlog, en het was al vele malen van eigenaar veranderd. Zij wist dat de laatste eigenaar, een investeerder en amateur-wetenschapper, geïnteresseerd was in het gebruik van de resultaten van het bedrijf als zijn persoonlijke winstmotor - een verhaal dat helaas niet ongewoon was, zoals zij en haar man hadden ondervonden.

Maar hij had nog minder scrupules dan anderen die op hem leken, had Eliza uiteindelijk geleerd. De man gaf om niets anders dan winst en de resultaten die deze winst opleverden.

Zij had haar fout ingezien door de goed betaalde baan bijna te laat aan te nemen, maar zij had ontslag kunnen nemen zonder directe repercussies. Toen ze ontdekte dat de divisie van Canavero naar Zwitserland zou verhuizen, begonnen de plannen van haar en haar man vorm te krijgen.

Haar man had, helaas, de ultieme prijs betaald.

Ze zouden verbranden, en ze zou alles doen wat ze kon om dat te laten gebeuren.

"Ik begrijp het niet," zei Ben. "Deze chimpansee - Apollo - of wie het nu ook is, *leeft*. Hoe is dat mogelijk?"

Eliza forceerde een glimlach. "Ik verzeker u dat het heel goed mogelijk is. EKG voert al jaren experimenten zoals deze uit, en de meeste daarvan zijn helaas niet zo goed afgelopen."

"Is het... in staat? Ik bedoel, kan het..."

"Het is een volwaardige chimpansee," zei ze. "Een functioneel wezen, volledig in staat tot alles wat Apollo kon doen."

"Maar zijn hersenen -"

"Is anders, ja," zei Eliza. "En dat roept een groot ethisch probleem op. Maar de technologie - de wetenschap in kwestie - is allemaal heel reëel. Het proces van het koelen van het bloed met een zoutoplossing, dat de celactiviteit voldoende vertraagt om een operatie als deze uit te voeren, is gekoppeld aan een nieuwe techniek ontwikkeld door Canavero die gebruik maakt van polyethyleenglycol, of PEG, dat de membranen van de zenuwcellen conserveert. Dat is belangrijk omdat zo de ruggengraat en het ruggenmerg kunnen worden doorgesneden zonder het te beschadigen. Het zal daarna weer samensmelten. Ze gebruiken een negatieve druk apparaat om de gebieden te stimuleren om te genezen, en het is bewezen zeer effectief."

"Ik wilde..." Ben wist niet goed wat hij moest zeggen. "Ik wist gewoon niet dat dit *mogelijk* was. Het lijkt wel iets uit science fiction."

"Alle science fiction is gewoon waarheid voor zijn tijd," zei Eliza. "Ik kan je verzekeren dat het onderzoek dat EKG doet, gebaseerd is op bergen eerder onderzoek, zowel door hen als door de bedrijven en wetenschappers die eerder zijn gekomen. Ze staan op de schouders van reuzen, en om eerlijk te zijn, Ben, verbaast deze vooruitgang me niet."

"Is dat niet zo?"

"Nee, helemaal niet. Ik heb dezelfde chirurgische bekwaamheid gebruikt zien worden op muizen en ratten, en andere kleine zoogdieren. Dit - dit is groot, zeker, maar het is niets, Ben. Het is niets zoals wat er komt."

Ze keek naar de man voor haar. Hij leek op iets te kauwen,

alsof hij diep in gedachten was. Ze verwachtte een bepaalde vraag; iedereen aan wie ze dit had verteld had hem gesteld. Misschien zou hij die nog stellen, maar op dit moment kon ze zien dat hij bezig was met een veel diepere emotionele reactie op dit alles.

"Al dat spul... echte *hoofden* eraf halen. Ze transplanteren. Wordt dat... beschouwd als wetenschappelijke vooruitgang?"

"Nou, zeker," zei Eliza. "Het bevordert ons begrip van wat mogelijk is."

"En wetenschappers vinden het *goed*?

"Wetenschapper" betekent alleen dat iemand zich bezighoudt met onderzoek en studie van iets, en dat hij vastbesloten is zich te houden aan de regels die door eerdere wetenschappers zijn opgesteld."

"De wetenschappelijke methode."

"Precies, Ben," zei ze. "Wetenschappers komen uit alle lagen van de bevolking, en ze zijn onmogelijk in een hokje te plaatsen. Voor sommigen is de belofte van het oplossen van een probleem genoeg motivatie. Voor anderen, is het geld."

"Geld was hun motivatie om dit te doen?" vroeg Ben.

"Nou," begon Eliza, "ja. Maar - ik geloof niet dat ik het eerder heb vermeld. Apollo, de chimpansee op deze foto's, was verlamd."

"Verlamd. Als in, hij kon zich niet bewegen?"

Ze schudde haar hoofd. "Vanaf de nek naar beneden."

"En... daarna?"

"Hij kon bewegen alsof er niets gebeurd was."

"Wacht eens even," zei Ben. "Dus Apollo, voorheen, kon niet eens bewegen? En toen verwisselden ze zijn hoofd met een andere chimpansee, en hij... *kon* bewegen? Zoals, hij kon lopen, zijn armen bewegen?"

"Oh ja, Ben. Hij kon alles wat zijn chimpansees ook konden."

"Dus hij is in orde, nu?"

"Nou, nee. Ze beëindigden het experiment na 24 uur van nauwkeurig onderzoek."

"Hebben ze hem vermoord?"

"Euthanasie, geloof ik, is het woord dat ze gebruikten. Maar ja, ze hebben Apollo na een dag onderzoek laten inslapen, om ethische redenen."

"Goed om te weten dat ze ethiek in overweging nemen."

Eliza lachte erom. "Juist. Precies mijn gedachten." Ze hield van Bens toon, zijn sarcasme. Hij was makkelijk in de omgang, en op die manier deed hij haar aan haar man denken. "Ben, ik maak me geen zorgen over hun experimenten met *chimpansees*."

"Waarom niet? Het lijkt een beetje... overhaast, om het zacht uit te drukken. Ik ben geen dokter, en ik denk niet dat ik een scalpel kan hanteren, maar de EKG moet gestopt worden. Op zijn minst een beetje vertraagd, toch? Om dit voor te leggen aan een... een raad, of zoiets? Is er niet zoiets als dat?

"Ja, absoluut," zei Eliza. "En collega's - andere wetenschappers en artsen - hebben al hun mening gegeven. Velen vinden, net als u en ik, dat dit onderzoek te snel gaat, dat er ethische overwegingen zijn over de aard van de ziel van een chimpansee - zijn *wezen* - die eerst beantwoord moeten worden."

"Wacht even," zei Ben.

Ze zag het in zijn ogen. Het moment. De vonk in zijn hoofd toen hij alles op een rijtje zette en eindelijk begreep waar het om ging.

"Ga door, Ben," zei ze, hem aansporend.

"Je zei dat je niet bezorgd bent over hun experimenten op *chimpansees*."

"Correct."

"Wat betekent... dat je denkt dat ze aan het testen zijn..."

"Ik denk niet *na*, Ben. Ik heb *bewijs*. Mijn onderzoek in de divisie vlak voor ik vertrok had met dit alles te maken; ik wist het toen alleen nog niet. Onderzoek naar serums en chemische verbindingen die de wervelkolom van een gewerveld dier zouden helpen genezen, het ontdekken en testen van nieuwe medicijnen voor de behandeling van dodelijke rijtwonden, alles. Ik had geen idee dat het *hiervoor* was, tot vlak aan het einde. Mijn man en ik waren in staat om de stukjes samen te voegen. Hij stierf erdoor. En daarom wil ik ze neerhalen."

Ben zoog diep in, een snelle, scherpe inademing. Hij hield hem vast. Keek om zich heen, leunde toen dichterbij. Ademde uit, en ontmoette toen haar ogen.

"Als - wat je zegt waar is, als je me nu vertelt wat er aan de hand is, dan ... Ik ben in."

Ze knikte. "Het is waar, Ben."

"Mijn team thuis zal het willen weten. Ze zullen het eerst moeten verifiëren, maar... als je me vertelt wat er daar *echt aan de hand is...*"

"Ga door, Ben."

"Als je me zegt dat ze proberen dit - experiment... wat ze met Apollo hebben gedaan - op *mensen* te doen, dan doe ik mee. Ze moeten gestopt worden."

Ze ontmoette zijn blik en hield die vast, hun ogen vergrendeld. "Ze *moeten* gestopt worden."

"HALLO?" Zei Roger Dietrich, terwijl hij de telefoon opnam. Het was een enkel woord, en toch wist hij dat het abrupt klonk. *Goed,* dacht hij. *Heel goed.* Hij was deze 'check-ins' beu aan het worden, en nog meer beu door zijn mindere rol in dit alles.

"Ja, hallo. Je hebt het team ontmoet?"

"Meer dan eens," antwoordde Dietrich, terwijl hij met zijn ogen rolde. Hij keek uit het raam en zag het prachtige besneeuwde landschap van Grindelwald en de nabijgelegen uitlopers van de Alpen. Het was echt een opvallende, opmerkelijke plek, maar hij had in zijn tijd al genoeg mooie, opvallende plekken gezien.

"En?"

Dietrich greep de telefoon steviger vast met zijn ene hand en kneep met zijn andere hand zijn vuist tot een gespannen bal. *Ik heb hier geen tijd voor,* dacht hij.

Hij haalde een paar keer diep adem voor hij antwoordde om zichzelf te kalmeren. Hij was typisch een ongeduldig man; hij haatte het te wachten op iemand met minder verstand. Toch wist hij dat hij de neiging had om niet overhaast en ondoordacht te reageren, maar de laatste tijd was hij steeds minder in staat om zijn ongeduld in te houden. Hij had zijn hele leven getraind om dit soort emoties onder controle te houden, en hij moest nu zijn enorme reservoir van oefening en studie aanspreken.

"En *wat dan?*" vroeg hij, nog steeds niet in staat om de ergernis in zijn stem te verbergen. "We hebben elkaar ontmoet, we hebben gesproken over de te leveren prestaties en de verwachtingen, en we zijn bereid om te vertrekken."

"*Ik begrijp het.*"

Hij verschoof in zijn stoel. Hij zat in de lobby van het kleine hotel, een van de enige gebouwen in de stad die eruitzagen alsof ze nog deze eeuw gebouwd waren. Hij kende de geschiedenis hier - hij had zijn huiswerk gedaan lang voordat hij de divisie hier in the middle of nowhere liet bouwen. Hij wist dat Grindelwald deel uitmaakte van het kanton Bern, Zwitserland, en dat het een oude stad was - voor het eerst bewoond in het Neolithicum.

Maar hij was hier niet voor de geschiedenis. Hij had werk te doen, en deze check-ins werden steeds alledaagser. Hij begreep dat het bedrijf van hem verwachtte dat hij zijn aanwinst zou vinden, en dat er veel op het spel stond bij deze missie, maar dat nam niet weg dat hij vaak alleen aan dit doel werkte. Hij werkte *liever* alleen.

Hel, hij was *het beste* als hij alleen werkte.

Lars was een goede man, en hij werkte graag met hem samen, maar Dietrich was niet van plan voor altijd zijn assistent te blijven. Dietrich was niet alleen in staat om het bedrijf op zijn rug te dragen, hij was ook in staat om tegelijkertijd zijn eigen plannen te bevorderen.

En zo nu en dan verscheen er een baan die te lucratief was voor het bedrijf om af te slaan.

Het soort baan waar Lars niets van kon weten.

Dietrich wilde het geld, maar hij wilde ook de *sensatie*. Hij had dit werk al te lang gedaan. De bedrijfsspionage, de logistiek, het onderzoek, de planning - het maakte allemaal deel uit van het spel. Hij *leefde* voor het spel.

"Is er nog iets?" vroeg hij, terwijl hij het antwoord al wist. Dat deze telefoontjes overbodig waren geworden, betekende niet dat het bedrijf niet nog steeds op zoek was naar nieuwe informatie om door te geven. Ze waren efficiënt en meedogenloos in hun doeltreffendheid. Dat moest hij toegeven, en als hij eerlijk was, respecteerde hij dat van hen.

Ze zouden niet bellen zonder reden.

"Ja," zei de stem aan de andere kant van de telefoon. "*Er is nieuwe informatie.*"

"Welke informatie? Kun je het gewoon e-mailen?"

"*Dat hebben we al gedaan, maar ik wil er zeker van zijn dat het u zo snel mogelijk bereikt.*"

"Ik begrijp het," zei hij. Hij had altijd al een hekel gehad aan het soort mensen dat een e-mail verstuurde en dan meteen naar zijn kantoor liep om te zien of hij hem al gelezen had. Dit was de virtuele versie van dat, blijkbaar. "En wat is deze informatie?"

Bureaucratische ergernissen daargelaten, alles wat zowel e-mailen *als* bellen vergde, betekende dat het waarschijnlijk bedrijfskritische informatie was.

"*Je hebt vandaag met je team gesproken, klopt dat?*"

"Ja, dat heb ik al gezegd."

"*En je bent in alle opzichten voorbereid?*"

"Opnieuw, ja."

Wat is hier de bedoeling van? vroeg hij zich af. Ze spraken in zijn moedertaal - Duits - en hij dacht aan een heleboel Duitse beledigingen, maar hield zijn adem in in plaats van ze hardop uit te spreken.

Er was een pauze.

"Ja, nou, er is een, uh, wijziging geweest. In de missie parameters."

Hij waardeerde het dat deze man probeerde te communiceren met termen die militaristisch klonken, maar het was nog steeds vervelend. Vooral omdat noch hij, noch deze persoon ooit gediend had.

"Goed. Wat zijn de veranderingen?"

"Er is nu een derde partij bij betrokken."

"Wat bedoel je daarmee? Ik ben hier niet om rondleider te spelen."

"Ik hoop dat je hun betrokkenheid teniet kunt doen."

Dietrich pauzeerde. Wachtte een ogenblik. Toen nog een. *Kalmeer,* wilde hij. *Gewoon ademhalen.* "Wat bedoel je daarmee? 'Hun betrokkenheid tenietdoen'."

"Het betekent dat ik toestemming geef voor alle nodige geweld. Deze derde partij - een groep van ten minste twee, geloof ik - mag onder geen beding informatie over EKG en zijn belangen ontdekken."

"Juist," zei hij. "Oké, je hebt wat nieuwsgierige ogen. Ik kan voorkomen dat ze nieuwsgierig zijn. Maar je klinkt nu als een advocaat, en ik heb geen zin om de mijne te bellen. Kun je het wat stiller maken voor me?"

"Ik geef toestemming om alle nodige geweld te gebruiken om te voorkomen dat deze groep zich op ons terrein begeeft. Alle informatie die ze op ons terrein kunnen achterhalen is reden voor onmiddellijke beëindiging."

"Dat is... erg duidelijk," zei hij. *Behalve dat we de meeste bewa-*

kers al weggestuurd hebben. "Dank u. En wie is precies die 'derde partij'?"

"*Ik weet niet precies om wie het gaat, maar ze horen bij een groep die zich CSO noemt.*"

"CSO?" vroeg hij. Hij had nog nooit van ze gehoord. *Dat moet een nieuw beveiligingsbedrijf zijn.*

"*Gevestigd in de Verenigde Staten. De Civilian Special Operations.*"

CHAPTER 16

BEN

BEN DRUKTE OP "*END*" op het scherm van zijn iPad en keek om zich heen om er zeker van te zijn dat hij alles had wat hij nodig had. Nadat hij contact had gemaakt met Julie en mevrouw E via de beveiligde netwerk-app die Julie op zijn iPad had geïnstalleerd, had hij zich plotseling beter gevoeld over het aanbod van mevrouw E om wat wapens voor het veld veilig te stellen.

Hij had de opdracht gekregen een plaatselijk jachthuis te bezoeken; mevrouw E had een afspraak gemaakt voor die ochtend, waar hij zou worden voorgesteld aan de eigenaar en zijn neef. Het neefje, een jongeman met de naam Clive Vanderstadt, zou met hem meegaan. Hij was een gerenommeerd jager en buitenmens uit de streek, en mevrouw E verzekerde Ben dat hij een goede aanwinst zou zijn om in de natuur te hebben.

Ben was er niet zeker van hoe "wild" ze zouden worden, want het leek erop dat de wandeling over de bergkam van het dorp naar de rand van EKG's landgoed minder dan tien mijl was. Toch weigerde hij de steun niet.

En hij sloeg zeker het aanbod van Vanderstadt niet af om hem te voorzien van wat mevrouw E had omschreven als een "geweer van militaire kwaliteit". Hij zou later de details krijgen, en bij Vanderstadt de voorraad inslaan van wat ze verder nog nodig hadden.

Hij was een beetje geschokt door de verdwijning van de jonge vrouw. De jonge vrouw was knap, slim en geliefd in de gemeenschap. Het leek onwaarschijnlijk dat ze iets te maken zou hebben gehad met misdadigers of mensen die niet zo betrouwbaar waren, zeker niet in een plaats als Grindelwald.

Hoewel Grindelwald een toeristenstad was, die mensen uit alle windstreken uitnodigde, bestond de kernbevolking uit het vaste, consistente soort mensen dat Ben goed kende. Ze leken elkaar allemaal te kennen, en eventuele geschillen tussen inwoners werden meestal persoonlijk en zonder veel ophef opgelost. De plaatselijke politie had een gemakkelijke baan; het grootste deel van hun dagen besteedden ze aan het regelen van het verkeer op drukke kruispunten of het uitdelen van parkeerbonnen aan gehuurde toeristenvoertuigen.

Maar Julie had hem verteld over iets *anders* dat ze had ontdekt: Alina's verdwijning was niet de enige. In de afgelopen maand waren er *drie* vreemde verdwijningen geweest. Het had wat speurwerk gekost - Grindelwald was niet vaak in het Zwitserse nationale nieuws - maar Julie had twee weken geleden een geval ontdekt van een man die vermist was. Hij was een soort nomade, die zonder veel aanzien des persoons in en tussen nabijgelegen steden woonde, en gewoonlijk werd hij een paar weken achtereen in Grindelwald gezien voordat hij weer verdween naar een andere nabijgelegen stad.

Maar niemand in Grindelwald had de man in maanden gezien. Nadat hij drie weken geleden het dorp Lütschental had verlaten en via de snelweg richting Burglauenen was gereden, was hij nooit meer in Grindelwald verschenen. De dorpelingen hadden gepraat en rondgebeld, maar de man leek verdwenen.

Een week geleden was er ook al een hond vermist. Een familie in Grindelwald had overal in de stad borden opgehangen over de verdwijning van een Berner Sennenhond. Het dier was na een dag in de open achtertuin niet thuisgekomen, en de eigenaars waren radeloos. De hond was te jong om afgedwaald te zijn en te oud om verdwaald te zijn.

De verdwijning van Alina in combinatie met de verdwenen hond en de dakloze man baarden Ben zorgen. Hij was er vrij zeker van dat EKG niets te maken had met een van de zaken, maar wat Eliza hem de vorige dag had verteld over het bedrijf en hun onderzoek bleef hem bezighouden.

Er was iets aan de hand bij dat bedrijf, en hij wilde uitvinden wat dat was. Hij wilde ze voor het gerecht brengen, Eliza in staat stellen haar werk te doen en de aandacht vestigen op hun onderzoek en op de juiste autoriteiten. Indien mogelijk, wilde hij het sluiten.

Er was een weg die naar het hoofdkwartier van EKG leidde, maar het zou een enorm risico zijn om die te gebruiken om toegang te krijgen. Er waren meerdere wachttorens en camerabewaking langs de drie mijl lange route, want de toegangsweg van het bedrijf die zich afsplitste van de eenbaansweg in de buurt, lag volledig op EKG-grond. Bovendien waren er twee rijen prikkeldraadversperringen aan de voorkant van het gebouw, als twee grote rechthoeken met - alweer - meer wachttorens.

De kaart die Julie hem had gestuurd was veel beter dan de typische satellietbeelden van de consumentenklasse, dus had hij de beelden doorgenomen om het beste ingangspunt te bepalen.

Als ze heimelijk en onder de radar wilden blijven, zou hun beste optie zijn om over de achterste gebieden van het gebied te reizen, en langs de bergkam te blijven tot ze de rand van EKG's land bereikten. Het bos zou voldoende dekking bieden, maar er waren ook meldingen geweest van bewakers die ook op dit land patrouilleerden.

Wat betekent dat ze gewapend moeten zijn.

Toch leek het Ben het beste om deze route te nemen, verborgen te blijven in de bomen tot het laatste stuk, en dan een draadschaar te gebruiken om toegang te krijgen tot het terrein. Daarna zouden ze een beetje geluk en vaardigheid nodig hebben om in het gebouw zelf te komen.

Ben verstelde zijn overhemd en drukte zijn handpalmen op de voorkant ervan. Hij nam niet de moeite om in de spiegel te kijken toen hij de kamer verliet - hij wist hoe hij eruit zag, en hij wist dat hij niet bloedde. Er viel verder niets aan zijn uiterlijk te doen. Hij was nooit ijdel geweest, en hij had nooit veel om uiterlijkheden gegeven. Julie leek te denken dat hij er goed genoeg uitzag, en dat was alles wat er voor hem toe deed.

Hij trok zijn grote gestalte door een deur die nauwelijks hoog genoeg was om er zonder bukken doorheen te lopen en ploeterde de trap af en de voordeur van de herberg uit. Tot nu toe hield Ben van dit stadje, maar hij had het gevoel dat het gebouwd was voor kleinere mensen.

De zaak was niet in de hoofdstraat, maar het was maar drie blokken lopen van zijn hotel.

De ochtendlucht was fris en delicaat, en rook een beetje naar appels. Hij vroeg zich af hoe het mogelijk was dat deze plek niet volledig was verteerd door buitenstaanders, veranderd in een levende ansichtkaart. Hij nam aan dat de winters wreed genoeg waren om alleen de meest vastberaden kolonisten weg te houden.

De bergen, steil en puntig, rezen op en torende boven de stad in de verte uit. Het deed hem een beetje denken aan zijn eigen huis, in Alaska, waar de toppen bedekt waren met sneeuw, dan donkergrijze kale rotsen tot de bergen zich rondden en de grond raakten, waar bomen en gebladerte uitgroeiden om elke holte en elk stukje aarde op te vullen.

De wandeling was inderdaad kort, en Ben duwde de deur van de outfitter's open, een bel rinkelend boven de deurpost.

"Hallo!"

Hij werd in het Engels begroet en Ben zwaaide naar de grote, vrolijk uitziende man die dozen tegen de muur aan het stapelen was.

"U moet meneer Bennett zijn," zei de man, zijn Duitse accent net zo dik als zijn darmen. "Ik ben Olaf Vanderstadt."

Ben knikte. "Dank u," zei hij. "Ik hoop dat het goed is, dat ik binnenkom voordat u open bent."

De man wuifde de verklaring weg. "Onzin, jongeman. Iedereen die een vriend van Hugh is, is een vriend van ons."

Ben fronste, zich niet realiserend dat deze man bevriend was met Alina's vader, de herbergier. *Ik had het moeten weten,* dacht hij. "Juist - wel, ik hoop dat we haar daar zullen vinden."

"Mijn jongen zal er zijn om te helpen," zei Vanderstadt. "Clive!" riep hij over zijn schouder.

Een sprekend evenbeeld van de grote, ronde man, hoewel veel dunner en jonger, verscheen uit een achterkamer. Hij glimlachte en knikte naar Ben toen hij erheen liep. Zijn tred was hoekig en geforceerd, als een sprinkhaan die op zijn achterste poten probeert te lopen. Hij was mager maar niet lomp, met een hoofd van licht-bruin haar dat opzij gekamd was.

Zijn gezicht was glad, met een stoppelbaardje van een dag over zijn brede kin. Ben vond dat de man eruit zag als een verse rekruut - kracht verborgen onder onschuld, potentieel nog niet gerealiseerd.

Hij liep naar Ben toe en stak zijn hand uit. De kracht van de man verpletterde bijna de zijne, maar Ben zag alleen oprechte vriendelijkheid in zijn ogen. "Aangenaam, meneer," zei de jongen.

Ben lachte. "Alsjeblieft, geen 'heren' hier behalve je oom, ja?"

De oudere Vanderstadt grinnikte. "Geen 'heren,' in dat geval. Ik ben veel te jong en kwiek om een 'sir' te zijn."

"Ik heb van uw team gehoord dat u... daarbuiten naar iets op zoek bent?" vroeg Clive, terwijl hij zijn hoofd een beetje op en neer bewoog over zijn schouder. Het was in de richting van de bergen waarvan Ben wist dat ze boven de stad opdoemden - de richting van EKG's land.

"Nou, we zullen kijken," zei Ben. "Al weet ik niet zeker waar-voor. Ik neem aan een paar lichte geweren, mogelijk sidearms, dat soort dingen?"

Clive en zijn oom keken elkaar aan, en de oudere man knikte. Clive liep snel naar de voordeur en draaide het bordje om, zodat de kant met de tekst "GESLOTEN" naar de straat toe wees.

"Hiervoor, mijn vriend," zei Vanderstadt, "moeten we naar de achterkant van de winkel komen."

CHAPTER 17

BEN

BEN WIST NIET ZEKER OF HET HIER IN ZWITSERLAND ILLEGAAL WAS OM VUURWAPENS TE KOPEN EN TE VERKOPEN. Elk land was anders, maar in zijn ervaring was elk land in één opzicht ook hetzelfde: als je geld had, kon je zowat alles vinden wat je maar wilde.

Het leek niet anders te zijn in Grindelwald, want de mannen van Vanderstadt hadden Ben naar een kleine ruimte ter grootte van een kast geleid, aan de achterkant van de hoofdwinkel. Het was dezelfde kamer waar Clive eerder was verschenen, en toen hij de enkele trede naar beneden nam, keek Ben om zich heen.

Langs twee muren stonden planken vol dozen en kratten met spullen en voorraden voor de winkel. Aan de andere kant was een raam, maar de gordijnen waren dichtgetrokken om de binnenkant van de kamer te beschermen tegen nieuwsgierige blikken. Een andere rij planken liep langs de muur onder het raam.

Aan de andere korte kant van de kamer, links van Ben, stond een oud houten bureau. Het was ongeveer een meter lang en drie diep, en bovenop stonden een paar dozen en wapenkisten.

"Uw contactpersoon zegt me dat ze liever heeft dat u beter bewapend bent dan u misschien nodig vindt," zei Olaf.

Ben glimlachte. *Klinkt als Mrs. E,* dacht hij.

"Dit is een Heckler & Koch HK416N, gebruikt door het Noorse leger. Ik doe er ook een Aimpoint CompM4 vizier bij en een verticale voorgreep - die je kunt verwijderen als je dat wilt - en vier extra magazijnen NATO kogels. Het is zwaar, maar je reist anders licht. Mijn zoon kan ook extra uitrusting dragen, indien nodig. Jullie dragen elk een van de geweren, en dit -" hij wees naar de kleinere kist - "heb je als reservewapen, zoals je gevraagd hebt. H&K USP."

"Munitie?" vroeg Ben.

"Voor het pistool, een paar magazijnen. 9mm, dus ze zijn licht."

"Heel goed," zei Ben. "Hoeveel?"

Olaf Vanderstadt fronste zijn wenkbrauwen. "Ik begrijp het niet."

"Geld," zei Ben, terwijl hij met zijn hand over de koffers wuifde. "Dit spul kost geld, toch? Je doet me een groot plezier, en ik wil er zeker van zijn dat we ook voor jou zorgen."

Olaf's ogen lichtten op. "Ah, ja. Uw contactpersoon heeft al voor de betaling gezorgd. Alsjeblieft, laten we het niet over geld hebben."

"In plaats daarvan," zei Clive, terwijl hij naast Ben verscheen, "laten we het plan bespreken. Jullie zijn hier om het terrein van EKG Corporation te onderzoeken, nietwaar?"

Ben knikte. "Ja, ik - wij - hopen iets vreemds te vinden en het te documenteren. Alles wat ongewoon is tot alles wat we verdacht of crimineel vinden."

Clive en zijn oom keken elkaar nog een keer wetend aan.

"Heb je informatie over EKG?" vroeg Ben.

"Nee," zei Olaf. "Het lijkt wel of niemand hier dat doet. Niemand werkt voor het bedrijf, en bijna niemand ziet voertuigen die naar hun hoofdkwartier gaan. Er gaat een gerucht dat al het verkeer naar het bedrijf van de andere kant van de bergketen komt. Hoe belachelijk dat ook klinkt, ik ben geneigd het te geloven - ik weet niet of ik ooit iemand heb gezien op de snelweg die naar de westelijke ingang leidt."

"Ik begrijp het," zei Ben. "Nou, dat is wat we gaan uitzoeken. Alles wat vreemd is, of raar, of gewoon niet op zijn plaats. We documenteren alles en kijken dan of er een patroon of bruikbare gegevens zijn. Ik weet niet *precies* waar we naar zoeken, maar mijn cliënt denkt dat we het zullen weten als we het zien.

Hij wist niet zeker hoeveel Mevr. E en Julie hadden gedeeld met deze man en zijn neef, maar hij wilde toch gaan. Hij moest contact opnemen met zijn team in Alaska en met Eliza hier in de stad. Ze zou willen zien dat hij voorbereid was, en Clive ontmoeten. Bovendien wilde Ben zoveel mogelijk informatie over EKG hebben voordat ze van boord gingen, en Eliza leek hem degene met de meeste kennis over het bedrijf.

Hoe meer hij door de straten van Grindelwald liep, hoe meer hij geloofde dat dit kleine, mooie bergstadje heel wat beter af zou zijn zonder de aanwezigheid van een geheimzinnig bedrijf in de buurt. Hij had daar nog geen bewijs van, dus er was weinig dat iemand kon doen om dat te veranderen.

Maar als ze *iets* zouden vinden dat Eliza's beweringen zou bevestigen - iets dat ook maar in de verte zou suggereren dat de beelden die ze hem had laten zien waar waren - zou hij alles doen wat in zijn macht lag om haar te helpen in haar streven om hen publiekelijk neer te halen.

Hij zag het als de missie van de CSO om deze kleine oase in de bergen te bevrijden uit de greep van de corrupte corporatie. Als er enige waarheid in dit alles zat, zou Ben die vinden.

En hij zou daarna doen wat nodig was.

Hij schudde beide mannen de hand en pakte zijn koffers, maakte plannen om Clive over een paar uur in de pub te ontmoeten, en draaide zich toen om om te vertrekken.

Olaf en Clive lieten hem uit, Clive volgde hem naar buiten om het bordje terug te draaien naar de "OPEN" kant.

Er was niemand in de buurt, en Ben vroeg zich af of de stad hen expres deze privacy had gegeven - tot nu toe leek iedereen precies te weten waarom hij hier was, en wat zijn missie was. Ze waren voor hem aan het duimen, hoopten dat hij de dochter van Grindelwald kon redden en het kwaadaardige bedrijf kon vernietigen.

Het leek allemaal een sprookje voor Ben - een moderne jonkvrouw-in-nood verhaal.

Hij hoopte dat hij de held was in dit alles, en hij hoopte dat de auteur van welk verhaal dan ook aan zijn kant stond.

ZE VOELDE NIETS DAN ANGST. Ze kon het niet voelen, hoewel. Niet echt. Het was alsof haar hersenen haar vertelden dat ze bang moest zijn, maar haar niet de eigenlijke emotionele reactie daarop toestonden. Haar huid krioelde van de speldenprikken, maar toch leek ze er ongevoelig voor te zijn.

Alsof ze verlamd was over haar hele lichaam, maar niet in staat om het ongemak te registreren. Ze had kennis van haar hachelijke situatie, en dat was het. Haar onwillekeurige reacties op die hachelijke situatie waren op de een of andere manier onderdrukt.

Misschien was het iets in een van de talloze cocktails van medicijnen die ze in haar pompten, en nog steeds in haar pompten. Alina's armen en nek waren doorboord; honderd kleine naalden waren in haar vlees gestoken. Zakken met intraveneuze vloeistoffen hingen aan metalen statieven boven haar hoofd.

Ze staarde omhoog, naar het grimmig witte plafond. Sommige van de panelen boven haar ogen waren verlicht, maar ze vloeiden allemaal samen in een was van wit en ziekenhuishelderheid. Het was een wazig, vloeiend, enkelvoudig beeld van verblindend wit.

Het deed haar denken aan de keer dat ze een paar dagen in het ziekenhuis had gelegen na het eten van schaaldieren op de middelbare school. Ze had niet eens geweten dat ze allergisch was voor schaaldieren tot op dat moment, en het was bijna te laat geweest. Haar ouders hadden bij haar gewacht, haar vader had zelfs de herberg gesloten en de nacht aan haar zijde doorgebracht.

Maar vandaag - of vanavond, of hoe laat het ook was - was er niemand naast haar. Ze kon het niet *zien*, natuurlijk, maar ze wist het. Haar ouders waren er niet. Ze *konden er niet* zijn. Ze hadden geen idee waar ze was.

Nu ze er aan dacht, *ze* wist niet waar ze was.

Ze probeerde na te denken. *Wanneer was ik voor het laatst buiten? Wat was ik toen aan het doen?*

Ze herinnerde zich dat ze over het pad bij het bos liep. Ze had zich gehaast, maar toen...

Ze kon zich niet voor de geest halen wat er gebeurd was.

Ze herinnerde zich angst. Een viscerale, vreselijke angst. Er was iets achter haar geweest, toch?

Er was een geluid. Een krassend geluid, iets uit het bos. Maar toen leek het zich te vermenigvuldigen, alsof het van meer dan één plaats kwam.

Nu... was ze ergens anders. *Hoeveel tijd was er verstreken ?* Alina vroeg het zich af. *Waar hebben ze me heen gebracht ?*

Ze kon de honderd naalden voelen die vloeistof in haar aderen duwden. Ze voelde de vurige brouwsels door haar heen stromen. Wat het ook was, het was zowel ontspannend als pijnlijk. Het voelde als een bad gloeiend heet water, net voordat haar lichaam eraan gewend was, maar het zat *in* haar lichaam in plaats van op het oppervlak van haar huid.

Een geluid.

Iemand was de kamer binnengekomen.

"Hallo, mijn liefste," riep een stem. Het was Zwitserduits, maar het klonk alsof ze een licht accent hadden. Niet Frans. Misschien was Engels hun moedertaal? Of Italiaans?

Ze kon niet antwoorden, hoewel ze het ook niet probeerde.

Voetstappen, en een silhouet verscheen boven haar hoofd.

"Ik hoop dat je geen pijn hebt," zei de stem. Het was een man. Klein, met kraaloogjes en een zwarte bril. Hij was niet kalend of mager, maar ze kon het niet goed zien met de felle lampen achter zijn hoofd.

Ze probeerde haar nek te bewegen, maar het voelde alsof hij vast zat.

"Alsjeblieft," zei de man. "Probeer niet te bewegen. Het onderzoek is bijna klaar, en uw lichaam reageert nog steeds op de chemicaliën. Het zal niet lang meer duren..."

Ze vroeg zich af wat dat betekende. Maar nogmaals, het was een verwondering die buiten haar lichaam leek te zijn, alsof ze zich afvroeg hoe een lappenpop zich voelde die door een auto was overreden.

"Ik zal het personeel u een kussen laten brengen, hoewel u het de komende dagen niet nodig zult hebben."

Hij pauzeerde en gromde onder zijn adem, alsof hij ergens om moest grinniken.

Wat betekent dat? vroeg ze zich af.

Ze dwong haar mond open te doen. Het prikte, en haar kaak verstrakte onmiddellijk. Toch dwong ze hem open en dicht te doen. Een paar keer, langzaam.

Hij zag haar en leunde voorover. "Ben je in orde, mijn liefste? Heb je water nodig?"

Ze probeerde te knikken, maar kon het niet. Toch leek hij het te begrijpen. Hij stak een hand op en ze zag een dienblad achter hem. Daarop stond een grote beker met een handvat en een deksel. En door de bovenkant van het deksel, een rietje. Hij pakte het en trok het naar haar toe.

Ze nam een slokje, en hoestte toen. Ze probeerde het opnieuw.

"Langzaam, mijn liefste," zei hij. "Bij de eerste operatie, twee dagen geleden, konden we je niet toestaan om vooraf water te drinken. Nu mag het wel. Je ligt aan een infuus om je vochtgehalte op peil te houden, maar een beetje water kan ook geen kwaad."

Ze kon niet reageren, dus bleef ze maar drinken.

"Helaas zal het het laatste water zijn dat je binnenkrijgt, want de volgende operatie is de grote. We hebben het gepland, maar we moeten ervoor zorgen dat je sterk genoeg bent. Daarvoor ben ik hier."

Hij leek het niet erg te vinden om een eenrichtingsgesprek te voeren, maar Alina wist niet zeker wat ze tegen hem gezegd zou hebben als ze kon spreken. Hij begon in zichzelf te neuriën, zijn kleine ogen gluurden van achter zijn bril op haar naakte lichaam neer.

Ze had net gemerkt dat ze onbedekt op de tafel lag. Ongewaad. Net als de rest van de emoties die ze had gevoeld, kon ze ze voelen, maar niet echt *voelen*. Ze waren een deel van haar, maar op de manier waarop een paar favoriete sokken een deel van haar waren. Haar haar was van haar, maar het was niet zo dat ze het kon voelen.

De man - of de dokter - onderzocht haar, nam haar lichaam in zich op en noteerde notities op een klembord. Hij had een afstandelijke uitdrukking op zijn gezicht en neuriede mee, alsof hij alleen maar de tafel zelf onderzocht. Hij werkte nog een paar minuten door en liet toen het klembord vallen op het dienblad achter hem, waar hij het water had neergezet nadat hij het rietje van haar lippen had gehaald.

Tenslotte deed hij een stap achteruit en vouwde zijn handen samen.

"Wel, mijn liefste. Het heeft lang genoeg geduurd. Ik geloof dat je er eindelijk klaar voor bent. Mijn naam is Dr. Canavero, en ik zal bij je zijn tot het einde."

Ze voelde iets nieuws, iets wat ze nog nooit had gevoeld. *Stond ze op het punt te gaan huilen?* Er waren geen tranen, maar er was het *gevoel* van tranen, iets van diep in haar dat er niet helemaal uit kon komen.

"Ik zal het team waarschuwen en de andere patiënt voorbereiden. Dank u voor uw medewerking."

Hij maakte weer een grommend, vreemd lachend geluid, draaide zich om en verliet de kamer.

Ze hoorde de deur dichtslaan, maar haar ogen waren nog steeds gericht op het plafond boven haar.

Het gevoel van huilen was nu sterker, en ze begon lichter en sneller te ademen.

CHAPTER 19

BEN

"IK ZIE DAT JE LANGS *ROTH TONI* BENT GEWEEST," zei de barman met een grinnik. Hij keek naar Bens nieuwe jachtjas die hij eerder in de winkel had opgehaald.

Ben was nauwelijks weer over de drempel van de *Downtown Lodge* gestapt toen de oudere man achter de bar naar hem had geroepen. Drie gasten, waarvan er twee samen aan een tafel in de hoek van de zaal zaten en één aan de bar zelf, keken op toen hij binnenkwam. Geen van hen scheen zich er iets van aan te trekken, want ze richtten zich allemaal weer op hun drankjes.

Ben grijnsde. "Dat heb ik gedaan," zei hij. "Ik had vanmorgen een paar boodschappen te doen, maar ik had vanmiddag tijd om langs te komen."

De man keek op zijn pols voor een horloge dat er niet was. "Het is half vijf," zei hij. "Het lijkt alsof het *nog* middag is."

Indrukwekkend, dacht Ben. *Een man die altijd weet hoe laat het is.* Zijn eigen vader was ook zo geweest - een schijnbaar perfect gevoel voor tijd, ongeacht het uur van de dag of de nacht.

"Zeg je dat het te vroeg is voor een drankje?"

De man wuifde hem toe en wierp hem een verontruste blik toe. "Dat is helemaal niet wat ik zeg, vriend. Hier, de eerste is van mij."

Hij schoof een glas naar voren. Bier, hetzelfde als Ben eerder had gedronken, ijskoud alsof het nog maar enkele seconden daarvoor was ingeschonken.

"Wow," zei Ben. "Wist je dat ik zou komen of zo?"

De man knipoogde alleen maar. Hij ging weg om de drie andere klanten in de bar te controleren, schonk een paar drankjes in en keerde toen terug om het barblad schoon te vegen.

Ben nam de tijd om na te denken. Hij nipte aan het bier en dacht aan Julie, aan Alina en Eliza. Over de nieuwkomers Clive en zijn oom Olaf. De Vanderstadts leken goede mensen, en Ben zou blij zijn als Clive morgen met hem mee zou gaan als ze op weg gingen.

Het probleem was dat Ben nog steeds niet helemaal zeker wist *waar* ze naar toe gingen. EKG's land werd gewoonlijk gebruikt voor de jacht, door een overeenkomst tussen het kanton en het bedrijf, maar het was allemaal zeer gereguleerd en - nam Ben aan - zeer nauwkeurig gecontroleerd. Hij dacht dat EKG op zijn minst camera's in het bos zou hebben, op zijn minst op de erfgrens. Zouden ze indringers als Ben en Clive toelaten?

Er was echt geen ontkomen aan. Eliza leek een goed plan te hebben, een route door de regio naar hun hoofdkwartier die ze Ben gisteren had gegeven. Het leidde naar de plek waar volgens haar de enorme gebouwen en de campus lagen, aan de andere kant van een heuvelrug, onzichtbaar voor de stad Grindelwald.

Maar wat voor soort beveiliging EKG op patrouille had, was informatie die Eliza hem niet had gegeven. Dat kon ze niet, want ze had geen idee. Ze had Ben verteld dat de route hen er ongezien zou brengen, maar het was nog steeds zenuwslopend voor Ben om er blind in te gaan. Hij was gewend geraakt aan Julie's en Mevr. E's technische mogelijkheden, en Mr. E's connecties in de communicatiesector.

Op vorige missies had Julie Ben over en rond het gebied achter hun hut geleid met behulp van GPS en drone-technologie, en hij had zelfs gezien hoe ze een satellietverbinding aftapte die Mr. E op een of andere manier over hun gebied had verplaatst.

Hier, in het midden van de Zwitserse Alpen, zou hij blind vliegen. Mobiele telefonie was hier onbestaande, en Julie had hem gewaarschuwd het zelfs niet te proberen - als EKG de juiste frequenties in de gaten hield, of gegevens van nabije zendmasten afschraapte, kon het gemakkelijk zijn locatie direct naar hen pingen.

Dus morgen zou alles wat hij met zijn eigen ogen kon zien de enige beschikbare 'informatie' voor hem zijn. Clive was zeker een aanwinst die hij graag bij zich had, maar hij miste nog steeds de GPS-locatie die constant op zijn telefoon werd bijgewerkt.

Hij nam nog een slokje toen de barman naar hem toe kwam. "Alles in orde, jongen?" vroeg de man.

Ben knikte en trok een wenkbrauw op. "Gewoon genieten van een beetje rust voor de storm."

"Ah, de storm steekt op," zei de man. "Het klinkt alsof je morgen vertrekt."

Ben fronste zijn wenkbrauwen.

"Goed geraden?"

"Wij - ik bedoel, *ik* ben," zei Ben. "Waarom? Heb je iets gehoord?"

"Ik hoor hier alles, zoon," zei de man. "Ik heb zelfs gehoord dat je met Ringgenberg gesproken hebt."

Ben knikte opnieuw. "Dat heb ik gedaan. Ik hoop dat we Alina tegenkomen, maar ik ben bang dat ik niet getraind ben voor dat soort dingen. Ik weet niet hoeveel hulp ik kan bieden."

"Het komt wel goed met je. Als ze daar ergens is, weet ik dat je haar zult vinden."

Ben begon zich een beetje te ergeren aan deze superheldenbehandeling, maar hij hield zijn gezicht leeg en uitdrukkingsloos. "Ja, nou, ik hoop het."

De man leek op het punt te staan weg te gaan, maar toen leunde hij voorover en wierp een blik van links naar rechts. "Luister," zei hij, een beetje van zijn Franse accent gleed uit terwijl hij sprak. "Ik wil... Ik wil zeker weten dat je weet in welk gevaar je jezelf kunt brengen."

Ben wist niet zeker hoe hij dat moest opvatten. "Wat bedoel je? Ik ga gewoon rondneuzen, kijken of Alina er is, en Eliza helpen zoeken -"

"Ik weet het, ik weet het. Het is gewoon... er zijn wat veranderingen."

"*Wat is er veranderd?*" Vroeg Ben. Hij begon zich steeds meer te ergeren aan het feit dat iedereen in Grindelwald meer van zijn missie leek te weten dan hij. "Als er iets is wat ik moet weten, zou ik het op prijs stellen als -"

"Ik hoorde net dat er morgen ook een andere groep op pad gaat. Drie mannen. Een ziet eruit als een militair. Van de andere twee weet ik het niet zeker."

"Waren ze hier?"

De barman knikte. "Kwamen laat in de ochtend, misschien rond lunchtijd. Twee van hen aten. Een van hen, de militair, leek hier niet te willen zijn."

"Wat hebben ze gezegd?"

Hij haalde zijn schouders op. "Niets, eigenlijk. Ik hoorde alleen dat ze 'morgen vertrekken', naar het land waar jij heen gaat."

"En ik zou me zorgen moeten maken?"

"Nou, dat is het juist. Ik denk het niet. Maar ik weet het niet. Ze leken niet... vijandig. Maar het lijkt ook vreemd, weet je. Dat ze op hetzelfde land jagen als jij, op hetzelfde moment."

"Jagen?"

"Ik neem aan dat dat is wat ze van plan zijn. Lijkt op een jachtpartij. We krijgen ze van tijd tot tijd, weet je. Een rijkere man, met een assistent of een helpende hand of zoiets. En een professional, iemand die weet wat hij doet daarbuiten."

Ben nam deze informatie in zich op. Ook hij wist niet goed hoe hij het moest interpreteren. Het leek inderdaad vreemd. "Maar je schijnt alles van me te weten," zei Ben. "Hoe komt het dat je het niet weet van deze jongens?"

De barman en herbergier haalden opnieuw hun schouders op. "Wie weet? Ze zijn betrekkelijk stil geweest, ergens eergisteren binnengeglipt, geloof ik. Ringgenberg, de anderen, niemand heeft gezien waar ze verblijven. Ze eten, drinken, halen koffie, dat is alles."

"Ik begrijp het."

De barman hield zijn handen omhoog, met de palmen naar Ben gericht. "Kijk, jongen, ik zeg alleen dat je op moet passen. Het lijkt erop dat het een vreemde tijd is in Grindelwald. Arme kleine Alina is verdwaald, je vriendin Eliza lijkt een stuk te willen van dat vreemde, mysterieuze bedrijf daar, en deze heren zijn in de stad voor een reden waar niemand iets van weet."

"En de sterfgevallen," zei Ben.

De man stapte achteruit. "Wat weet jij van 'doden'?"

"De hond en de twee anderen. Die zijn vermist, toch?"

"Niemand zei iets over *doden*, zoon."

"Juist," zei Ben. "Sorry, echt. Ik bedoelde gewoon -"

"Ik zeg alleen dat je op moet passen. Dat is het. Niemand wil dit, en we willen allemaal Alina terug zien."

"Ik snap het," zei Ben. "Ik bedoelde niet..."

Maar voordat hij iets meer kon zeggen, rinkelde de deur en ging open. Een koude avondlucht krulde naar binnen en raakte Ben in zijn nek. Hij stopte met praten en draaide zich om, om te zien wie de nieuwkomer was.

De barman was er plotseling, leunde over de bar en fluisterde in Ben's oor.

"Dat is hem," zei hij. "De militair. Degene die daar morgen heen gaat."

CHAPTER 20

BEN

BEN BLEEF NOG EEN HALF UUR BINNEN, bier drinkend en sms'end met Julie. Hij controleerde zijn TownHall-pagina; een account dat Julie voor hem had aangemaakt omdat 'alle andere kinderen het gebruikten'. Hij had een algemene hekel aan sociale media, maar hij moest toegeven dat het leuk was om een paar van zijn oude schoolvrienden te zien en wat ze allemaal uitspookten.

Maar na zijn tweede biertje was hij het mentale verval beu en besloot hij vroeg naar bed te gaan. Hij probeerde opnieuw zijn rekening te sluiten en werd opnieuw uitgezwaaid door de oude barman.

De 'militaire heer' op wie de barman had gewezen, was binnengekomen en was drie krukken verder van Ben gaan zitten, in het midden van de lange bar. Hij had Ben niet aangekeken, noch had hij ook maar iets tegen iemand gezegd.

Ben had hem opgemeten. Hij was een massief, gespierd ding, harig en dik, maar het leek alsof de man zichzelf droeg met een merkbare militaire branie - een stijve, trotse, zelfverzekerdheid die een ex-militair of marinier van een kilometer afstand kenmerkte.

Ben had het eerder gezien bij mannen en vrouwen. Mevrouw E droeg zichzelf op die manier, ook al was Ben er niet helemaal zeker van dat ze militaire ervaring had.

De barman gaf de nieuwkomer een biertje, hetzelfde als dat van Ben, en de man dronk het in één teug op. Een ander verscheen voor hem, en deze nipte hij langzaam, kalm, genietend van het bier. Het was alsof hij Ben probeerde in te halen.

Voor zover Ben kon zien, had de man niet teruggevraagd en Ben bekeken. Misschien was het een deel van zijn branie, een deel van zijn houding. De man kon net zo zijn als een van die 'ringdingers' thuis, die gewoon genoten van het gevoel van superioriteit over hun burgerlijke 'normie' tegenhangers. Toch leek het Ben waarschijnlijker dat de man gewoon een ervaren soldaat was, gewend om gerespecteerd te worden en helemaal niet bezorgd om zijn welzijn in een slecht bezochte plaatselijke kroeg.

En er was geen reden waarom de man zich zorgen zou maken over zijn welzijn. Ben was de enige in de kamer die jonger was dan hij, en de enige die in staat leek een gevecht aan te gaan als de man vijandig zou worden. Maar er was ook niets aan hem dat op vijandigheid wees, net zoals de barman had gezegd. Extreme apathie, zeker. Maar Ben kreeg het gevoel dat zolang iedereen hem met rust liet, het allemaal goed zou komen.

Dus Ben stond op en ging weg, en zwaaide naar de barman. Hij wilde teruggaan en wat tijd doorbrengen met FaceTiming met Julie, en hij wikkelde zich in zijn jas en liep naar buiten.

Hij ging de stoep op en maakte zich klaar om de hoek om te gaan toen het gerinkel van de deur zijn oren bereikte.

Vreemd, dacht hij. Het had dat geluid niet gemaakt toen hij de eerste keer wegging, dus dat betekende...

Hij draaide zich om en merkte dat de deur nog open was.

En het massieve silhouet dat erin stond, vertelde hem wat hij moest weten.

Geweldig, dacht Ben. *Hij volgde me naar buiten.*

Ben had het stiekeme vermoeden dat de man, om de een of andere reden, gewoon had gewacht tot Ben weg was. Hij had niet eens zijn hoofd in Ben's richting gedraaid, maar toch... Ben had het gevoeld.

Hij balde zijn vuisten. *Laten we hopen dat hij alleen maar wil praten.*

"Ik wil alleen maar praten," zei de man, zijn Duits-gestileerde woorden klonken niet.

Ben stond, stil op de stoep.

"Loop met me mee?"

Ben haalde zijn schouders op en deed een stap naar voren. Hij stond nu twee meter voor de man, en -

De klap overviel hem. Ben gromde van de pijn en draaide zich om. Zijn longen vernauwden zich, en hij voelde zijn binnenste naar lucht snakken.

Hij struikelde, zijn handen om zijn darmen geklemd.

De man sloeg hem opnieuw, deze keer recht in zijn milt. Ben zag sterretjes. "Wat - wat de hel -"

"Ik hoorde dat je van plan bent morgen te gaan jagen," zei de man.

"Wat? Wat de f -" Ben kon niet eens fatsoenlijk vloeken. Hij zoog lucht in, nog steeds voorovergebogen op de stoep.

"Ik weet waar je naar op zoek bent. Je zult het niet vinden omdat je er niet zult zijn."

Ben hijgde, en stond toen recht. Hij was eindelijk in staat om zijn woorden te vinden. "Luister, klootzak. Als je denkt dat je de eerste eikel bent die me probeert te intimideren..."

Een, twee. De stoten volgden elkaar zo snel op dat Ben niet eens zeker wist of ze wel van de reus kwamen. Maar zijn lichaam reageerde eerder dan zijn hersenen, en Ben viel op de harde betonnen stoep. Zijn zicht draaide. *Oh, mijn God. Hij heeft hard geslagen.*

Ben had meer dan een paar schrammen gehad. Hij ontweek kogels, ving er een paar, en kon het navertellen. Maar dit was iets anders. Deze man was hier niet om hem *te doden.* Ben was bij gevechten betrokken geweest die geen tijd duurden - het was doden of gedood worden, en als een van beide faalde, vluchtten de daders en verstopten zich.

Maar dit leek meer op een straatgevecht, iets waar Ben niet echt bekend mee was. Het ging om intimidatie, bangmakerij.

En Ben begon bang te worden.

"Wat wil je van me?"

"Jij?" snauwde de man. "Niets. Ik wil dat je hier blijft, waar het veilig is voor mensen zoals jij. Ik wil dat je *niets* doet. Morgen vertrek ik. Ik ga er op jagen, net zoals jij van plan bent."

"Wacht, wat ben je -"

"Maar ik waarschuw u nu, en ik heb geen tijd meer te verspillen aan waarschuwingen: als ik u daarbuiten zie, zal ik gedwongen zijn meer te doen dan u alleen maar *waarschuwen.*"

Ben was geschokt, verward. En hij had veel pijn. Hij was veerkrachtig genoeg om te weten dat de klappen zouden verdwijnen, dat er alleen blauwe plekken op zijn lichaam zouden achterblijven en zijn trots. Maar toch... waar had die kerel het in godsnaam over.

Hij kroop rond en stond uiteindelijk op. "Oké, bub. Je hebt je punt gemaakt."

De man staarde hem aan. Het oranje van de straatlantaarns

maakte zijn harige, pokdalige gezicht nog meer gehavend en verweerd.

"Je zegt dat je op jacht bent naar iets daarbuiten. Cool. Maar dat doe ik *niet*."

Voor een flits, een kort moment, dacht Ben dat hij de uitdrukking van de man zag verslappen. Hij kon er niet zeker van zijn, omdat het licht en zijn draaiende zicht hem parten speelden.

CHAPTER 21

ELIZA

ELIZA EARNHARDT TROK DE RIEM VAN HAAR WANDELRUGZAK HOGER EN KLEMDE HEM VAST AAN HAAR SCHOUDER. Ze hield van deze rugzak - licht van gewicht en waterbestendig, het had gedubbeld als een overnachting kampeertas voor tal van kampeertrips. Ze had hem volgestopt met benodigdheden, voor zover ze kon aannemen welke benodigdheden ze nodig zou hebben. Een slaapzak voor onder nul, extra kleding en lagen, en een dunne rugzakdeken waren de belangrijkste items.

Ze wist dat Clive Vanderstadt eten voor de groep van drie zou inpakken, dus ze had alleen een paar van haar favoriete proteïne- en energierepen en een pakje gedehydrateerde koffie meegenomen. De mensen hier in de buurt dronken meestal alleen maar thee, dus ze wilde er zeker van zijn dat ze voorbereid was op een eventuele kille ochtend die ze tijdens de expeditie zouden tegenkomen.

Plus, ze wist dat Harvey Bennett een koffiedrinker was, en ze wilde koffie bij de hand hebben als een soort olijftak - ze had hem niet verteld dat ze mee zou gaan.

Ze zag Clive en Harvey door het gat in de bomen net naast de weg, waar Clive had geparkeerd, en toen haar ogen die van Harvey ontmoetten, wist ze meteen dat Clive het hem ook niet had verteld.

"Wat doe jij hier?" vroeg Harvey haar, zijn stem nauwelijks in staat zijn ongeloof te verbergen. Ze voelde geen vijandigheid, maar ze kende de man ook niet goed.

"Ik ga mee," zei ze, nuchter.

"Ik... wist niet dat je dat van plan was."

Er was een pauze, een impasse, totdat Clive de spanning doorbrak. "Harvey - Ben - mijn excuses. Ik heb het er gisteren niet over gehad omdat ik niet zeker wist wat je ervan vond dat er een vrouw meekwam."

Ben wierp zijn ogen op Clive. *Nu* leek er enige vijandigheid te zijn. "Dacht je dat ik niet dacht dat een *vrouw* voor zichzelf kan zorgen? Is *dat* wat je bedoelt?"

Clive deed een stap achteruit. "Nee, ik..."

"Mijn *vrouw* heeft veel ervaring in het buitenleven," zei Ben. "Als ik ooit de indruk had dat vrouwen niet tot dit soort dingen in staat waren, ben ik daar overheen.

Eliza sloeg een hand voor haar mond om haar lachen in te houden. Clive had een bewonderenswaardige prestatie geleverd. "Harvey - Ben -" zei ze, "laat het alsjeblieft niet op hem afkomen. We rotzooien maar wat aan."

Ben haalde adem. "Ja, sorry. Ik ben gewoon... op het randje."

Ze merkte voor het eerst op dat Ben er opgewonden uitzag. Verward. En als ze zich niet vergiste, leek hij wallen onder zijn ogen te hebben. "Ben je in orde?"

Hij knikte. "Ja, ik ben in orde. Er is alleen iets gebeurd vannacht. Het is al goed."

"Juist," zei Clive. "Dus we zijn goed, dan. Waarom praten we niet over het plan?"

"Loop die kant op," zei Ben, wijzend. "En kijk hoe lang het duurt om bij EKG's hoofdkwartier te komen."

Eliza kneep haar ogen dicht, maar glimlachte nog steeds. "Jij lijkt me iemand die betere plannen maakt dan dat."

Ben begon te lopen, maar sprak over zijn schouder. "Nee," zei hij. "Dat is ook Julie. Zij is de planner. Ik ben de doener."

Clive gaf Eliza een blik, maar ze haalde alleen haar schouders op. *Wat hem ook dwars zit, hij is echt gespannen.* Ze ging Ben achterna, probeerde zijn lange, wijde passen bij te houden.

Eliza kende Clive en zijn oom, Olaf Vanderstadt, al van jaren geleden, toen zij en wijlen haar man het gebied hadden bezocht voor een skitocht in het binnenland. Ze hadden elkaar ontmoet en waren dikke vrienden geworden, en Clive had zich zelfs meer dan eens met hen in het binnenland gewaagd. Ze wist dat hij een bekwaam bergbeklimmer, kampeerder en wildernisexpert was, en ze wist dat hij ook zelfverzekerd was achter een wapen.

De drie geweren die Clive bij zich had, waren haar zeker opgevallen - één ervan was natuurlijk voor haar bedoeld. Ze hoopte dat ze ze niet zouden hoeven te gebruiken, maar ze moest ook toegeven dat deze week al een paar vreemde en interessante situaties had opgeleverd. Eerst de verdwijning van Alina, een meisje uit Grindelwald dat naar de universiteit was geweest, en toen de verschijning van het driekoppige team van jagers - of tenminste, dat was wat de stad scheen te denken dat ze waren. Ze kende de mannen niet, en het leek erop dat niemand in de stad ze kende.

Dat alleen al was vreemd. Hoewel Eliza niet uit Grindelwald

kwam, kende ze deze bergstadjes goed - meestal kende iedereen elkaar, inclusief de bezoekende toeristen en vakantiegangers. De kroegbazen, herbergiers, kruideniers en dienstverleners waren de eerste verdedigingslinie, zij wisten wie er kwam, wanneer ze zouden komen en wat ze konden verwachten.

Niemand die ze gesproken had, wist dat er deze week drie vreemde mannen in Grindelwald zouden verschijnen.

Niemand scheen te weten wat zij wilden terwijl zij hier waren, behalve dat zij op een gegeven moment van boord zouden gaan voor een jachttocht.

Niemand leek te weten hoe lang ze hier zouden blijven.

Het leek allemaal op iets verdachts, en Eliza vond het niet leuk.

Zelfs als de mannen volkomen onschuldig bleken te zijn, hield zij niet van onbekende variabelen - zij was van plan het hoofdkwartier van het EKG-bedrijf te zoeken en te vinden, en dan foto's te nemen van wat zij daar ook maar kon vinden. Extra onbekende mensen in de buurt maakte dat werk moeilijker.

Ze probeerde haar ademhaling onder controle te houden; ze kende haar neigingen. Denken aan haar man en zijn dood maakte haar angstig. Angst leidde tot paniekaanvallen, en dat zou geen nuttig facet van deze missie zijn.

Ze jagen alleen maar, zei ze tegen zichzelf. Ze zijn hier alleen voor de steenbok, en dat is alles.

Ze keek de heuvel op naar Ben, die zo'n twintig passen voor haar liep. *Hij is gewoon kwaad omdat hij het meent met de missie.*

Toen keek ze over haar schouder naar Clive. Hij bood een onschuldige glimlach terug. Zij glimlachte terug. *En dan is er Clive.*

Het was niet dat ze hem een onnozelaar vond, maar Clive was

altijd gewoon een constante voor haar geweest - niets meer, niets minder dan wat hij aan de wereld liet zien. Hij hield van het buitenleven, kende zijn weg met een wapen en alle kampeerspullen die ze hem maar toewierp, en hield niet van confrontaties. Hij leek de mentaliteit van veel van de inwoners van Grindelwald te belichamen, hier voor het leven en plezier en vrijheid en genot. Alles minder dan dat was onacceptabel.

De heuvel begon steiler te worden, en zij zag dat Ben wat langzamer was gaan lopen. Ze wilde hem vragen wat hem dwars zat, maar wist dat hij dat waarschijnlijk zou ontkennen. Het meest voorspelbare aan mannen, zo had ze geleerd, was dat ze snel van onderwerp veranderden als hen echt iets dwars zat.

Wat dan ook, dacht ze. *Zolang hij maar hier is voor de missie. Zolang hij maar net zo gefocust is als ik om uit te zoeken wat EKG van plan is.*

CHAPTER 22

LARS

DE KLEINE MACHINE PIEPTE WEER. Drie seconden later, nog een piep. Twee andere machines in de kamer piepten in een disharmonisch ritme, verschillende toonhoogten en verschillende volumes, een willekeurig en toch op een of andere manier samenhangend lied.

Lars keek neer op het bed. Het was hetzelfde bed waar ze altijd in had geslapen, het bed dat hun oom en tante voor haar hadden gekocht toen ze vijf jaar oud was, nadat ze uit haar litsjumeaux was gegroeid. Ze lag nu op datzelfde bed, omringd door haar favoriete knuffeldieren en speelgoed, ook al speelde ze met geen van hen meer.

De rest van de kamer was net als in Frankrijk, behalve de medische apparatuur en de piepende machines die haar omringden. De foto's waren afkomstig van de muur bij haar thuis, de ene met de hyena's uit haar lievelingsfilm en de andere met een schilderij dat ze vier of vijf jaar geleden had gemaakt. De muren waren precies hetzelfde oceaanblauw als ze had gekozen toen ze de kamer in hun huis betrok, en het tapijt - hoewel niet het exacte tapijt uit die kamer - was hetzelfde. Lars had ervoor gezorgd dat het aansloot bij het gevoel en de stijl, en de kleur was een exacte match.

Het had hem maanden gekost om het tapijt, het vloerkleed en andere kleine onderdelen van de kamer te vinden. Deze kleine kenmerken zouden onzichtbaar zijn voor het ongetrainde oog, maar hij wilde dat de kamer perfect zou zijn.

Voor haar.

Hij wenste dat de medische apparatuur hier niet nodig was, maar nog meer wenste hij dat zijn zuster helemaal niet in deze kamer hoefde te zijn. Hij wenste dat dit geen *replica* was, dat ze thuis kon zijn en genieten van haar jonge leven met de oom en tante die haar hadden opgevoed.

De ouders van Lars en zijn zusje waren gestorven toen Lars twaalf was; zijn zusje was nog maar pas geboren. Het leeftijdsverschil tussen hen beiden maakte het in het begin moeilijk om een band te krijgen, maar tegen de tijd dat Lars op de middelbare school zat begon ze tegen hem op te kijken, bijna als een vervanger van hun overleden vader. Hun oom en tante hadden het druk met hun eigen carrières en hadden hun eigen kinderen al grootgebracht, dus werd Lars een beetje de verzorger van zijn zusje.

Naarmate hij succesvoller werd en zich uiteindelijk een positie wist te verwerven in het bedrijf van zijn grootvader, had Lars de controle over hun persoonlijke en gezinsleven volledig in handen genomen. Zijn zus aanbad hem, en hij wilde niets liever dan haar een plezier doen.

Dat was allemaal tot het ongeluk.

Lars was net begonnen bij EKG toen hij het nieuws kreeg. Een ruggengraat- of hersenletsel - de dokters wisten het toen nog niet zeker - had zijn zuster volledig comateus gemaakt. Niet in staat om te praten, niet in staat om motorische functies te gebruiken, niet in staat om iets anders te doen dan in bed te liggen, ogen dicht, wachtend op de dood.

De prognose was slecht. Dokters van over de hele wereld hadden haar onderzocht, en elk kwam terug met een iets andere versie van dezelfde boodschap: behoudens een wonder, zal ze hoogstwaarschijnlijk niet herstellen. Er was te veel schade aangericht aan de basale ganglia en de substantia nigra; ze was al te lang weg. Het beste is haar naar een comfortabele plaats te brengen waar ze haar laatste dagen kan slijten.

Het andere advies dat Lars had gekregen was om de beslissing zo snel mogelijk te nemen. Niemand hoefde hem uit te leggen wat die *beslissing* was: het zou zijn taak zijn om "de stekker eruit te trekken", en omdat ze nog maar een jonge vrouw was toen het ongeluk gebeurde, had zijn zus nooit een testament opgesteld of zelfs maar gesproken over dit soort worst-case scenario.

Maar Lars wist dat hij het niet kon opbrengen om de stekker eruit te trekken. Hij kon de gedachte niet verdragen dat hij de reden was van het overlijden van zijn zus.

Terwijl hij op zijn slapende meisje neerkeek, vroeg hij zich af wat ze op dit moment dacht.

Het ongeluk was bijna drie jaar geleden gebeurd, en hoewel de maanden na het ongeluk een nachtmerrie voor hem waren geweest, wist hij ook dat hij het probleem kon oplossen.

Hij wist dat er een antwoord was waarbij hij zijn zus niet van het leven hoefde te beroven.

Dat antwoord had hij gekregen kort nadat hij zijn plaats als hoofd van de nieuwe afdeling had verworven, kort nadat hij met Dr. Canavero had gesproken over zijn eerste proeven op muizen en kleine zoogdieren. Het was controversiële technologie en een nog controversiëlere procedure, maar de medische vertakkingen zouden baanbrekend zijn en niets minder dan diepgaand.

Als ze werkten.

Lars' hele bestaan was toen veranderd van dat van een nieuwsgierige jongeman, die bezig was zijn carrière op een hoger plan te brengen, in een gedreven ondernemer die er belang bij had deze nieuwe behandeling zo snel mogelijk op de markt te brengen. Hij wilde de erkenning en het fortuin die dat met zich mee zou brengen, maar zijn onderliggende doel was simpel: het leven van zijn zus redden.

Terwijl hij haar zag slapen, zag hij haar ogen flikkeren achter haar gesloten oogleden. Ze was aan het dromen, of dacht aan iets. Probeerde ze te communiceren? Als ex-legerarts wist hij genoeg over comapatiënten om te weten dat ze soms probeerden te communiceren met de buitenwereld door met een vinger te tikken of met een oog open en dicht te knipogen. Tot nu toe had zijn zus dat niet gedaan, maar elke dag bracht Lars nieuwe hoop dat ze misschien weer normaal begon te worden.

Hij bukte en legde haar hand in de zijne. Het was klein, koud. Niet dood, maar ook niet helemaal levend.

"Heb je het warm?" vroeg hij. "Heb je meer dekens nodig?"

De verpleging zorgde 24 uur per dag voor alles wat zijn zus nodig had, verschoonde dagelijks de lakens en kleedde haar in nieuwe kleren. Ze had een katheter om haar lichaamsfuncties te regelen, en een heleboel intraveneuze infusen die haar interne systemen continu regelden en bewaakten.

Geen kosten waren gespaard, en niets was buiten bereik voor Lars. Als een dokter het adviseerde, zou Lars het betalen.

Terwijl hij over haar heen stond, dacht Lars aan zijn verzwakkende relatie met Dietrich. De man was briljant - onherkenbaar intelligent - de eigenschap die Lars zo lang geleden in de eerste plaats tot hem had aangetrokken. Maar waar Dietrichs intelligentie ophield, begon koude, berekenende rationaliteit. Er *was* emotie in de man, maar Lars had ontdekt dat het te veel moeite en energie kostte om die op te graven. Hij was al eerder door de kilte van de man heen gedrongen en had een warm, troostend kameraadschap gevonden, maar de prijs was te hoog.

Lars' liefde werd in twee verschillende richtingen getrokken, en er was geen twijfel in zijn hoofd welke kant aan het winnen was.

Het was jammer voor Dietrich, maar Lars deed zijn best om het onvermijdelijke uit te stellen. Met een beetje geluk zou Dietrich niet vermoeden dat Lars zich opzettelijk distantieerde van de relatie. De man had zijn spreadsheets en budgetprognoses, en hij had zich op zijn werk gestort lang voordat Lars' zus was weggeglipt, dus er was niets meer dat Lars dacht te kunnen doen om de relatie levend te houden. Dietrich had zich verbonden aan het bedrijf - aan hem en zijn grootvader - en er was niets meer dat Lars op dit moment van hem nodig had.

Hij liet de hand van zijn zus weer op het bed vallen en draaide een langzame cirkel door de kamer. Hij had tienduizenden dollars uitgegeven aan twee ingebouwde verlichtingssystemen die het wisselende daglicht van buiten perfect nabootsten en door de kamer wierpen via een nepraam, compleet met de originele gordijnen en roede die zijn zus in haar echte kamer had gehad.

Het plafond boven hen was veranderd van een standaard verlaagd plafond in de stijl van een kantoorgebouw in een gepleisterd en afgewerkt plafond van gipsplaat, compleet met de kroonlijst die hun oom overal in zijn huis had laten aanbrengen.

Het was in alle opzichten een perfecte kopie van de kamer.

Zelfs de vierkante meters waren hetzelfde, inclusief de kleine kast bij het bed, die Lars had gevuld met de bordspellen uit haar kindertijd, de kleerkast en een paar dozen vol opgezette beren die ze had verzameld en die naast de lakens en kleding lagen die de verpleegsters elke ochtend gebruikten.

Hij zuchtte. Hij wist dat er veel op het spel stond - als Dr. Canavero er niet in zou slagen de derde fase van de overdrachtsproef te doorgronden, zou alles waar ze tot dan toe voor hadden gewerkt verloren zijn. Elk doel - zijn persoonlijk doel, zijn professioneel succes, en zijn fortuin op lange termijn - zou van de ene dag op de andere verdwijnen.

Dietrich had Lars verzekerd dat de vooruitgang die ze tot nu toe hadden geboekt *al* wereldveranderend was, maar de smeekbeden van de man waren aan dovemansoren gericht. Lars wilde er niets van weten tenzij hij alles kon krijgen. Hij moest zijn zus terug hebben, anders was het allemaal voor niets geweest.

Hij haalde nog eens diep adem, wierp een blik op zijn jonge zusje dat langzaam op bed lag te ademen en verlangde ernaar haar stem weer te horen. Het was hartverscheurend, maar hij zou het antwoord vinden. Hij zou het probleem oplossen dat nog niemand in de geschiedenis had kunnen oplossen.

Zijn team was het beste ter wereld, zijn middelen waren vrijwel onbeperkt, en er was niets dat hun succes in de weg stond ....

Behalve de tijd en het lot zelf.

Ben en het team waren van plan de eerste nacht hun kamp op te slaan op ongeveer driekwart van waar zij denken dat de rand van het hoofdkwartier van het bedrijf is. Ze hadden het grootste deel van de dag geklommen over zacht glooiend terrein, hun laarzen krakend door hard aangestampte sneeuw en over gevallen dennentakken.

Het was een prachtig landschap, en op de momenten dat de bomen opengingen en een blik op de bergkam mogelijk maakten, kon Ben in de verte het schilderachtige en kostbare stadje Grindelwald zien liggen. Kleine boerderijen en woningen pompten rook uit hun schoorstenen de lucht in, en hij kon auto's en fietsen zien rondrijden terwijl de kleine stad doorging met haar bezigheden.

Hij maakte voor de vijfde keer die reis een aantekening dat hij Julie hierheen moest brengen.

Door de wandeling voelde Ben zich ook wat beter over zijn ontmoeting met de enorme jager uit de herberg. Zijn rug was nog een beetje pijnlijk, maar de rest van de aframmeling was uitge-werkt. Hij was nog steeds verontrust over het feit dat hij de man hem had laten overvallen, maar de frisse lucht en het schilderachtige landschap hadden zijn zorgen opzij gezet.

Hij zou stoppen met wat EKG ook aan het doen was om deze plek te kwellen. Hij had het Eliza beloofd, en hij had het zichzelf beloofd.

Hij was niet bang voor een macho jager, en hij was niet bang voor een confrontatie. Als die idioot hem wilde dwarszitten en de stoere jongen wilde uithangen, had Ben al eerder met dat soort mensen te maken gehad.

Trouwens, wat zou hij gaan doen? Op hen schieten?

Ze sloegen hun kamp op onder een andere open hemel, deze keer omringd door een perfecte cirkel van bomen die een beschermende grens rond hen vormden. Clive en Eliza rolden een paar grotere rotsen en kleine keien in een kleinere ring en ruimden daarbinnen de sneeuw en puin op om een vuur te maken. Ben verzamelde gevallen hout voor brandhout.

Binnen enkele minuten nadat ze gestopt waren, hadden ze een vuur aangestoken, en waren ze allemaal de besneeuwde grond aan het opruimen tot op het vuil om als zitplaats te gebruiken. Ze zouden onder de sterren slapen, cowboystijl, ingepakt en beschermd tegen de elementen door hun tassen op dekzeilen te leggen en de randen in te rollen. Het zou regen of sneeuw niet tegenhouden, maar er werd niets voorspeld.

Ze maakten zich ook geen zorgen over roofdieren. In dit deel van het land waren er echt geen. De weinige beren die de afgelopen vijftien jaar waren gezien, hadden geen reden tot bezorgdheid gegeven, en bovendien waren ze allemaal gewapend.

Ze hadden echter wat meer hout nodig, dus vertelde Ben hen dat hij een paar concentrische cirkels rond hun kampeerplaats ging maken op zoek naar omgevallen boomstammen en bomen. Hij nam Clive's bijl mee en een zaklamp en begon te zoeken.

De zon was ondergegaan, en de temperatuur daalde snel. Er was nauwelijks vocht, dus de lucht hield geen vocht vast om de warmere temperatuur te behouden. Hij rilde en probeerde de kou te verdrijven. Hij was groot, breed, en liep meestal warm, maar vandaag had hij het moeilijk om warm te blijven. Hij verlangde naar zijn slaapzak naast het vuur - er was iets puurs en bevredigends aan het slapen onder de sterren met een slaapzak en de warmte van het vuur om hem warm te houden.

Hij rilde weer en stopte zijn nek en hoofd in de open flap van zijn jas. Hij had een sjaal, maar die zat vastgebonden aan de buitenkant van zijn rugzak in het kamp. Hij was maar een paar meter de boomgrens ingelopen, zo'n twintig passen bij de anderen vandaan, maar het was al donker en bijna onmogelijk om iets te zien in het bos.

Hij scheen met zijn licht naar beneden op de grond voor hem terwijl hij liep, voorzichtig om alleen op de opeengepakte gebieden van de sneeuwval te stappen. Hij wilde niet dat hij de sneeuw moest wegvegen als hij een voet had gezet in een van de diepere, donzige sneeuwbanken die tegen de stammen van de bomen in de buurt omhoog staken.

Een paar bewegingen trokken zijn aandacht. Hij stopte, verwachtte een konijn of vogel die uit zijn schuilplaats zou komen, maar er kwam niets. Hij realiseerde zich toen dat het een schaduw was geweest, een schaduw van zijn eigen zaklamp of van het vuur dat in de verte brandde. Hij staarde nog een paar seconden naar de plek, voor het geval het niet echt -

Daar.

Weer beweging. *Nee.* Het was geen *beweging,* maar zijn ogen hielden hem nog steeds voor de gek. Hij had geen beweging gezien, maar iets dat niet op zijn plaats was. Zijn onderbewustzijn had hem geattendeerd op het vreemde, niet op zijn plaats lijkende voorwerp waarop zijn ogen waren gevallen en dat hij had verwerkt, maar het had bewuste inspanning en studie gekost om te beseffen dat hij naar iets keek dat er niet hoorde.

Ben stapte er naar toe. Het lag in een sneeuwbank, maar dat kon hem niet schelen. Hij viel door de sneeuw, blij dat het maar een paar centimeter dieper was. Het was al een tijd geleden dat Grindelwald en omgeving veel sneeuw hadden gehad. Hij kraakte de sneeuw onder zijn voeten en liep naar het voorwerp toe.

Het kwam in zicht toen zijn zaklamp over de figuur danste. Het was groter dan hij dacht. Of, beter gezegd, het object dat hij zag was *onderdeel* van iets veel groters dan hij aanvankelijk had gedacht.

Hij staarde naar beneden, niet gelovend wat zijn ogen zagen. Ben kneep zijn ogen dicht toen zijn licht over het ding ging.

Wat de...

Hij hurkte een beetje en liet zijn zaklamp op zijn gebogen knie rusten. Hij scheen het licht direct op de voet van de grote den, en liet het toen naar beneden gaan over...

Hij struikelde en viel achterover in de sneeuw. Zijn kont landde in de zachte poeder, maar hij schuifelde nog meer achteruit, sneller.

Hij probeerde te schreeuwen, maar er kwam alleen een grom uit. Hij liet de zaklantaarn in de sneeuw vallen, en hij had er meteen spijt van. Het licht scheen op het voorwerp, nu volledig onthuld, nu volledig uitgestrekt en in de schaduw, zijn rankenachtige fragmenten sprongen omhoog en bogen zich naar de boomstam.

Het leek te leven, maar Ben wist dat het nog steeds zijn geest was die hem voor de gek hield. Zijn ogen pasten zich aan en hij realiseerde zich dat het het licht en de schaduwen waren die een show voor hem opvoerden. Hij slikte en probeerde opnieuw te schreeuwen.

"H - hey! Clive, Eliza - kom hier!"

Een van hen belde terug.

"Nu!" schreeuwde hij. "Kom vlug. Ik heb iets gevonden."

Hij hoorde hun voetstappen zwaar neerkomen op de samengepakte aarde en sneeuw toen ze liepen. Hij greep opnieuw met zijn rechterhand naar de zaklamp, tilde hem op en richtte hem weer op het ding aan de voet van de boom. Hij kon zich niet concentreren, er was te veel om op te richten. Te veel stukken...

Eliza was er. "Wat heb je..."

Haar adem stokte in haar keel. Ze stapte naast Ben, en hij probeerde het schudden van het licht te stoppen zodat ze allebei beter konden zien.

"Oh mijn God," zei Clive's stem van vlak achter Ben en Eliza. "Is dat..."

"Ja," zei Ben. "Dat is zo. Denk ik."

CHAPTER 24

ELIAS

ELIAS ZIEGLER WAS MOE. Hij was niet uitgeput, noch had hij lichamelijk behoefte aan slaap, maar hij was geestelijk uitgeput. Hij was al meer dan een week bezig met het oplossen van de puzzel, elke dag sinds hij naar dit kleine dorpje in Zwitserland was gekomen. Hij was al eerder in het land geweest, maar het was jaren geleden dat hij hier enige tijd had doorgebracht.

Als geboren Duitser was hij opgegroeid met een nazi-sympathisant als grootvader en een vader die in conflict was met zijn eigen politieke overtuigingen: hij haatte alles waar de nazi-partij voor stond en had zichzelf en zijn familie volledig willen afscheiden van de Duitse elite. Gelukkig was het twee decennia na de oorlog, zodat zijn vader geen moeite had gehad om de banden met hun verleden te verbreken en hun gezin naar Polen te verhuizen.

Elias en zijn broer groeiden op in Polen, maar zwierven over het Europese continent toen zijn vader, een mecanicien van beroep, naar werk zocht. Elias Ziegler was een soort leerling van zijn vader geworden. Hij leerde het vak en werd zelf dol op alles wat met machines te maken had.

Elias ruilde uiteindelijk zijn vrijheid in voor dienst in het Duitse leger, waar hij acht jaar doorbracht als vliegtuigmonteur, en uiteindelijk een GSG-9 agent werd.

Hij was niet alleen getraind in het deconstrueren en herbouwen van machines, maar ook in het deconstrueren van de innerlijke werking van mensen. Het was zijn specialiteit als agent, en hij was meer dan eens gevraagd om een vijandelijk kamp te bestuderen en te infiltreren om een specifiek persoon van belang uit het speelveld te verwijderen.

Met andere woorden, hij was een jager, eenvoudig en simpel.

En hij was erg goed in zijn werk.

Maar hij was nu moe. Moe van het proberen uit te vinden wat deze mannen wilden dat hij ging jagen. Moe van het proberen te interpreteren van hun gecodeerde spraak die ze gebruikten als ze dachten dat hij niet luisterde. Moe van het krijgen van nieuwe informatie laat in het spel - namelijk horen dat er nu een nieuwe partij betrokken was bij de jacht.

Hij had gisteravond met een van de leden van deze nieuwe partij gesproken. De man was groot, sterk en veerkrachtig. Maar het verbaasde Elias niet dat de man geen vechter was - hij had nauwelijks geprobeerd terug te slaan toen Elias hem in zijn buik stompte. Elias had geen enkele moeite gehad om de man op de grond te krijgen, en hij wist dat hij nog veel erger had kunnen doen als de situatie daarom had gevraagd.

Maar hij wilde alleen een boodschap overbrengen. Zijn hele doel was de man bang te maken, hem te bewijzen dat wat ze hier ook dachten te zoeken, niet iets was waar men zich druk om moest maken.

Hij stond niet boven dit soort klussen; hij had genoeg andere mensen gewaarschuwd voor soortgelijke jachten. Maar hij was het absoluut beu dat zijn plannen bij elke stap werden gewijzigd, dat hij nieuwe informatie ontdekte en dan gedwongen werd ernaar te handelen.

Hij keek over het kleine, flikkerende vuur naar de twee mannen die hem vergezelden. Hij verachtte een van hen en kon de ander gewoon niet uitstaan. Het probleem was dat hij de helft van de tijd niet zeker wist wie wat was. Hij ging van ergernis naar een regelrechte hekel aan elk van de mannen heen en weer in de loop van de dag. Ze waren zwak, onervaren.

Zeker, de jongere man genaamd Lars - de assistent van de oudere man genaamd Roger Dietrich - beweerde dat hij een opleiding en ervaring had en een behoorlijk vuur kon stoken, maar Elias doorzag zijn geoefende uiterlijk. Hij zag de perfect gemanicuurde vingernagels van de man, zijn zachte handen en zijn porseleinen huid die nauwelijks in aanraking was geweest met de elementen. Hij zag het in de manier waarop de man zijn bepakking droeg, en in de manier waarop hij behendig over stenen en boomstammen stapte die hun pad kruisten.

De man was een bedrieger, Elias was er zeker van. Hij was misschien de assistent van de bankier, maar hij was geen echte buitenmens.

Wat betekende dat Elias nu op hen beiden moest passen. Hij had niet de illusie dat zijn contract niet inhield dat hij beide mannen in leven moest houden, maar hij had wel het gevoel dat het innen van het contract veel moeilijker zou worden als hij zonder zijn beide metgezellen zou terugkeren.

Dus, hij was moe. Moe om met dit alles om te gaan. Hij vroeg zich af of hij niet gewoon oud aan het worden was, de zuurpruim die zijn grootvader was geworden, zoals hij zich herinnerde. Er was een tijd in Elias' leven geweest dat hij er alles voor over zou hebben gehad om hier te slapen, in de open lucht onder de sterren, maar nu verlangde hij naar het comfort van een zacht bed en een vers kopje koffie dat de volgende ochtend voor hem klaar stond.

"Diep in gedachten, neem ik aan?" vroeg Dietrich, de man aan de andere kant van het vuur.

antwoordde Elias met het optrekken van één wenkbrauw. Dietrich zou bijna over het vuur moeten leunen om het te zien, Elias was toch niet geïnteresseerd om een gesprek te beginnen.

"Mag ik vragen wat het precies is *waar* je aan denkt?"

Elias overwoog te antwoorden met, *nee, dat mag je niet*, maar in plaats daarvan gromde hij alleen maar.

"Hij is boos dat we hem nog steeds niet hebben verteld wat we zoeken," zei Lars aan Elias' rechterzijde. "Ik denk dat het misschien tijd is dat we..."

"Hij mist thuis," zei Dietrich. "Polen? Is dat zo? Of beweer je nog steeds dat Duitsland je vaderland is?"

Elias wilde een handvol kolen oppakken en in het gezicht van de man gooien, maar hij hield zich in. "Ik ben Duitser, uit Polen."

Het kon hem niet schelen hoe verwarrend de verklaring zou klinken voor de andere Europeanen.

"En er is niemand die thuis op je wacht, is het niet?"

Elias gromde als antwoord. Hij stond op. "Ik moet plassen."

Hij liep naar een plek bijna uit het zicht van het vuur dat ze hadden aangestoken en ontlastte zich. Hij staarde voor zich uit in de duisternis van het bos en liet zijn ogen en geest de tijd om zich te concentreren. Toen hij zijn broek losritste, merkte hij een flikke-ring op, een klein oranje lichtje.

Hij wist waar ze waren; hij had het gebied bestudeerd en had er de afgelopen week rondgeklauterd. Hij wist dat er hier niets was; geen gebouwen, geen huizen, niets dat licht zou kunnen geven.

Wat betekende dat het een brand was. Wat betekende dat de man die hij gisteravond had ontmoet, geen acht had geslagen op zijn waarschuwing.

Elias ademde uit, een lange, diepe zucht. Hij zou deze man nog eens moeten waarschuwen, en deze keer zou hij ervoor moeten zorgen dat de waarschuwing bleef hangen.

DE WAARHEID WAS DAT HET MOEILIJK WAS OM PRECIES TE ZIEN *WAT* HET DING WAS. Bens licht werd snel aangevuld met een licht dat Clive uit een zak haalde, en samen schenen de twee mannen met hun lichten op het voorwerp onderaan de boomstam. Eliza stapte er naar toe en begon er met een stok die ze had gevonden tegenaan te duwen.

Een stuk harde, korstige stof viel van een uitsteeksel op het voorwerp en Eliza sprong achteruit. "Het is een... het is een..."

"Het is een lichaam," zei Ben.

"Het *was* een lichaam."

Hij knikte. Ben had al eerder dode lichamen gezien, zelfs verse, maar dit was iets heel anders. Hij twijfelde er niet aan dat het het lichaam van een volwassen mens was, maar het was volledig aan stukken gescheurd. Het hoofd was nauwelijks herkenbaar - de schedel was schijnbaar in tweeën gespleten door een ongelooflijke kracht tegen de boom zelf, en de rest van het lichaam was al even verminkt.

Half begraven in sneeuw die ooit wit was geweest, was het hele zootje nauwelijks waarneembaar in de duisternis. Het met bloed besmeurde lichaam en de sneeuw eromheen waren gewoon versmolten met het decor op de achtergrond, waardoor het hele angstaanjagende ding bijna niet te onderscheiden was van het bos eromheen.

Tot ze er licht op hadden.

Toen werd het lichaam echt. Ben staarde ernaar nadat hij weer overeind was geholpen door Eliza.

"Het ziet eruit alsof het... opgegeten is."

"Of gewoon gedecimeerd. Het lijkt er niet op dat het dier er in gebeten heeft."

Ben keek naar Clive terwijl hij sprak, hopend dat de professionele jager iets te bieden zou hebben. Maar wat Clive had gezegd, klonk niet logisch. "Ik snap het niet," zei Ben. "Welk dier? Wat zou dit kunnen doen?"

Clive haalde zijn schouders op. "Dat is wat ik ook probeer te achterhalen," zei hij. "Ik ken geen dieren in dit gebied die zoiets zouden kunnen doen."

"Welk dier zou dit in het algemeen kunnen doen?" vroeg Eliza.

"Het lijk is niet opgegeten," zei Clive. "Het vlees is er nog. Helemaal aan flarden gescheurd, maar het is er toch nog."

Ben hield een voorarm voor zijn mond. Hij had al eerder gejaagd, en hij had veel te maken gehad met wezens die groot genoeg waren om een volwassen man te doden, maar hij zag hier niets dat hem zinnig leek.

Het leek op een zinloze moord.

De armen van de man lagen elk schuin aan weerszijden van de romp, nog steeds vast, maar grotendeels bedolven onder de sneeuw. Ze vormden een rechte lijn van hand tot hand, alsof de man was omgekomen bij een achterwaartse val en zich probeerde op te vangen.

Maar dat is waar Bens veronderstellingen ophielden. Hij kon de rest niet achterhalen.

De borstkas van de man was opengespleten, de ribben naar achteren gewrongen en uit elkaar getrokken, alsof het dier had geprobeerd hem open te maken en naar binnen te klimmen. Het was een van deze ribben - gebroken en gekarteld en recht omhoog wijzend naar de boom - die Ben als eerste had gezien. In de duisternis leek het op een stok, maar dan wel een met een onnatuurlijk gladde buitenkant.

Aan de meeste ribben zaten nog kledingstukken en stukjes huid en vlees vast, en het was een van die kleine lintjes kleding die eraf was gevallen toen Eliza het had verplaatst. Alles was half bevroren, half begraven. Overal lag opgedroogd bloed.

"Clive," vroeg Ben opnieuw. "Welke roofdieren kunnen dit een man aandoen?"

Clive keek hen met grote ogen aan. "Een beer? Wolven, misschien? Maar ik denk niet dat ze de ribben zo uit elkaar kunnen rekken en..." hij viel weg.

Eliza pakte de draad weer op. "Geen wolf, en er zijn hier geen beren. En ik denk niet dat een beer de borst van een man kan openrijten. Ik bedoel, je zou handen moeten hebben die zo kunnen grijpen, en ik zie geen klauwsporen."

Ben huiverde en rilde weer. Deze keer kwam het niet door de kou.

Wat hier ook was, wat dit ook gedaan had...

Hij wilde niet aan de rest denken.

"Het is nog steeds hier," zei Clive. "Het deed dit niet om de man op te eten. Dit was iets anders. Opzettelijk, zelfs."

Ben wierp een blik op Eliza. Ze ontmoette zijn ogen een kort moment en keek toen weg. Ze deed een paar stappen opzij, afstand nemend van de twee mannen. Ben stond daar en keek toe, zich afvragend wat hij in hemelsnaam kon zeggen of vragen dat zou helpen om de situatie te begrijpen.

In plaats daarvan viel zijn blik op iets dat aan een van de hoger gelegen takken hing. Hij greep ernaar, maar merkte dat het net buiten zijn vingertoppen lag.

"Iets gevonden?" vroeg Clive.

"Ik weet het niet. Hier," zei hij, terwijl hij zijn zaklamp aan Clive gaf. Ben sprong, greep het kleine rechthoekige ding met een uitgestrekte hand en rukte het van de tak af. Het viel met een knak, gevolgd door een stuk van de tak, dat vlak naast het lijk landde.

"Wat is er?" Vroeg Eliza.

Ben draaide het een paar keer om in zijn handen. Het was bevestigd aan een sleutelkoord, dat in de tak was terechtgekomen. Het stuk van het sleutelkoord was er helemaal afgetrokken, maar Ben hield vast waar het sleutelkoord voor bedoeld was. Plastic, rechthoekig, met afgeronde hoeken. Eén kant was blanco, op een dunne zwarte streep na, die over de hele lengte van de kaart liep.

"Het is een ID-badge," zei Ben. Clive kwam dichterbij en richtte een van zijn zaklampen op de voorkant van de badge. "Grigor nog iets. Ik kan de achternaam niet lezen. Het is wegge-krast. Maar er staat ook -"

"Grayson, GmbH," zei Eliza. "*Gesellschaft mit beschränkter Haftung*. Het equivalent van een Amerikaanse *LLC*. Het lijkt erop dat deze man, Grigor, voor een Duits bedrijf werkte."

Behalve de magneetstrip stond er niets op de achterkant van de badge. Ben controleerde zorgvuldig op kleine, moeilijk te lezen lettertjes of iets dat hen meer aanwijzingen zou kunnen geven. Tevreden dat er geen waren, schoof Ben de ID in zijn achterzak.

Hij keek op naar zijn reisgenoten. "Wat nu?"

Hij wilde zijn bezorgdheid niet uiten. Hij wilde niet hardop zeggen waar hij zich zorgen over maakte. Helaas had hij het gevoel dat de anderen zich precies hetzelfde zorgen maakten.

"EKG had hier iets mee te maken," zei Clive, nuchter. Hij staarde in Ben's ogen. "Het lijkt erop dat er meer achter dit verhaal zit dan je ons hebt verteld."

Ben's mond viel open, en zijn ogen werden wijder. "*Ik?* Zij is degene die me in deze puinhoop heeft gebracht. Als je denkt dat ik iets voor je achterhoud, loop dan maar terug naar de stad en -"

"Genoeg, genoeg," zei Eliza. Ze legde haar hand op Ben's arm en spiegelde de beweging met Clive. "Luister naar me, nu meteen."

Ben en Clive keken haar aan.

"Ik heb het je gezegd. Ik heb jullie gewaarschuwd dat EKG betrokken is bij dingen waar ze niets mee te maken hebben."

"Maar als je wist..." Ben begon te protesteren.

"Ik verzeker u," zei Eliza, "dit is nieuw voor me. Wat dit ook is - wat deze man ook gedood heeft - ik had geen idee dat het zover was gekomen. Bovendien hebben we geen bewijs dat EKG betrokken is bij de dood van deze man. Grayson, GmbH kan een soort van beveiligingsbedrijf zijn, of het kan gewoon een bedrijf zijn dat ze ingehuurd hebben om hun terrein te onderhouden. We weten het niet. Maar dit weet ik wel: Ik heb je hierheen gebracht omdat ik denk dat EKG iets doet wat de wereld wil weten, iets wat we misschien kunnen stoppen. Ik denk nog steeds dat dat waar is."

"Dus, je gaat door?" vroeg Ben.

Eliza keek hem aan, lang en hard. Hij voelde hoe haar ogen zich in hem boorden, hem in stilte ondervragen. Hij wist wat ze dacht, en hij wist wat ze ging vragen.

"Je weet verdomd goed dat ik door zal gaan," zei ze, uiteindelijk. "Ga je me helpen?"

DE REST VAN DE AVOND VERLIEP ZONDER PROBLEMEN, hoewel Eliza wist dat de twee mannen, net als zij, de gebeurtenissen steeds opnieuw in hun hoofd afspeelden. Om eerlijk te zijn, het beangstigde haar. Wat daar ook was, wat die man had gedood, was er nog steeds.

Clive scheen te denken dat de man nog maar enkele dagen geleden was vermoord, te oordelen naar het gebrek aan aftakeling en ontbinding van het lichaam. Ze moest toegeven dat het plausibel leek, aangezien ze geen enkel verval kon vinden op de delen van het lichaam die intact waren gebleven.

Maar dat was het juist: de hele bovenste helft van het lichaam was verwoest, gedecimeerd. Behalve de armen van de man, die uitgestrekt waren in die vreemde, perfect rechte diagonale lijn, waren zijn borst en hoofd doorboord door een onbekende kracht, een kracht die groter was dan een van hen drieën zich ooit had kunnen voorstellen. Tegelijkertijd leek het niet alsof een machine het werk had gedaan. Wat het ook was, het was levend, organisch. Het was een soort dier geweest.

Een of ander schepsel.

Eliza dacht aan de beelden op haar telefoon, die ze aan Ben had laten zien. *Zou EKG werkelijk zoiets sadistisch hebben gemaakt? Zouden ze een soort vreemde, macabere operatie hebben uitgevoerd?* Het leek ongeloofwaardig, onnatuurlijk. Maar de resultaten leken voor zich te spreken.

Eliza schudde de gedachten van zich af. Ze moesten zich nu concentreren op hun taak en niet stilstaan bij de verschrikkingen van het verleden. Ze dacht aan haar man, de reden waarom ze dit allemaal deed.

Nee, dat was niet waar.

Ze deed het voor hem, zeker. Maar nu, na jaren van werken aan hun ultieme gezamenlijke doel, was ze veranderd. Ze was niet langer een medeplichtige, werkte niet langer naar zijn droom toe.

De droom van haar man was de hare geworden. Het was de hare geworden. Ze voelde het, diep in zichzelf. De waarheid van dit alles die ze moest vinden. Ze begreep nu wat hem had gedreven. Terwijl ze ooit tevreden was geweest met zijn doelen en dromen, voelde ze ze nu voor zichzelf, nam ze ze over als haar eigen.

Ze was een ijveraar voor haar zaak, net als haar man was geweest. Ze hoopte nu dat ze de anderen, Ben en Clive, kon overhalen om ook voor haar zaak te kiezen.

Ze bleven nog een paar uur op rond de warmte van het vuur, tot het begon te doven. Ze spraken over het verleden, over haar overleden man en Ben's vrouw, Julie. Het had wat voeten in de aarde gehad, maar zij en Clive waren erin geslaagd iets te ontfutselen over hoe Ben en Julie elkaar hadden ontmoet. Een incident in Yellowstone National Park in de Verenigde Staten een paar jaar geleden had hen bij elkaar gebracht, Ben een ranger in het park en

Julie werkte voor de CDC in een nieuw programma genaamd de Biological Threat Research Division.

Eliza had het gevoel gekregen dat Ben een beetje teruggetrokken was, het type man dat zich niet vrij wilde openstellen. Haar instincten waren juist gebleken toen ze naar Bens familie had gevraagd. Toen ze naar zijn ouders vroeg, haalde hij alleen maar zijn schouders op en zei dat die al jaren geleden overleden waren.

Hij zei dat hij een jongere broer had, maar gaf niet meer details toen hij erop werd aangesproken.

Eliza en Clive van hun kant hadden vrijuit gedeeld en zelfs gelachen om verhalen over misgelopen kampeertrips met hun families. Al bij al was de nacht goed verlopen en tegen de tijd dat ze gingen slapen, voelde Eliza zich tevreden dat de verschrikkingen van uren geleden veilig waren opgeborgen in hun herinneringen.

Ze had goed geslapen, verrassend genoeg. Er was iets met de warmte van haar lichaam en de koele lucht op haar blootgestelde gezicht waardoor ze zich altijd behaaglijk voelde als ze buiten sliep. Het deed haar ook goed dat ze een fles met een soort whisky hadden rondgedeeld die Clive in zijn rugzak had gestopt.

Toen het ochtendlicht door Eliza's oogleden drong en ze opende, was ze uitgerust en klaar om op te staan. Ze strekte zich uit in haar slaapzak, met haar armen boven haar hoofd, en rolde zich toen op haar linkerzij. Ze knipperde een paar keer met haar ogen en keek naar Ben, in zijn eigen slaapzak.

Zijn ogen waren open, hij staarde haar aan.

Het was schokkend, abrupt. Ze ging onmiddellijk rechtop zitten.

"Sorry," zei Ben glimlachend. "Je leek zo vredig te slapen; ik wilde je niet wakker maken. Ik ben net zelf wakker geworden. Ik moet plassen, maar het is hier echt lekker warm."

Ze lachte erom en draaide zich toen om om het andere lid van hun groep te controleren.

Ze zag Clive's slaapzak, maar die was plat en leeg.

"Hij is ongeveer 15 minuten geleden vertrokken," zei Ben. "Hij heeft wat spullen voor het ontbijt die morgen bedorven zullen zijn, dus we dachten dat we het zouden koken en dan over een uurtje weg zouden gaan. Hij ging nog wat stokken zoeken om het vuur aan te krijgen."

Ze knikte, trok zich op in een zittende positie en borstelde de bladeren van haar achterhoofd. "Oké," zei ze. "Zolang er spek is, kunnen we er vast wel een uurtje langer over doen."

Ze zag dat Ben zijn wenkbrauwen naar haar ophaalde, met een speelse uitdrukking op zijn gezicht.

"Wat?" Vroeg ze.

"Niets," haalde Ben zijn schouders op. "En ik had je nog wel ingeschat als een van die vegetariërs of veganisten of zo."

"Vegetariërs of veganisten of wat dan ook? Dat is niet hetzelfde, weet je."

Ben veinsde een blik van gekwetstheid en hield zijn handpalmen omhoog. "Rustig nu," zei hij. "Elke vriend van bacon is een vriend van mij."

Ze glimlachte naar hem toen hij zich omdraaide en uit zijn slaapzak stapte. Hij stapte uit, helemaal naakt op een boxershort na. Hij rommelde wat op de grond, op zoek naar zijn spijkerbroek en geruite shirt met lange mouwen. Toen hij die gevonden had, begon hij rond te huppelen en probeerde zijn been in de broek te schuiven.

Eliza trok een wenkbrauw op. Voor zo'n grote man als hij, had

Eliza niet verwacht dat hij zo... fit zou zijn. Zijn rug had een perfecte V-vorm, zijn schouders breed en gespierd. Zijn taille was niet smal, maar hij was ook niet te dik. Zijn dijen en benen waren mager en sterk, en ze vroeg zich af op hoeveel van deze "missies" hij en de CSO hadden gezeten.

Ze had al eerder met beroepsmilitairen te maken gehad, en Ben zou bij ieder van hen hebben gepast.

Ben draaide zich om en zag haar hem onderzoeken. Hij bloosde niet, maar het leek wel of hij veel sneller zijn shirt begon aan te trekken.

Ze wilde zich net verontschuldigen en doen alsof ze niet alleen een getrouwde man aan het bekijken was, toen ze rechts van haar in het bos een geluid hoorde.

Voetstappen. Rennen.

"HEY!"

Het was Clive's stem, en hij klonk buiten adem, gehaast.

Hij schreeuwde opnieuw, en even later stond Eliza op haar benen. Ze had volledig gekleed geslapen, dus trok ze haar wandelschoenen over haar sokken aan en begon ze vast te knopen toen Clive uit de boomgrens hun kamp binnenstormde.

"Whoa, vriend," zei Ben. "Wat is er aan de hand? Gaat het?"

Clive schudde afwisselend zijn hoofd en knikte, terwijl hij op adem probeerde te komen. Hij liet een handvol grote stokken in de richting van de vuurplaats vallen, legde toen zijn handen op zijn knieën en ademde een paar keer diep in.

"Een - nog een," zei hij, zijn stem nauwelijks boven een fluistering. "Nog een. Daarachter. De heuvel een beetje op."

Eliza merkte dat hij weer in zijn moedertaal Duits sprak, dus vertaalde ze voor Ben. "Waar?" Vroeg ze. "Wijs maar aan."

Clive draaide zich niet om, maar wees over zijn schouder de heuvel op.

"Nog een... *lichaam?*" Vroeg Ben. "Zoals datgene dat we gisterenavond zagen?"

Clive knikte, eerst langzaam maar toen sneller toen hij weer angstiger werd. "Ja, ja. Net als die van gisteravond. Ik zag het; deze keer, was het niet begraven onder sneeuw. Deze keer..."

Eliza wierp een blik op Ben, die Clive recht aankeek. Hij maakte Clive's zin voor hem af. "Deze keer was het vers. Is dat wat je bedoelt?"

Clive keek naar Eliza, en ze zag meteen de pure, pure terreur in zijn ogen. De jongere man leek één verkeerd woord verwijderd van in tweeën breken. Ze staarde hem afwachtend aan.

Eindelijk sprak hij weer. "Ja," zei hij, weer fluisterend. Zijn ogen glinsterden. "Hij - of zij, het is onmogelijk te zeggen - is nog minder herkenbaar. Maar ze stierven op dezelfde manier: hun bovenlichaam, hun torso. Uit elkaar gerukt, opengescheurd, als... als..." hij viel op zijn knieën en Ben was er meteen, hield hem vast bij zijn elleboog en schouder.

Eliza liep naar hem toe. "Clive, we moeten hem zien. Het lichaam. We moeten weten of het iets te maken had met EKG, of dat Grayson bedrijf. Kun je ons erheen brengen?"

Clive beefde nu, zijn gezicht een verwrongen masker van pijn, woede en verwarring. Hij zag er bezeten uit, intens gedemoniseerd.

"Het is goed," zei Ben, terwijl hij Clive overeind hielp. "Eliza en ik kunnen gaan. We hoeven niet allemaal te gaan. Als je hier in het kamp wilt wachten, kun je ons de weg wijzen naar -"

"Nee!" schreeuwde Clive. Hij keek verwoed om zich heen; toen landde zijn blik weer op Eliza en Ben. Hij kalmeerde zichzelf en nam een paar seconden de tijd om adem te halen. "Nee," zei hij opnieuw, zachter. "Ik wil niet - als het goed is met jullie twee, ik bedoel, ik zou liever niet hier alleen zijn."

Ben knikte, en Eliza begreep het. Deze man was een getrainde en professionele jager, iemand die ontelbare nachten in het donker had doorgebracht, wandelend en wachtend en slapend in een land dat niet van hem was. Hij had dingen gezien en gedaan die de meeste mensen nooit zouden doen, en toch was hij hier, op klaarlichte dag, aan het jammeren.

Ze begreep het, en ze nam het hem niet kwalijk. Eerlijk gezegd geloofde een deel van haar dat de ontmoeting van gisteravond gewoon toeval was, iets willekeurigs en vreemds, en toch iets dat niets met hun missie te maken had. Ze *wilde dat* het een ongeluk was, gewoon een vreemd en verschrikkelijk toeval.

Maar nu wist ze de waarheid.

Nu wist ze dat ze niet alleen te maken hadden met een bedrijf en zijn onmenselijke experimenten.

Nu wist ze dat ze te maken hadden met iets heel echts, iets dat was losgelaten voor één enkel doel: doden.

Het schepsel at zijn prooi niet op, noch leken de sterfgevallen toevallig. Eliza wist wel beter dan in wishful thinking te geloven. Ze waren achter vijandelijke linies gekomen, en nu waren ze van de jagers de opgejaagden geworden.

Ze zwoer dat ze Clive of Ben nooit achter zou laten, waar dan ook. Zolang deze mannen toegewijd waren aan de missie die zij hen had toegewezen, zette zij zich in om als team door te gaan.

Dit beest, dit schepsel, doodde wat mensen leken te zijn die alleen waren geweest. Als ze samen bleven, als een eenheid, konden ze het misschien overweldigen. Beter, het zou kunnen voelen alsof het de moeite niet waard was.

De haren in haar nek gingen overeind staan toen ze nadacht over de implicaties.

Het heeft weer gemoord, en onlangs, dacht ze. *Dat betekent dat het nog steeds ergens daarbuiten is. Het betekent dat het nog steeds jaagt, nog steeds zoekt naar wat het ook wil vinden.*

Ze huiverde.

Het betekent dat het ons nu in de gaten kan houden.

"Laten we gaan," zei Ben. "We kunnen de extra tijd gebruiken om de plaats delict te bekijken en te zien of er iets uit te halen valt."

Eliza knikte. "Daar ben ik het mee eens," zei ze. "Als er een kans is dat we iets gemeenschappelijks kunnen ontdekken tussen de twee incidenten, kunnen we misschien voorkomen dat het nog eens gebeurt."

Ze voelde zich niet op haar gemak om de lijn toe te voegen, wat er *met ons gebeurt.*

Ben was al bezig zijn slaapzak op te rollen en in zijn kleine rugzak te stoppen. "Tot zover het spek," zei hij. Hij probeerde een glimlach op te zetten, maar Eliza kon zien dat die niet echt gedragen werd.

"Laten we dit gewoon uitzoeken en gaan," zei ze. "De kans is groot dat we vanavond vroeg een plek vinden om te stoppen, want het hoofdkwartier is waarschijnlijk net over die bergkam. Het spek zou tegen die tijd nog goed moeten zijn, aangezien het weer het grootste deel van de dag zou moeten aanhouden en behoorlijk koud zou moeten zijn."

Clive leek tevreden met dit plan, en hij tilde zijn rugzak op en draaide zich naar het bos, terwijl hij diep en lang inademde. Ze merkte dat hij ook het geweer vasthield dat hij aan de zijkant van zijn rugzak had bevestigd. Als ze moest raden, dacht ze dat hij het geweer binnenkort in zijn handen zou hebben, geladen en gereed.

Zij en Ben waren ook gewapend, en ze vroeg zich af of het misschien een slim idee was om op alles voorbereid te zijn.

Ze opende haar mond om die bezorgdheid te uiten toen er in de verte een scherpe *krak* klonk. Als ze zich niet vergiste, klonk het als -

"Rennen!" schreeuwde Ben. "Dat was een geweer, en het schiet in onze richting!"

Het hoefde haar en Clive geen twee keer verteld te worden. Beiden, op de voet gevolgd door Ben, begonnen te rennen in de richting van de boomgrens.

Geweldig, dacht ze. Nu zijn er twee dingen hier die ons proberen te doden.

ZE RENDEN ALSOF HUN LEVEN ER VANAF HING. Voor zover Ben wist, hing hun leven er *ook* vanaf. Hij had het gevoel dat ze uit de spreekwoordelijke vuurpan waren gesprongen, en nu renden ze voor hun leven tegen niet één maar twee onbekende en ongeziene krachten.

Hij wist niet zeker of het schot op hen was gericht, maar hij kende het geluid van een geweerschot beter dan de meesten. Hij had de kogel door de bomen horen suizen en in de stam van een boom net voorbij hun kampeerplaats horen slaan. Je hoefde geen genie te zijn om uit te vogelen waar het schot vandaan kwam en waar het geland was - en dus dat ze zich in de vuurlinie bevonden.

Of de andere jagers, waaronder degene die twee nachten geleden besloten had Ben een heel fysiek punt te maken, hadden dit schepsel gevonden of iets anders dat het waard was om op te schieten...

...of ze schoten op hem.

Hun route kronkelde tussen en rond bomen, over omgevallen hout en rotsblokken, en hoger op de bergkam. Er lag hier meer sneeuw, en Bens voeten begonnen al snel zwaarder te vallen, dieper in de licht verpakte sneeuw die ergens in de afgelopen maanden was gevallen. Ze waren nog steeds ver onder de boom-grens, maar het zou slechts een kwestie van tijd zijn voordat hun dekking werd weggeblazen en ze werden vertraagd tot een kruip-snelheid.

Hij hoopte dat het niet zover zou komen. Hij hoopte dat ze door konden gaan in de richting van het EKG-hoofdkwartier en hun aanvallers links konden houden, naar het noorden. Hij hoopte dat ze op beweging hadden geschoten, denkend dat ze een soort wild of wild dier waren of het wezen dat de andere mannen had aangevallen zelf.

Hij kon hopen, maar hij had ook een goed ontwikkeld instinct over dit soort dingen. Hij was geen soldaat, had geen militaire ervaring anders dan wat zijn beste vriend Reggie hem had geleerd. Maar ervaring in het echte leven leverde vaak meer op dan in videospelletjes of leerboeken, en daar had hij er genoeg van. Ben was geen vreemde om als doelwit te dienen en beschoten te worden, en hoewel hij het gevoel niet leuk vond, wist hij hoe hij zich moest verdedigen.

Ze hadden onderdak nodig.

Een goed schot door een groep bomen op meer dan 200 meter afstand vereist intense concentratie, veel vaardigheid en een flinke dosis geluk, tenzij de schutter een getrainde sluipschutter was. De man die hij twee avonden geleden in de bar had ontmoet, leek aan die beschrijving te voldoen, maar dat was niet te zeggen. De kans was even groot dat de man gewoon een knorretje was, iemand met een wrok, een wapen en een reden om het te gebruiken.

Hij was niet verbaasd dat het schot van de man had gemist, maar wel dat de man geen tweede of derde schot had gelost. Als zijn team het doelwit was, zou de schutter zeker drie of vier keer hebben geschoten, voor het geval er één zou landen.

Was het een waarschuwing, dan? Ben dacht erover na. Het zou heel goed kunnen dat degene die in hun richting had geschoten hen alleen maar wilde waarschuwen, net zoals de man twee avonden geleden had gedaan. Hij was zeker sterk overgekomen, niet aarzelend om op zijn punt te leunen en het de fysieke steun te geven die het volgens hem verdiende. Dit had, net als die avond, een soortgelijk machtsvertoon kunnen zijn.

En nu ze hier op EKG-land minstens twee gevallen van brute moord hadden gezien en gehoord, kwam Ben aan de kant van de man: het leek alsof er iets was om hen voor te waarschuwen. Misschien had de man toch gelijk gehad. Hierheen komen was geen goed idee.

Maar waarom zouden ze dan niet gewoon hun wapen in een andere richting afvuren, of op zijn minst diagonaal, opzij, zodat er geen kans was dat een verdwaalde kogel een van hen zou raken? Een waarschuwingsschot uit een geweer was geen lachertje, ongeacht de richting die de schutter aanvankelijk bedoelde.

Deze onbeantwoorde vragen plaagden Bens geest terwijl ze liepen. Hij was dankbaar dat de andere twee in vorm waren en het ploeteren door de diepere sneeuw aankonden, en hij was dankbaar dat hij in vorm genoeg was om niet te hoeven stoppen en rusten na vijf minuten lopen. Hij was groot, ruim boven de 200 pond, maar hij kon zijn gewicht goed dragen. Hij had met zijn vrouw en zijn vrienden getraind in klimaten als deze, met ijle lucht en veel weerstand op de grond.

Uiteindelijk vertraagden ze, maar dat was na ongeveer een half uur joggen. Eliza, die voorop liep, stak een hand op en begon te lopen toen ze een grote, wijde open plek betraden.

"Het zal te lang duren om er omheen te gaan," zei ze. Wijzend naar het noorden. "En mijn beste gok is dat de schutter daar toch was, dus ik heb geen interesse om dichter bij hen te komen.

"Mee eens," zei Ben. "Ik heb een voorgevoel dat ik weet wie het is, en als het waar is, gaan ze misschien dezelfde kant op als wij."

Eliza keek hem aan alsof hij zojuist een geheim had onthuld dat het traject van hun missie volledig zou veranderen. In werkelijkheid was het een geheim dat Ben voor zich gehouden had, maar dat veranderde niets. Als de man die hem buiten de kroeg had geconfronteerd dezelfde man was die op hen schoot, wilde Ben zich niet ineenkrimpen en verstoppen.

Het maakte dat Ben sneller wilde, om erachter te komen wat het precies was, dat de grote, harige man voor hen verborgen hoopte te houden.

Ben wuifde haar blik weg. "We kunnen er later over praten," zei hij. "We moeten ergens heen waar het veilig is, ergens waar we ons kunnen verdedigen."

"Daar ben ik het mee eens," zei Clive, die voor het eerst in het afgelopen half uur sprak. "Breng me ergens waar ik me kan installeren en me geen zorgen hoef te maken over mijn zes. Ze zullen niet in staat zijn om bij ons in de buurt te komen."

Ben moest het hem nageven. De man was begrijpelijkerwijs geschokt door de twee brute moorden die hij hier had gezien, maar hij had nog steeds de kalmte en de houding van iemand die het niet op prijs stelde dat hij op klaarlichte dag werd aangevallen.

"De bergkam loopt omhoog naar een paar kliffen verderop," zei Eliza. "Mijn man en ik oefenden lang geleden op deze keien. Ik denk dat die zelfs op de route lagen die we namen toen hij..."

Ze maakte haar zin niet af, maar Ben staarde in de richting waarin ze keek. Hij zag de kliffen, die net boven de bomen uitstaken. Ze waren nog een halve of driekwart mijl van hem verwijderd, maar dat konden ze snel bereiken.

Hij wist dat ze waarschijnlijk niet enthousiast was over het doorkruisen van dezelfde grond die ze met haar nu dode man had doorkruist, maar hij wist ook dat er geen keus was. Grote rotsen en keien zouden een perfecte plaats zijn om zich op te stellen en hun positie te verdedigen als ze opnieuw zouden worden aangevallen.

Ben trok de riemen van zijn rugzak aan en begon voorwaarts te marcheren in de richting van de kliffen. Eliza ging ook verder en bleef aan de leiding, terwijl Clive achter Ben aanliep. Ze vormden een rij terwijl ze door het bos en over de met sneeuw bedekte grond trokken.

Als ze de kliffen bereikten, zouden ze volgens Eliza's schattingen binnen een halve dag bij het hoofdkwartier zijn. Het zou hen ook de gelegenheid geven om uit te rusten, te praten over wat ze gezien en gehoord hadden, en hen voor te bereiden op wat hen vanavond ook te wachten zou staan.

En Ben kon het feit niet negeren dat het hen misschien wat van dat spek zou opleveren dat Clive ergens op zijn persoon beweerde te hebben.

CHAPTER 29

BEN

ZE BEREIKTEN EEN ONDIEPE GROT AAN DE VOET VAN DE KLIFFEN ZONDER DAT ER NOG IEMAND OP HEN SCHOOT. Ben werd moe, zijn benen stonden in brand en zijn longen deden pijn van de inspanning. Een wandeling, zelfs door een terrein als dit, zou nauwelijks genoeg voor hem zijn om de uitputting te voelen, maar de extra druk van de wetenschap dat er iemand op hen aan het jagen was, maakte het verschil.

Hij kon zien dat de anderen ook moe waren. Ze bereikten de grot en zakten gewoon op de grond in elkaar. Ze trokken hun rugzakken uit en Clive begon repen zelfgemaakte jerky uit te delen. Ben spoelde het zijne weg met een lange slok water uit een veldfles, en pas na een kwartiertje rusten en op adem komen begonnen ze om zich heen te kijken.

"Het ziet er ondiep uit, niet veel hier," zei Eliza.

"Ja," zei Clive met een mondvol gedroogd vlees. "Ik zag een uitloper ongeveer 15 meter terug. Het zou een kleinere kamer kunnen zijn, maar verder lijkt het alsof hij krimpt en zich ongeveer twintig passen achter ons sluit."

Ben scheen met zijn zaklamp in de mond van de grot en zag waar Clive het over had. Ze zouden alles moeten onderzoeken voordat ze zich voor de nacht zouden verschansen, maar Ben was ervan overtuigd dat ze alleen in de grot waren.

Als ze in een hinderlaag zouden lopen en aangevallen zouden worden, dan was dat al gebeurd.

Toch klaagde hij niet toen Clive achter een rotsblok in de buurt van de ingang van de grot een kleine baars begon op te zetten. Clive haalde een van de aanvalsgeweren tevoorschijn en zette het geladen naast de kei, naar buiten gericht. Hij legde twee extra magazijnen naast het geweer en ging toen tegen de wand van de grot naast zijn wapen zitten.

Het was een eenvoudige maar effectieve verdedigingspositie. Ben wist dat het soms tientallen seconden duurde om een wapen klaar te maken voor een aanval. Meer als degene die aangevallen werd verrast of bang was. Ben had zelf in talloze vuurgevechten gezeten en wist hoe lang het kon duren om een tegenaanval in te zetten, zelfs als zijn wapens al geladen waren en klaar om te gaan. Door het wapen klaar te leggen, zorgde Clive ervoor dat hij zo weinig mogelijk werk had om terug te schieten als iemand in de grot zou schieten.

Ben besloot dat het waarschijnlijk slim was om ook het achterste deel van de grot te controleren, voor het geval iemand op hen lag te wachten. Hij stond op en liep naar het uitlopergedeelte, met in zijn ene hand zijn zaklamp en in zijn andere zijn pistool. Hij had het Heckler & Koch pistool gecontroleerd en opnieuw gecontroleerd en het gewicht ervan in zijn hand getest. Hij was geen expert, maar hij had er genoeg in zijn handen gehad om zijn voorkeuren en beperkingen te kennen. De zwaardere pistolen hadden de neiging om hoog te vliegen, terwijl alles wat kleiner was dan een .357 in zijn handen meestal gewoon moeilijk te richten was.

Deze voelde goed aan, maar wat belangrijker was, dit was degene die hij nu droeg. Het zou moeten volstaan.

Hij wenste dat zijn vriend Reggie hier was. Hij vroeg zich af wat de man aan het doen was - hij nam aan dat Reggie aan het flirten was met Dr. Sarah Lindgren, zijn op-en-top fling die een jaar geleden nog bij de CSO had gewerkt. Het waren allebei goede mensen, en Ben zou meer dan blij zijn geweest als een van hen nu meekwam.

Hij miste Julie het meest van al. Ze was terug in hun hut buiten Anchorage, hopelijk keek ze nu op hem neer. Hij had geen gsm bereik, maar hij wist dat zij en Mr. E in staat waren tot allerlei technologische tovenarij.

Eliza was met Clive bij de ingang van de grot gebleven om een klein nest te bouwen waarin ze later hun vuur konden stoken. Alleen stapte Ben voorzichtig om de hoek van de grot en ging de kleinere kamer binnen.

Zijn adem stokte in zijn keel toen hij zag wat hem te wachten stond.

Hij dwong zichzelf om adem te halen. *Doe een stap terug,* zei hij tegen zichzelf. *Je verwachtte dit.*

De waarheid was dat hij dit *had moeten* verwachten, maar dat deed hij niet. Ze hadden al twee lijken gevonden, een deel van hem dacht dat er hier niets meer te ontdekken zou zijn.

Het andere deel van hem kende de waarheid: ze hadden al twee lichamen ontdekt; ze zouden er waarschijnlijk nog veel meer ontdekken.

Dit lichaam, het derde, leek op het eerste dat hij had gezien.

Een van de armen was naar buiten uitgespreid, bijna horizontaal in verhouding tot het lichaam. De andere was... niet bevestigd.

Ben haalde adem en stapte de kamer binnen, met de bedoeling het van dichtbij te bekijken. Hij wilde zich omdraaien en teruglopen naar de ingang van de grot, dit alles negeren en doen alsof het niet bestond, maar hij wist dat Clive en Eliza op hem rekenden.

Hij zette zich schrap en richtte zijn zaklamp op het tafereel. Het gezicht van deze was nog grotendeels intact, en hij kon zien dat het ook dat van een man was. Zijn voeten stonden nog rechtop en lagen kalm op de stenen vloer, alsof de man in zijn slaap was gestorven.

Maar Ben kon snel zien dat hij niet in zijn slaap was gestorven. Of als hij dat wel was, was de man niet vredig gestorven.

Zijn borstkas was van de hals tot de buik gespleten, en ingewanden en organen spatten naar buiten op de rots. De ribben waren grotendeels intact, maar ze waren uit elkaar gespreid en zagen eruit als vleugels die uit de romp van de man opstegen. Een laag bloed bedekte alles, waardoor het moeilijk was om meer details te zien.

Ben dwong zichzelf over de uitgestrekte benen van de man heen te stappen en naar de verste muur te gaan, waar de arm van het lijk heen wees. Hij zwaaide met de zaklamp naar de voet van de muur en vond hem toen.

De andere arm.

De arm van de man was volledig afgehakt bij de schouder, losgerukt van zijn steun en hierheen gegooid in de hoek van de kamer. Het leek alsof het de muur had geraakt en op de grond was uiteengespat, alsof het terug reikte naar zijn nog vastzittende tegenhanger.

Ben walgde, wist niet wat hij moest doen of zeggen. Hij zou het Eliza en Clive moeten vertellen, maar hij was niet zeker hoe de jongere man zou reageren.

Hij wilde zich net omdraaien en de kamer verlaten toen hij een laatste detail opmerkte dat hij eerder had gemist. Hij stapte dichter naar de arm en reikte naar beneden om het voorwerp op te rapen.

Het was een geweer, enkele actie. Niet zoals een van de aanvalsgeweren die zijn team droeg, maar een eenvoudiger, ouder model. Hij onderzocht het geweer, op zoek naar tekenen van slijtage of schade. Voor zover hij kon zien, was er geen.

Had deze persoon zelfs geprobeerd terug te schieten? Had hij geprobeerd zich te verdedigen? Het was onmogelijk te zeggen, maar het leek erop dat het geweer gewoon opzij was gegooid, opzij gegooid door de man of zijn aanvaller. *Maar waarom? Was de aanval zo snel en plotseling geweest dat het onmogelijk was geweest zich voor te bereiden?*

Dit waren vragen die Ben niet kon beantwoorden, vragen die hij niet *wilde* beantwoorden.

Hij keek rond voor meer bewijs, specifiek iets dat zou kunnen wijzen op de betrokkenheid van deze man met EKG of Grayson. Hij vond niets bruikbaars; de man had geen portefeuille of identificatie bij zich.

Ben liep achteruit de kamer uit en begon zich om te draaien toen hij bijna tegen Eliza opbotste.

"Wat is er?" vroeg Eliza, duidelijk de bezorgde uitdrukking op Bens gezicht lezend.

Ben slikte.

"Nog een lichaam?"

Hij knikte.

"IK SLAAP HIER NIET," zei Clive, terwijl hij naar hen opkeek.

Ben was met Eliza terug gelopen naar de mond van de grot waar Clive wachtte, verdedigend spelend. Hij keek op de jongere man neer en legde uit wat er aan de hand was, wat hij had gevonden. Het was geen verrassing dat Clive niet erg enthousiast was geweest toen hij het nieuws hoorde.

"Clive," zei Eliza, "hij is dood. Hij kan ons nu niets meer doen."

"Geloof me, ik ben niet bezorgd dat *hij* ons pijn doet. Ik ben bezorgd over wat hem dat heeft aangedaan."

Ja, dacht Ben. *Jij en ik allebei.* "We zijn hier zo goed voorbereid als waar dan ook. Er is maar één weg in en uit de grot en als wij alle drie de grot verdedigen, komt er niemand in."

Hij zei niet wat hij wist dat in hun gedachten speelde: wat dit met drie lichamen had gedaan was hoogstwaarschijnlijk niet menselijk. Daarom was het onmogelijk te weten of de drie hun positie tegen het ding *konden* verdedigen of niet.

"Maakt niet uit," zei Clive. "Ik slaap hier niet. Niet naast een dode man."

"Clive, als je de grot nu alleen verlaat, kun je een dode man *worden.*"

Ben keek rond naar zijn team. Clive zat ineengedoken op de vloer van de grot, omhoog kijkend naar de rest van hen. Ben wist hoe hij zich voelde. De man was jong, onervaren. Hij had waarschijnlijk nog nooit een dood lichaam gezien, en nu had hij er drie gezien in minder dan 24 uur.

En niet zomaar een lijk. Lichamen die absoluut afgeslacht waren. Lichamen die aan flarden waren gescheurd, hun ingewanden lagen nu op hopen naast hun overblijfselen.

Hij zou later apart met Clive moeten praten. Ben was niet zo goed in toespraken houden, en ook niet in peptalks, maar hij dacht terug aan de eerste keer dat hij iets verwoestends had gezien.

Zijn gedachten dwaalden terug naar die noodlottige kampeertrip, tien jaar geleden. Zijn broer, zijn vader.

De beer.

Zijn vader had het er niet levend vanaf gebracht. Zijn broer was opgenomen in het ziekenhuis.

Het was een herinnering waar Ben niet graag naar terugkeerde, maar zoals alle herinneringen, was het iets dat nu een deel van hem was geworden. Iets dat hem gesterkt had, hoe hoog de prijs ook was.

Ben wist ook, diep van binnen, dat Clive in orde was. Hij was sterker dan hij eruit zag, en hoewel de jongen nog nooit zoiets had gezien, had hij genoeg tijd doorgebracht in het bos, tussen dode dieren en de verschrikkingen van de natuur, dat Ben wist dat hij er wel bovenop zou komen. Ben zou later met hem praten en hem daaraan herinneren. Het zou niet alles goed maken, maar het zou een begin zijn.

Beter, het zou hem terug bij het team brengen.

Hij wierp ook een blik op Eliza en probeerde haar uitdrukking te lezen in het zwakke licht van de grot. Het werd donker buiten, en Ben wist niet zeker hoeveel tijd er nog restte in de dag. Eliza keek hem aan, haar ogen doorboorden Ben's lichaam, ze keek naar hem en keek naar niets tegelijkertijd. Hij vroeg zich af hoe ze zich hield. *Had ze ooit zoiets meegemaakt?* Hij vroeg het zich af. *Had ze de dood gezien, oog in oog met hem gestaan?*

Hij kon het niet alleen aan haar gezichtsuitdrukking zien, maar hij wist dat geen zinnig mens zoiets kon meemaken en er niet door geraakt worden, althans niet een beetje.

Hij wist dat zelfs *hij* hier nog lang nachtmerries van zou hebben.

"Ben je in orde?" Vroeg hij aan Eliza. "Waar denk je aan?"

Haar ogen flikkerden even omhoog naar het plafond en vestigden zich toen weer op Ben. Het was duidelijk dat ze ergens heel aandachtig over nadacht, hoewel hij zich niet kon voorstellen wat. "Niets," zei ze.

"Onzin," zei Ben. "Als er iets is dat je weet over wat er hier aan de hand is, dan wordt het tijd dat je -"

"*Ik zei dat* het niets was," zei Eliza. "Ik denk niet eens dat er een verband is. Ik weet niet hoe het verband kan houden."

"Wel," zei Ben, terwijl hij op zijn horloge keek, "het lijkt erop dat we de hele nacht hebben om dit te bespreken. We gaan nu niet terug naar buiten, en over een half uur is het donker. We hebben een lijk in een andere kamer, en we zijn alle drie versleten en haveloos. Bovendien zitten er mensen achter ons aan, die ons misschien willen vermoorden. Ik stel voor dat wat je ook verbergt, je ons dat laat weten."

Eliza's blik veranderde in een van pure verontwaardiging.

"*Verbergen?* Ik *verberg* niets. Ik dacht gewoon aan iets dat lang geleden gebeurd is."

"Jullie denken duidelijk dat het hiermee te maken heeft,' zei Ben. "En wij kunnen je helpen het uit te zoeken." Ben wilde weten wat zij wist - hij *moest* het weten. Het was de enige manier om deze situatie uit te zoeken en het allemaal een stap voor te blijven. Hij wist ook dat het voor Clive nuttig kon zijn om iets te hebben om over na te denken, een puzzel om op te lossen.

"Kom op," zei hij, terwijl hij naar haar toe stapte. "Laat ons je helpen. Vertel ons wat je weet, en we zullen zien hoe het allemaal in elkaar past."

"OKÉ," zei Eliza, eerst wat trillerig. "Oké. Het was vijf, misschien zes jaar geleden. Mijn man leefde nog. Ik werkte voor EKG en studeerde ook af. Ik had een paar artikelen gepubliceerd, en een paar daarvan werden populair in de doorsnee oplage."

"Typisch?" Vroeg Ben. "Wat beschouw jij als typisch?"

"Het gebruikelijke - filantropische organisaties, universiteiten, peer reviews," zei ze. "Ik schreef niets baanbrekends - althans dat dacht ik toen niet. Maar ik sprak op een avond op een universiteit toen ik werd afgezegd. Ik werd letterlijk van het podium gehaald en er werd gezegd dat er een noodgeval was en dat ze het moesten sluiten."

"Ik neem aan dat er geen noodsituatie was?" vroeg Ben.

"Niet dat ik ooit geweten heb," zei Eliza. "Als dat zo was, hielden ze het stil."

"Dat heb je al eerder gezegd," zei Ben. "Je zei dat je praatje halverwege was afgezegd, en dat je dacht dat EKG dat had gedaan. Waar ging het gesprek over?"

"Eerlijk gezegd? Ik weet het niet eens meer," zei Eliza. "Het zou iets geweest zijn dat gebaseerd was op mijn paper waar ik op dat moment aan werkte, iets over elektronische trillingen en relationele ruggengraatactiviteit bij chimpansees."

Ben keek haar aan en trok een wenkbrauw op. "Het klinkt alsof het aardig in de buurt kwam van het onderzoek dat je me een paar dagen geleden liet zien," zei Ben. Die dingen die ze op die tafel deden, met die aap. Jouw onderzoek heeft ze misschien wel *geholpen* -"

Ze hield een hand op. "Ik ga je daar stoppen, Ben" Haar stem was niet langer trillerig. Haar toonhoogte en timbre waren gestegen en ze was teruggekeerd naar de zelfverzekerde toon die hij gewend was. Ze deed een stap naar Ben toe. "Ik ben kort daarna gestopt. Ik wist dat mijn onderzoek nuttig was voor hen, voor wat ze daar deden. Daarom zijn we *hier*, Ben."

"Wat was het dat je je herinnerde?" vroeg Ben. "We hebben dit allemaal al eens doorgenomen; het was een van de eerste dingen die je zei toen we elkaar twee dagen geleden ontmoetten. Dus wat is er veranderd? Toen je die man daar zag, en de eerste, bij de boom. Wat is het met deze sterfgevallen dat je in de verte kijkt, herinneringen ophaalt?"

Er was nog steeds gif in haar ogen, maar haar stem verzachtte een beetje. "Nou," zei ze. "Het was... Ik denk dat het de *manier* was *waarop* ze het deden. Ze lieten me door een beveiligingsbeambte van de universiteit van de campus begeleiden, maar hij droeg me over aan twee andere mannen. Die nacht. Ze waren, ik weet niet zeker hoe ik ze moet noemen - professionele beveiliging?"

"Rent-a-cops?" vroeg Ben.

"Nee," zei Eliza, terwijl ze haar hoofd schudde. "Zeker meer dan dat. Ze zagen er niet uit als politieagenten, maar het waren ook niet zomaar burgers. Ze vertelden me dat ze me een lift zouden geven terug naar het hotel waar ik verbleef."

"Is dat zo?" Vroeg Ben.

Ze knikte. "Ja, uiteindelijk wel. Maar ze deden er een eeuwigheid over. Ze reden langzaam, dwaalden wat door de stad. Ik dacht dat ze verdwaald waren en probeerden uit te vinden waar mijn hotel was. Ik dacht dat ze ook van buiten de stad kwamen, net als ik."

Ben kneep zijn ogen dicht en dacht er over na. "Het zou kunnen, dat ze om wat voor reden dan ook tijd probeerden te rekken. Als er geen noodgeval was op de universiteit - geen echte reden om je van het podium te halen - dan konden die mannen van EKG zijn geweest en probeerden ze te voorkomen dat je naar je hotelkamer zou lopen terwijl meer van hun vrienden de kamer afluisterden."

"Daar dacht ik aan. Ik heb zelfs mijn man gebeld en hem er naderhand over verteld, en dat was ook zijn eerste gedachte. Maar ze waren niet van EKG," zei ze.

"Hoe weet je dat?" Vroeg Ben. "Weet je het zeker?"

"Nou, ik herinner me dat ik zocht naar hun bedrijfsnaam. Logo's, of stickers, of iets dat me zou vertellen wie deze mannen waren. Ze waren niet gemeen of vijandig of zo, integendeel; een van hen was zelfs aardig. Hij bood aan om te stoppen voor koffie als ik me goed herinner. Maar ik was nog steeds geschokt door wat er op de universiteit was gebeurd en waarom ik met deze twee mannen in een auto was geschoven. Ik was nog steeds in de veronderstelling dat er een noodgeval was; een bommelding of zoiets, en ze probeerden me gewoon veilig te houden."

"Klinkt logisch," zei Ben.

"Maar ik heb nooit logo's gezien, althans dat dacht ik toen niet. Maar nu..."

Ben wist wat ze hiermee wilde bereiken. Hij begreep nu waarom ze had geaarzeld na het zien van de derde afgeslachte man in de andere kamer van de grot. "Heb je die man daarbinnen herkend?" vroeg Ben.

Ze schudde haar hoofd. "Nee," zei ze. "Maar ik zag wel een stukje van zijn kleding. Heel even maar, en het drong nu pas tot me door."

"Het *Grayson* logo," zei Ben, terwijl hij de identiteitskaart tevoorschijn haalde die hij van de eerste dode man had gehaald. "Zoals deze?"

"Ja. Dat is het. Het zit op een stuk van zijn shirt. Het was van hem afgescheurd en op de vloer achtergelaten."

"En het is dezelfde die je zag op die twee mannen die je van de campus begeleidden?" vroeg Ben.

"Het zat niet op hun kleren. Ik zag het niet eens totdat ik uit de auto stapte, en ik dacht niet dat het met hen geassocieerd zou worden vanwege de plaats waar het stond. Het zat boven de achterbumper, waar je de naam en het logo van de autodealer zou zetten."

Ben wist precies waar ze het over had. Kleine plakkaten die werden aangebracht op het gebied boven en rond de nummer-platen op sommige voertuigen als een marketinginstrument. Hij begreep nu waarom het niet eerder in haar gedachten was opgekomen.

"Ik zweer dat het precies hetzelfde was. Er stond, 'Grayson,' in hetzelfde lettertype en stijl. Monochroom, net alsof het daar op de auto hoorde. Het raakte me toen ik dat stuk van het shirt zag. Ik wist meteen waar ik het eerder had gezien."

"Nou," zei Clive, "ik denk dat het daarmee geregeld is."

Ze keken beiden neer op de jongere man, nog steeds gehurkt en ineengedoken op de vloer van de grot.

"Dit is EKG. Dat moet wel. Ze hebben toen mensen ingehuurd, en nu weer om hun rotzooi op te ruimen. Wat dit ook is, ze willen niet dat het naar buiten komt. Ze probeerden je al eerder bang te maken, om jou en je man het zwijgen op te leggen."

Eliza was nu gekalmeerd, maar hij zag nog steeds de kokende angst in haar ogen, die snel veranderde in woede. Hij wist niet waar ze hier echt mee te maken hadden, maar hij wist zeker dat het groter was dan ze zich hadden voorgesteld.

Het - iets in verband met EKG - had tot nu toe drie mannen gedood.

En we lopen er recht op af, dacht Ben.

CHAPTER 32

BEN

BEN WERD WAKKER VAN HET GELUID VAN EEN EEKHOORN DIE VLAK BIJ ZIJN HOOFD KWETTERDE. Hij bewoog zijn hand een kwart millimeter, waardoor de eekhoorn elders in veiligheid vluchtte. Hij had onrustig geslapen, niet in staat om de visioenen van de twee dode *Grayson* mannen en die ene die Clive had gezien uit te wissen.

In Bens dromen had zijn geest een visioen geschapen van de tweede dode, degene die Ben niet met eigen ogen had gezien. Van hem, net als van de andere twee, was het hart uit de borst gerukt en hij was een bloedige, angstaanjagende dood gestorven.

Wat erger was, zijn onderbewustzijn had hem toegestaan om te communiceren met elk van de dode mannen. In zijn droom leefden ze nog, met grote ogen en trillend van angst, terwijl hun borstkassen waren opengereten, bebloed en ontheiligd.

Helaas herinnerde Ben zich de droom levendig. Hij herinnerde zich de interactie met elk van de mannen, stelde hen vragen over hun dood, zelfs in zijn onderbewustzijn probeerde hij de puzzel op te lossen.

Waarom waren ze vermoord? Waarom waren ze op zo'n manier vermoord? Wat probeerden ze hem te vertellen?

Elk van de mannen had geantwoord, en elk antwoord was hetzelfde.

Het kwam voor ons in de nacht.

En toch had Ben deze nacht doorstaan, net zoals hij de vorige had doorstaan. De afgelopen nacht had hij doorgebracht in een grot, half beschermd tegen de elementen en alles wat hen zou kunnen aanvallen, maar de nacht daarvoor had hij in het open veld doorgebracht, op EKG-terrein, kwetsbaar en weerloos.

Dus, waarom was "het" dan 's nachts voor deze mannen gekomen en niet voor hem? Als hij geloofde wat zijn onderbewustzijn hem probeerde te vertellen, viel het schepsel alleen aan als het donker was. Waarom? Was dit gewoon een truc die zijn geest met hem uithaalde? Of was er iets meer aan de hand?

Hij vroeg zich af of er misschien iets diep in zijn hersenen zat dat hem een aanwijzing zou geven. Hij dacht dat hij de uitgestrektheid van zijn geest had onderzocht, in een poging puzzelstukjes te vinden die hij misschien was vergeten zonder het te beseffen, maar hij kon er geen vinden. Hij rolde zich op zijn zij en merkte dat de kleine grondeekhoorn nog steeds zijn kop in de grot stak om naar Ben en de nieuwe bezoekers te gluren. Ben dacht dat dit het huis van de eekhoorn was, en dat hij - de mens - de indringer was.

"Sorry, kleine jongen," mompelde hij. Hij had altijd al een affiniteit gehad met de natuur en haar bewoners. Sinds hij jaren geleden de weg was ingeslagen om parkwachter te worden, had hij zich gerealiseerd dat hij zich vaak meer thuis voelde in het dierenrijk dan in zijn eigen rijk.

Ben rolde zich weer om, deze keer op zijn linkerzij. Hij moet hierop geslapen hebben, want het deed pijn. Het was nog steeds donker in de grot, ook al kon hij een paar oranje sintels zien van het kleine vuurtje dat weigerde te doven zonder een gevecht. Het rookte nog steeds, en hij wist dat er hete kolen onder de as zouden zitten die ze konden gebruiken om het vuur vanochtend aan te wakkeren.

Het was ook frisjes, de kou van buiten was 's nachts in hun lagen gesijpeld. Hij verlangde naar wat spek van Clive en vroeg zich af hoe lang ze nog hadden voordat het bedorven was. Op kampeertochten met Julie konden ze koud voedsel soms wel een week in hun rugzak bewaren, afhankelijk van de temperatuur overdag.

Hij streek met zijn vingers door zijn haar, in de hoop dat het er niet helemaal verfomfaaid uitzag. Hij voelde zich alsof hij op een betonnen plaat had geslapen. De rots waarop hij had geslapen was maar een fractie beter, en hij wist dat hij nog wel een tijdje pijn zou hebben nadat ze vanochtend op gang waren gekomen.

Hij ging rechtop zitten, trok de slaapzak tot aan zijn middel, en keek eens goed rond.

Hij pakte zijn zaklamp en deed die aan, in de hoop dat het licht de andere twee leden van zijn team niet zou wekken. Hij zag de bobbel links van hem die Eliza in haar slaapzak voorstelde, maar toen hij hem omslingerde naar de plek waar Clive had gelegen, vond hij...

Niets.

"Hij is weg," zei Eliza.

Hij zwaaide de zaklamp snel rond, en ze huiverde toen het haar ogen raakte. "Sorry," zei hij, terwijl hij het licht naar een plek vlak boven haar hoofd verplaatste. "Wat bedoel je, hij is *weg*?"

"Ik bedoel, hij is niet hier. Hij is vertrokken. Hij vertrok gisteravond of vanochtend vroeg."

Ben was stomverbaasd. "Weet - weet je het zeker? Hoe weet je dat? Heeft hij niets tegen je gezegd? Heb je niet geprobeerd hem tegen te houden?"

"Hij heeft niets gezegd, Ben. Ik heb hem niet zien vertrekken, noch heb ik hem gehoord. Ik werd ongeveer een kwartier geleden wakker en zag dat hij weg was. Ik dacht dat het beter voor je was om te slapen in plaats van je wakker te maken en je te laten schrikken."

"Maar - maar we zouden naar hem op zoek kunnen zijn," zei Ben, razend. "We zouden daar nu kunnen zijn, om hem te zoeken. Hij is toch niet uit zichzelf opgestaan om te proberen..."

De waarheid was dat Ben geen idee had *wat* de jongere man zou proberen te doen. Dat had hij gisteravond zelfs gezegd, toen hij zei dat hij nooit meer naar buiten zou gaan.

Ben stond op, rekte zich uit en wreef in zijn ogen. Hij had niet goed geslapen, en hij wist dat het resultaat zich in de loop van de dag lichamelijk zou manifesteren. Hij verlangde naar nog twee uur rust, maar hij wist dat hij die niet snel zou krijgen.

"Ben," zei Eliza, "hij is waarschijnlijk gewoon op zoek naar brandhout. Dat deed hij gisteren ook, weet je nog? Hij ging op zoek naar -"

"En hij vond een lijk, Eliza," zei Ben. "Hij vond iets absoluut afschuwelijk, en je zag wat er met hem gebeurd was. Hij was zichzelf niet gisteren, en ik weet dat hij er niet ineens bovenop is gekomen."

"Ja, maar dat betekent niet dat ik ongelijk heb."

Ben keek haar zijdelings aan, zich afvragend of ze nog steeds iets voor hem verborgen hield. Hij geloofde van niet, maar hij kende haar ook niet erg goed. De waarheid was dat hij op dit moment onzeker was over zowat alles. Hij stapte naar de voorkant van de grot en keek naar buiten, naar het bos in het noorden. Een dun laagje vorst had alles bedekt, waardoor het bos een glinsterend schijnsel kreeg dat het tafereel nog mooier maakte, moest hij toegeven.

Hij draaide zich terug naar Eliza. "We moeten achter hem aan," zei hij. "Ik vraag geen toestemming. Ik zeg het je. We moeten...

"Ben," zei Eliza. "Kalmeer. Alsjeblieft. Clive is misschien geschrokken, maar hij is niet gek. Hij ging gewoon naar buiten om te plassen of om brandhout te zoeken."

"Hij zou iets gezegd hebben," zei Ben. "Of hij zou al terug zijn geweest als het een snel toiletbezoek was."

Ze haalde haar schouders op. "Ik weet niet wat ik je moet zeggen, Ben. Maar je lijkt me een slimme man. We kunnen het ons niet veroorloven dat een van ons hem gaat zoeken. Een van ons moet hier blijven om op onze spullen en wapens te letten. Als één van ons naar buiten gaat, dan zijn we uit elkaar. Ik denk niet dat dat is wat je wilt."

Ben moest het haar nageven. Dat was precies het dilemma waar hij nu voor stond: hoe het jongste lid van hun groep te zoeken zonder hun team op te splitsen.

DIETRICH

DIETRICH STAPTE UIT ZIJN TENT, gaapte en strekte zijn armen wijd uit. Hij had de mobiele telefoon in zijn linkerhand en een klein apparaatje dat een satelliet uplink activeerde met de telefoon in zijn rechter. Hij was verbaasd over de grootte van het ding; toen hij jaren geleden was begonnen met dit carrièrepad, waren deze dingen ongeveer tien keer zo groot geweest.

Er was een klein kwaliteitsverlies door een veel kleinere voetafdruk. Toch was het nodig - met de komst van moderne cellulaire technologie, hoefde hij eigenlijk niet direct verbinding te maken met een satelliet. In plaats daarvan hoefde hij alleen maar verbinding te maken met een van de ontelbare zendmasten in de verte in de stad Grindelwald.

Hij liep een paar passen bij de tent vandaan en draaide zich om. De drie tenten stonden in een halve cirkel rond hun vuur. Het rookte nog steeds, want ze hadden besloten het de hele nacht te laten branden, wat hij onvoorzichtig en onnodig vond. Nu was het vuur nauwelijks een vuur te noemen, het was nauwelijks een flikkering van kolen. Mr. Ziegler en Lars hadden besloten dat het het beste zou zijn om het klein te houden, en hij had geen bezwaar gemaakt.

Dietrich draaide zich om en liep naar een kleine rotspunt waarvan hij wist dat daarachter een kleine opening was. Hier zou hij het telefoontje plegen.

Er was niets speciaals aan de mobiele telefoon, maar hij moest buiten gehoorsafstand van de anderen zien te komen, en hij moest naar een plek zien te komen die open genoeg was om verbinding te maken met een zendmast beneden aan de berg. Hij sloot het apparaat aan op de telefoon via de oplaadpoort en opende toen de gespecialiseerde app die ook als een eenvoudige GPS-locatie-eenheid diende, en die hem in de juiste richting duwde totdat het signaal sterk genoeg was om het scherm van de telefoon een continu groen licht te laten zien. Hij marcheerde tot hij een fatsoenlijke plek vond aan de rand van de open plek, met een koers van noord-noordoost. Hij legde de telefoon en het apparaat op de grond en hurkte op één knie om te bellen.

Hij had op de harde manier geleerd dat als hij de telefoon en het apparaat tegen zijn oor hield, er zoveel storing was dat de meeste gesprekken werden afgebroken. Daarom gebruikte hij nu een kleine Bluetooth headset die gewoon verbinding maakte met de telefoon zodra er een sterk genoeg signaal was. Hij plaatste het Bluetooth-apparaat over zijn oor en stelde de microfoon in, waarna hij dubbel tikte op de zijkant om het gesprek te beginnen.

Hij hoefde maar één keer over te gaan om te antwoorden.

"Lijn?"

"Beveiligd," zei hij. De man aan de andere kant van de telefoon was net bekwaam genoeg om te weten dat een beveiligde lijn nodig was, hoewel hij wist dat ze geen idee hadden hoe ze dat moesten bereiken of welke onderliggende technologie dat allemaal mogelijk maakte. Hij was van de oude stempel, uit een andere tijd.

Dietrich daarentegen was een door en door geschoolde professional, en als een echte professional had hij ruimschoots de tijd genomen om de instrumenten en de knepen van het vak te leren.

Hij wist niet alleen hoe deze satellietrelais werkten, hij wist ook dat de toestellen de veiligst mogelijke transmissie hadden gecontroleerd, door te kiezen voor een relais vanaf één enkele zendmast in plaats van het bericht te verspreiden over een reeks. Hij wist dat het apparaat ook een omgekeerde scramblerfrequentie uitzond, die zou voorkomen dat iemand dit gesprek zou afluisteren, zelfs als ze het op een of andere manier zouden kunnen hacken.

En, het belangrijkste van alles, hij wist hoe je een gesprek moest voeren over een beveiligde lijn: je begon niet gewoon te praten alsof je oog in oog stond in een beveiligde ruimte. Je moest het gesprek manoeuvreren door semi-gecodeerde woorden te gebruiken die de tegenpartij een *idee* gaven van waar je het over had zonder de exacte details te geven.

Dit is de aanpak die hij koos bij dit gesprek. "We zijn ongeveer drie kilometer ten noorden van hun positie. Ze zitten hoger op de bergkam, verscholen in een grot. We denken dat ze binnen het uur zullen vertrekken, maar we kijken om zeker te zijn."

"We hebben dit al besproken," zei de stem op de andere lijn. *"Jullie moesten de doelen neutraliseren, en zorgen..."*

"Ik begrijp de missie parameters, en ze zullen worden gevolgd tot op de letter. Dat verzeker ik u, hoewel ik u niet kan vertellen wanneer en waar de neutralisatie precies zal plaatsvinden." Hij hoopte dat zijn ergernis aan de andere kant werd gehoord, want hij hield er niet van te worden berispt omdat hij zijn werk deed.

"Ik begrijp het, ik wilde er alleen zeker van zijn dat de..."

"De klus zal geklaard worden, ik geef je mijn woord. Dit zijn delicate situaties, en het is niet alleen een vijandige partij waar we het tegen opnemen."

"Ja, je bedoelt de..."

Dietrich schudde zijn hoofd. "Nee," zei hij. "Hoewel dat nog steeds een variabele is, is het niet een waar ik me zorgen over maak. Daar hebben we op gerekend - daarom hebben we de jager erbij gehaald. Ik heb het over de partij waar ik nu bij ben. Er is geen samenhang als een eenheid. Ik weet dat dat nooit de bedoeling was, maar het maakt elke beweging uitdagend, en als er missie parameters zijn die niet gedeeld worden onder de -"

Nu onderbrak de man aan de andere kant hem. *"De klus is moeilijk. Maar het moet gedaan worden."*

De man zuchtte, niet bezorgd of het gehoord werd aan de andere kant van het gesprek. "Ja, ik begrijp het. Zoals ik al zei, het zal gedaan worden."

Er was een pauze, en toen, *"Heel goed. Bel me als het klaar is. Ik wil dit allemaal afgehandeld hebben tegen het einde van de week."*

Dietrich verbrak het gesprek en bladerde door het scherm van zijn telefoon om te kijken of hij een opname had gemaakt. Al zijn gesprekken, inkomende en uitgaande, werden opgenomen door een andere app op zijn telefoon. Men kon nooit voorzichtig genoeg zijn met dit soort dingen, en terwijl hij de beveiligde uplink had gestart, vond hij het verstandig om zijn vorige twee communicaties te uploaden naar zijn cloud server.

Hij hoorde gestommel en geschuifel achter zich. Hij pakte de telefoon en de uplink en hield die dicht tegen zijn lichaam terwijl hij zijn broek losritste.

"Goedemorgen," riep Lars van achter hem. "Ga je een stukje wandelen?"

"Ik ga even pissen," zei hij nors, nog niet geïnteresseerd in een gesprek. "Ik ben over een paar minuten terug. Gaan we ontbijten?"

Hij kon Lars bijna zijn hoofd horen schudden. "Nee, we moeten verder. En we willen geen aandacht trekken."

Hij maakte het af, ritste zijn broek dicht en draaide zich om, de telefoon en satelliet uplink in zijn zak glijdend. Er zou een tijd komen om dit alles te onthullen, maar dat was nu nog niet. Ze hadden nog steeds de andere groep om zich zorgen over te maken.

BEN EN ELIZA BESLOTEN OM SAMEN NAAR CLIVE TE ZOEKEN. Het was de enige manier om er zeker van te zijn dat geen van hen in een hinderlaag kon lopen zonder de ander in de buurt, en hoewel ze alle bescherming die de grot zou kunnen bieden zouden opgeven, zou het in het bos zijn hen ook meer ontsnappingskansen geven.

Ben hield niet van het plan; het vertraagde de dingen, en het maakte hun uiteindelijke doel - naar het EKG hoofdkwartier gaan en uitzoeken hoe ze binnen konden komen - moeilijker. Maar Clive maakte deel uit van hun team, en het was al een half uur geleden dat Ben wakker was geworden, en Clive was nog steeds weg. Hij had nog steeds het gevoel dat Eliza gelijk had, dat Clive vertrokken was om op jacht te gaan naar voedsel, maar Ben had nog steeds bedenkingen bij dat idee.

Ten eerste was Clive vannacht doodsbang geweest na de ontdekking van het derde dode lichaam. Ten tweede wist Ben dat ze genoeg voedsel hadden, hoe karig en flauw ook, om hier nog drie dagen door te komen zonder terug te hoeven naar het dorp. Er was gewoon geen reden om hier op wild te jagen, zelfs niet op iets kleins als een konijn of eekhoorn.

Eliza had meegeknikt toen hij haar dit had uitgelegd, en ze zei dat het logisch was, maar hij kon zien dat ze nog steeds een paar twijfels had.

Wat betekende dat haar zorgen waarschijnlijk dezelfde waren als die van Ben: dat beiden eigenlijk bezorgd waren over Clive omdat ze bezorgd waren over *alles*. Ze waren bezorgd dat er iets in Clive's hoofd was gevaren, dat hij zijn gezonde verstand had verloren en nu halfgek door het bos zwerft. Of, dat Clive in orde was, maar vastbesloten om te vinden en te doden wat het ook was dat deze mannen had gedood. Geen van beide opties was goed, en beide opties betekende dat ze achter Clive aan zouden moeten gaan.

"Jouw beurt," hoorde hij Eliza zeggen.

Ben draaide zich om en zag haar een paar meter verderop staan, haar rugzak over één schouder. Een lok rood haar druppelde over haar voorhoofd en in haar ogen, en ze blies het met een haal van haar lippen opzij.

"Waar heb je het over?" vroeg Ben.

"Ik zei dat het jouw beurt is," zei ze opnieuw, terwijl ze haar hand op haar heup legde. "Ik heb je verteld wat er met *mij aan de hand* was; nu wil ik weten wat er met *jou aan de* hand is."

Ben opende zijn mond om te reageren, maar sloot hem weer. Hij herhaalde deze beweging een paar keer, zich een idioot voelend. *Waar heeft ze het over? Hoe kan ze weten dat er iets aan de hand is? Hoe weet ik zelfs dat er iets aan de hand is?*

"Er is niets -"

Ze haalde haar hand van haar heup en stak hem uit naar Ben. "Bewaar het, Ben. Ik weet dat je net zo bezorgd bent over dit alles -

over Clive - als ik. Maar ik kan ook onder de oppervlakte kijken. Mijn man was net als jij; hij was kalm, gereserveerd. Maar dat betekende niet dat hij emotieloos was. Hij had zijn momenten, Ben. Eerst, in het begin van ons huwelijk, dacht ik dat hij gewoon stoïcijns was. Maar ik leerde dat het allemaal borrelde net onder de oppervlakte, en als ik het niet uit hem wrikte, zou het daar blijven, etterend als een wond. "

"Dat is..." Zei Ben. "Dat is een erg kleurrijke manier om het te beschrijven."

Ze haalde haar schouders op. "Zeg me dat het niet waar is."

Ben grijnsde en blies toen zijn adem uit. "Oké," zei hij. "Jij wint. Ik heb niet tegen je gelogen, Eliza. En dat zal ik ook niet doen. Maar ik ben ook niet erg open tegen jullie geweest."

Ze knikte. "Je hebt het over twee nachten geleden. Wat is er gebeurd?"

"Hoe kun je - hoe kun je iets weten over - ?"

"Deze stad praat, Ben. Dat weet je net zo goed als ik. Niets wat gezegd wordt in een openbare ruimte gaat zonder dat het herhaald wordt. Ik zou het roddels willen noemen, maar het is meer dat iedereen naar elkaar omkijkt."

"Ja, dat snap ik." Ben wist precies waar ze het over had; hij had precies dat meegemaakt. Hij vond het zelfs een beetje leuk; het gaf hem het gevoel dat iedereen in de stad in hetzelfde team zat en voor elkaar supporterde. "Dus toen hoorde je dat ik was aangevallen?"

Eliza's ogen sperden open van verbazing, en haar mond viel open. "*Wat?* Waar heb je het over? Nee, Ben. Ik had geen idee dat je aangevallen was."

"Wat heb je dan gehoord?" vroeg Ben.

"Iemand in de winkel vertelde me dat er een grote, intimiderende man in de stad was."

Ben staarde haar aan. "Dus ik ben een 'grote, intimiderende man'?"

Ze giechelde. "Nee, ik heb nooit gezegd dat *jij* de grote intimiderende man was. Dat dacht ik eerst ook. In plaats daarvan zeiden ze dat er een grote intimiderende man in de stad was die *met* de Amerikaan praatte."

"Dat is logisch. Ik ben de Amerikaan."

"Dat betekent dat iemand twee nachten geleden met je gepraat heeft, dan. En hoewel ik geen idee heb wat 'praten' in dit geval moet betekenen, lijkt het alsof het opmerkelijk genoeg was voor de plaatselijke bevolking om er commentaar op te leveren." Ze pauzeerde, wachtend op Ben om in te grijpen. "Dus, wie was hij? Kende je hem?"

Ben schudde zijn hoofd. "Nee, en dat weet ik nog steeds niet. Maar hij volgde me de bar uit en sloeg me in mijn buik en daarna in mijn nier. Het was... Hij sloeg behoorlijk hard, en ik ging op de grond liggen."

Eliza leek onder de indruk, maar ze had ook een bezorgde blik in haar ogen.

"Ik voel me goed," zei Ben, "ook al had ik gisterochtend een beetje pijn."

"Maar, ik gok dat het ook niet je nier was die je gisteren aan het piekeren bracht?"

Hij haalde even adem. "Nee, je hebt gelijk. Het was wat hij tegen me zei. Hij zei me dat dit - me slaan - een waarschuwing was, dat als hij me hier buiten zou zien, hij de waarschuwing intenser zou moeten maken of zoiets. Ik weet niet echt waar hij het over had anders dan, 'ga niet naar buiten op EKG land.'"

"Denk je dat hij EKG was?" vroeg ze.

Hij schudde zijn hoofd. "Nee. Ik weet het niet. Zou kunnen, maar ik betwijfel het om een of andere reden. Ik denk ook niet dat hij *Grayson* was, want hij had gewoon een soort onafhankelijke uitstraling, alsof hij ruw was rond de randen en niet goed met anderen kon spelen of zoiets."

"Het lijkt er zeker op dat hij niet goed met *je speelde*, Ben."

"Daar heb je gelijk in," zei Ben. "En ik ben niet van plan om zo gemakkelijk neer te gaan als we elkaar weer zien. Dat gezegd hebbende, zou ik hem zeker niet meer willen zien. Hoe sneller we bij EKG zijn en uitvinden wat hier aan de hand is, hoe beter."

"We moeten Clive eerst nog vinden," zei Eliza. "Maar ik ben het met je eens. We moeten dit uitzoeken, en dit incident lijkt geen toeval te zijn."

Ben aarzelde, overwoog naar buiten te lopen en hun jacht op Clive te beginnen toen hij Eliza weer aankeek. "Er is meer," zei hij. "Hij waarschuwde me niet alleen om weg te blijven van deze plek. Hij leek te denken dat we ergens naar op jacht waren; dat we hier op zoek waren naar hetzelfde als hij."

"Je bedoelt dat hij probeert te vinden wat het ding is dat deze mannen heeft gedood?"

"Daar lijkt het wel op, ja. Wat dit wezen ook is dat rondloopt en mensen hun hart uitrukt, het is dezelfde waar deze kerel naar zoekt. En hij wil ook geen concurrentie."

Ben kon zien hoe Eliza dit in haar hoofd uitwerkte. Ze keek omhoog naar het plafond van de grot en sloeg toen de andere schouderband van de rugzak over haar arm. Ze knoopte ze stevig vast en stapte dichter naar Ben toe. "Ik denk dat het een ander stukje van de puzzel is, Ben," zei ze. "En ik denk dat het belangrijk is om het allemaal in gedachten te houden. Maar het verandert onze missie niet. Clive, dan de EKG. Dat is het. Wat het ook is, zelfs als het verband houdt, we moeten eerst bij Clive zien te komen - dan de EKG - om het uit te zoeken."

"Daar ben ik het mee eens," zei Ben. "En ik denk dat we moeten opschieten. Degene die op ons schiet, misschien die jager, is waarschijnlijk..."

Crack!

Op dat moment deed het geluid van geweervuur Ben opspringen. Hij hoorde de kogel de grond raken vlak bij zijn voeten, en hij dook opzij, zijn armen om Eliza slaand terwijl hij viel.

Ze gilde van verbazing, maar vloog met hem mee, zich onmiddellijk aanpassend aan de tackle. Hij voelde haar lenige, atletische lichaam draaien om haar val onder controle te krijgen.

Hij landde op zijn gezicht in het vuil aan de voorkant van de grot, terwijl Eliza in een geoefende hurk landde. Zijn armen waren nog steeds om haar heupen geslagen, en hij haalde ze eruit terwijl hij zich oprichtte en opzij duwde.

"Ja," zei hij. "Ik denk zeker dat het tijd is om aan de slag te gaan."

CHAPTER 35

BEN

"BUKKEN!" schreeuwde Eliza terwijl een nieuw schot door hun oren galmde, echoënd in de grot. Ben lag nog steeds op de grond, en Eliza verbrak plotseling haar hurkzit en lanceerde zichzelf over Bens voorovergebogen lichaam, om boven op hem te landen.

Haar wang drukte stevig tegen zijn gezicht, en hij voelde haar borsten in zijn rug drukken...

Ze lagen daar voor een moment, stil. Ben voelde zich met de seconde ongemakkelijker, en toch wist hij dat zijn comfort waarschijnlijk minder belangrijk was dan niet neergeschoten te worden.

Maar toch, de manier waarop Eliza zich op hem gestort had... Ging hij hier te ver in? *Probeert ze me te versieren?*

Hij schudde zijn hoofd en voelde de warmte van haar haar hem verstikken. Hij was al zolang hij zich kon herinneren niet meer zo dicht bij een vrouw geweest als Julie.

Julie.

Hij moest in beweging komen, al was het maar om opzij te schuiven zodat ze beiden de grotbodem als dekking konden gebruiken. Bovendien wilde hij Julie niet hoeven uitleggen hoe een vrouw was neergeschoten en gedood terwijl ze bovenop hem lag.

"We moeten uit de grot," zei Ben, zijn stem nauwelijks boven een fluistering. Er was geen reden om hard te praten, nu zij letterlijk boven op hem lag en haar gezicht tegen het zijne drukte.

"Oké, goed."

De stem was zacht, nauwelijks hoorbaar. Zacht, ook. Bijna zoals...

Hij duwde zich weg en hoorde haar afkeurend grommen. Hij kroop naar de zijkant van de grotopening, waar een groot rotsblok over de rechterkant van de opening lag. Zij volgde achter hem met haar hand op zijn arm. Hij kon hem daar voelen, warm, heet zelfs. *Werd het nog heter?*

Schud het van je af, man. Dit is belachelijk. Je vecht een oorlog uit tegen een stel onbekende vijanden, en je denkt hier aan?

"Ik denk dat ik iets zie," zei Eliza. "Daar, de heuvel af en naar de..."

Crack!

Het geluid van het geweerschot deed Ben opnieuw schrikken. Het was hier luider, waar ze dichter bij de bron van het schot waren, zonder dat de rotsen in de weg zaten. Snel wendde hij zijn blik in die richting en volgde Eliza's vinger toen ze wees. Hij greep naar zijn geweer en plaatste het uiteinde ervan bovenop het rotsblok dat Clive de nacht ervoor had gebruikt voor dezelfde verdedigingspositie.

"Denk je dat je ze vanaf hier kunt raken?" vroeg Eliza.

Ben schudde zijn hoofd. "Misschien, maar ik ga het niet proberen. Ik schiet niet op dingen die ik niet kan zien."

Hij wachtte op haar antwoord. Het leek alsof er uren verstreken waren. "Zelfs als ze op je schieten?"

"Ja, zelfs als ze op mij schieten. Tenzij ik *precies* weet wat er achter dat geweer zit, ga ik niet schieten. Het zou Clive kunnen zijn, die gek geworden is, of zoiets."

Het was iets wat zijn vader hem en zijn jongere broer, Zach, lang geleden had geleerd. *Je schiet nooit zonder te weten waar je op schiet.* Bonuspunten als je wist wat er achter het ding zat waar je op schoot.

Ben had, jammer genoeg, in een paar schrammen gezeten waarbij geweervuur werd uitgewisseld tussen twee partijen. Hij had meer ervaring dan welke burger ook die hij kende, en meer gevechtservaring dan de meeste militairen die hij kende, en meer ervaring dan de meeste mensen *wilden* weten.

Hij was in de loop van de tijd getraind, zowel door zijn vriend Reggie als door de verschillende programma's die de CSO hen liet volgen, maar niets kon iemand beter op een gevecht voorbereiden dan daadwerkelijk in een gevecht te zijn geweest. Maar, *voorbereid* was misschien wel het verkeerde woord. Hij was erachter gekomen dat er niet zoiets bestond als echt voorbereid zijn om een wapen op een ander mens af te vuren.

Er was niets dat iemands geest genoeg kon voorbereiden om een leven te nemen.

Tenminste niet dat hij wist.

Hij voelde Eliza's hand langzaam over zijn arm naar zijn schouder gaan. Of was het alleen dat hij *dacht dat* ze langzaam bewoog? Hij wist het niet zeker. Hij wist zeker dat deze vrouw zich nog nooit in een situatie als deze had bevonden, en hij wist dat iedereen anders reageerde. Misschien was Eliza's instinctieve reactie om flirterig te worden.

Hij schudde zijn hoofd. *Nee, dat is absoluut belachelijk.* Haar hand lag op zijn schouder, kneep, en dat was niet omdat ze met hem naar bed wilde.

Ze probeerde hem iets te vertellen. Hij wachtte, voelde haar hand nog eens knijpen, dan optillen en in een andere richting wijzen.

Toen, bijna vaag genoeg dat hij het niet kon horen, sprak ze. "Daarginds, Ben. Als we deze kleine opening kunnen doorsnijden en daar komen, zijn de bomen dichter en zijn er veel rotsblokken die ons misschien genoeg beschermen om weg te komen.

Ben zag waar ze het over had. De bergkam waar ze zich bevonden - de bergkam waar hun grot zich bevond - strekte zich grotendeels uit naar het zuidoosten, maar er was een kleine uitloper die losstond van de grotere massa rotsen en kliffen die zich naar het noordoosten uitstrekte. Het was ongeveer twintig meter weg, zeker gemakkelijk genoeg om naar toe te sprinten zonder geraakt te worden, vooral als ze dekkingsvuur aflegden voordat ze renden.

Hij legde dit uit aan Eliza, vertelde haar precies wat ze moest doen en wanneer ze het moest doen. Ze knikte snel, driftig. "Oké, zei ze. Ik - ik heb dit."

Ben keek haar op en neer, probeerde te peilen of ze zich bewust in een vuurgevecht kon mengen. Ze beefde, maar hij wist niet zeker of het adrenaline of angst was, of allebei. Als hij geluk had, zou het vooral adrenaline en dopamine zijn en een beetje angst. Een gezond beetje angst is wat mensen in leven houdt, wist hij.

"Op mijn tel," zei hij. "Een, twee..."

Eliza trok haar geweer open en vuurde drie schoten af voordat Ben de telling kon afmaken. Ze was ook niet naar de andere kant van de grot gerend voordat ze schoot. Bens oren verstomden onmiddellijk; een seconde later werden ze gevuld met het rinkelende geluid van tijdelijke doofheid. Hij brulde van de pijn maar dwong zichzelf zijn eigen geweer naar voren te houden.

Hij duwde haar met zijn heupen opzij, nog steeds gehurkt om niet in de rug geraakt te worden door een van haar wild gerichte kogels. Ze leek de hint te begrijpen en stopte lang genoeg met vuren om naar de linkerkant van de grot te rennen.

Ben wachtte niet op een uitnodiging. Hij sprong op en naar voren, terwijl hij zijn geweer in de aanslag naar beneden gericht hield, zijn vinger over de trekkerbeugel. Hij rende echter in de tegenovergestelde richting en maakte een diagonaal de andere kant op naar de kleinere bergkam rechts van hem. Hij bereikte het in een paar seconden, sprong en gleed, honkbal stijl, voeten-eerst in een kleine sneeuwbank, waar hij tot een gedempte maar abrupte stop kwam. Hij controleerde onmiddellijk zijn positie en richtte zich op de plek waar de schutter had gezeten.

Eliza schoot nog steeds wild in alle richtingen en leek zich niet meer te beheersen naarmate ze langer schoot. Hij liet zijn wapen even zakken en sloeg zijn handen voor zijn mond. Hij schreeuwde. "Eliza! *Nu!*"

Ze vuurde nog een keer en keek toen in zijn richting. Hij wuifde naar haar om haar te volgen, en hij dacht dat hij haar zag knikken voordat ze de grotmond uitvloog en de heuvel afliep.

Voorlopig tevreden, richtte Ben zijn geweer weer op en staarde in de richting van het bos waar hun aanvaller wachtte. Hij zag geen menselijke beweging, maar hij hield zijn geweer gereed terwijl hij luisterde naar Eliza's voetstappen.

Ze waren te snel, te wild. Hij had haar eerder verkeerd ingeschat - ze was niet aan het *flirten*. Ze was absoluut doodsbang, uitzinnig en liep op adrenaline en dampen, totaal onvoorbereid op een situatie als deze.

Hij had zijn eigen ego in de weg laten staan. Hij was haar een verontschuldiging schuldig, maar die zou moeten wachten tot ze veilig buiten gevaar waren.

Haar voetstappen waren aritmisch, bijna willekeurig, en ze ploeterde voort over gebarsten, hard aangestampte ijs- en sneeuw- resten en kleinere grindresten en grassprietjes die tegen de kou hadden gevochten. Toen ze nog maar een meter of vijf van haar vandaan was, zag hij haar rechterbeen zich strekken toen het bleef haken op een klein stukje kiezelsteen.

Ze gleed even weg, de schok deed haar schrikken, waardoor ze struikelde en voorover viel. Hij liet het geweer vallen en reikte onwillekeurig omhoog om haar op te vangen voor ze de grond raakte. Hij zette haar snel weer op haar kont en duwde haar been zachtjes recht.

"Auw," zei ze, zuigend tussen haar tanden. "Oh mijn God, ik denk dat ik mijn knie gebroken heb."

"HET IS ZEKER NIET GEBROKEN," zei Ben, in een poging haar met zijn stem gerust te stellen. Hij kneep zachtjes boven en onder de knie en werkte toen met zijn handen in de richting van de knieschijf, om te voelen of er iets niet goed zat. "Ja, gewoon een verstuiking. Misschien een scheurtje, maar je overleeft het wel."

Hij keek op naar haar ogen en zag dat ze door hem heen priemden. "Ik heb het toch goed gedaan, of niet?" Vroeg ze. "Ik heb gedaan wat je zei, toch?"

Ben glimlachte. "Je hebt... Je hebt het goed gedaan. We leven nog, en we zullen tenminste nog een paar minuten leven."

Daar lachte ze om. Een diepe, grommende buik lach die meer dan een beetje misplaatst was. Het verraste Ben, maar toen herinnerde hij zich wat ze doormaakte. *Dit is totaal anders dan al haar vorige banen,* dacht hij. Dit was iets totaal vreemds voor haar, volledig uit het veld geslagen.

"Kun je het een beetje buigen?" vroeg Ben.

Ze stopte met lachen en knikte. Ze boog het een centimeter en kermde van de pijn.

"Laat het daar maar even liggen," zei Ben. "We hebben geen haast. We staan met onze rug tegen de rotsen, en wie ons ook aanviel zal uit deze richting komen, dus we zullen ze zien voordat ze hier zijn."

Ze knikte, haalde toen haar waterfles uit haar rugzak en nam een lange slok. Hij zag dat zij nog ongeveer een halve fles over had. Die van hem was iets minder, en ze hadden geen extra. Als ze hier zouden stranden, konden ze sneeuw smelten voor drinkwater, zodat ze niet van dorst zouden omkomen.

Maar hij wist ook dat ze hier alleen zouden stranden als er iets vreselijks zou gebeuren. Als ze allemaal ernstig gewond zouden raken, bijvoorbeeld. Hij verstevigde zijn greep op zijn geweer.

"Was hij het?" Vroeg Eliza plotseling. "Was het de man met wie je gepraat hebt? Degene die je in elkaar geslagen heeft?"

"Ten eerste, hij heeft me niet 'in elkaar geslagen,'" zei Ben. "Hij wilde gewoon, je weet wel... een punt maken. Hij overrompelde me."

"Ja, oké. Maakt niet uit."

Ben forceerde een glimlach maar ging toch door. "Ten tweede, ik heb ze niet goed kunnen zien. Ik kon hem eigenlijk helemaal niet zien. Ik denk dat ik een flits van zijn geweer heb gezien bij het tweede of derde schot, maar daarna was het allemaal wazig. Ik heb zeker niemands gezicht of lichaam gezien, dus ik zou niet kunnen zeggen of hij het was of niet."

"Maar je denkt dat hij het was, toch?"

Ben dacht hier even over na. Het was logisch, echt. Hij wist al dat deze man vijandig was; hij wist al dat deze man Ben en zijn team van de berg en weg van EKG wilde hebben. Kon deze man zo vastbesloten zijn om de boodschap over te brengen dat hij werkelijk op hen zou schieten?

"Ja," zei Ben. "Daar lijkt het wel op, nietwaar? Ik weet niet wie er nog meer rondloopt, maar ik ken deze man, en hij leek zeker kwaad genoeg om zo'n stunt uit te halen."

"In dat geval, denk je dat..." Eliza maakte haar gedachte niet af, maar dat hoefde ook niet. Ben dacht hetzelfde.

"Ik denk het niet, Eliza," zei Ben. "We zouden gisteravond of vanochtend een geweerschot gehoord moeten hebben. Clive is hier ergens, maar ik denk niet dat deze man hem te pakken heeft gekregen."

Ben besefte toen hij de woorden zei dat ze haar niet zouden troosten. Het is niet dat hij ze niet geloofde, dat deed hij wel. Het was gewoon dat ze beiden wisten dat er nog iets anders was dan een man met een pistool. Iets waarvan ze beiden wisten dat het actief bereid was om te doden en dat in het verleden ook had gedaan.

Het had al drie keer gedood, althans dat hadden ze ontdekt. Het liet een spoor van dood en bloed achter zich, een spoor dat -

Ben betrapte zichzelf. Hij was iets op het spoor, hij wist alleen nog niet precies wat het was. Hij liet de gedachte in zijn hoofd rondspoken, zo lang als nodig was om een thuis te vinden. Hij was nooit iemand geweest die bekend stond om zijn intellectuele inspanningen, maar hij was verre van dom. Ben had een onnatuurlijk gevoel voor straatslimheid, een vermogen om een situatie vanuit meerdere invalshoeken tegelijk te verwerken en te analyseren tot ze plotseling op hun plaats vielen en logisch werden. Hij vergeleek het met een puzzel, waarvan alle stukjes door elkaar lagen in een cementmolen tot ze er miraculeus compleet en perfect uitgespuugd werden.

Het was geen onfeilbaar systeem, maar het werkte voor hem. Hij voegde verschillende puzzelstukjes en variabelen en elementen toe aan de mix en liet ze op elkaar inwerken en samen rondstuiteren, soms dagenlang. Maar op een bepaald moment, na een aantal extra variabelen of geluk of verstand of wat het ook was dat het allemaal liet gebeuren, spuwde zijn geest een antwoord uit.

Hij voelde dat hij nu dicht bij zo'n antwoord was. Hij was dichtbij om uit te vinden wat deze plek hem probeerde te vertellen.

"Je denkt er weer aan, nietwaar?" vroeg Eliza.

Hij zat op zijn kont, naast haar, en hij keek naar links om te zien hoe zij haar rechterbeen heen en weer bewoog, haar knie buigend. "Wat bedoel je?" Vroeg hij. "Waar denk ik aan?"

Ze antwoordde. "Er is iets aan dit alles dat nog niet logisch is, toch? Iets dat logisch zou moeten zijn, maar dat niet is, omdat we of niet genoeg weten, of we denken er niet op de juiste manier over na. Ik zie je het verwerken, net zoals mijn man vroeger deed."

"Dingen verwerken doet ieder levend mens," zei Ben. Hij hield er niet van om psychoanalytisch bekeken te worden, en zeker niet om constant vergeleken te worden met haar overleden echtgenoot.

"Nee, het is anders dan een normale menselijke verwerking," zei ze. "Het is dieper, iets emotioneler. Jij - en hij, toen hij nog leefde - bent in staat om dingen vanuit meerdere gezichtspunten te bekijken, niet alleen gedreven door logica en instinct, maar ook door je emotie. Dat laat je toe om problemen op te lossen."

Ben was geen psycholoog, dus hij kon niets zeggen over de waarheidsgetrouwheid van haar beweringen, maar het leek hem zeker waar. Hij haalde zijn schouders op. "Ja, ik denk het wel. Julie heeft me altijd verteld dat ik eigenlijk een heel emotionele jongen ben; het zit alleen allemaal gebundeld van binnen, onder al die onemotionele lagen."

"Dat is ook ongeveer wat ik mijn man vertelde," zei Eliza. "Hij leek altijd zo... hard. Niets kon hem raken, weet je? Niets leek hem te deren, totdat het toch gebeurde."

Eliza keek recht voor zich uit.

"Hij hield alles binnenin opgeborgen, als een soort menselijk cliché, maar als je wist welke vragen je moest stellen, of liever, hoe je ze moest stellen, liet hij het allemaal los in een prachtige warboel van chaotische waarheid. Hij kon weken of maanden op een probleem zitten te kauwen en dan plotseling uitbarsten met een veelzijdige, complexe oplossing voor het probleem waar hij mee bezig was geweest."

Ben knikte langzaam. *Zo te zien hadden we toch veel gemeen,* dacht hij. *Het is jammer dat deze man niet meer onder ons is.*

"Dat klinkt inderdaad als mij," zei hij.

Ze zaten daar nog een paar minuten, beiden het bos in de gaten houdend voor enige beweging, iets dat hen zou kunnen waarschuwen voor de jager die hen probeerde te besluipen. Ben hield er niet van om stil te zitten, maar hij wist dat Eliza moest rusten, om de zwelling van haar knie te laten afnemen. Bovendien vond hij het zelf ook niet erg om even uit te rusten.

"Ik heb over je gelezen, weet je," zei Eliza. "Voordat ik contact opnam met de CSO. Ik heb mijn huiswerk gedaan, zoals ik altijd doe."

"OH?" Vroeg Ben. "Wat heb je gevonden? Weet je, al die journalistieke onzin is gewoon dat - BS met een handvol waarheid erin. De CSO is geen huurlingenorganisatie of een groep super-helden die op slechteriken schiet."

"Nee, dat niet," zei ze. "Ik ging verder terug, terug naar voordat jullie CSO waren."

Ben wist waar ze op doelde. Hij wist dat er niets in krantenar-tikelen of journalistieke reportages over hem te vinden was vóór zijn betrokkenheid en semi-beroemdheidsstatus bij de CSO.

Behalve één ding...

"Het is heldhaftig wat je hebt gedaan," zei Eliza. "Maar het *voelde niet* heldhaftig, of wel? Op dat moment dacht of voelde je waarschijnlijk niet eens veel. Je wilde alleen je familie redden."

Ben keek haar weer aan en zag haar in een nieuw licht. Dit was de eerste keer dat iemand zo iets tegen hem had gezegd. "Ja," zei hij. "Dat is precies wat er gebeurd is. Ik ben geen held of zoiets als in al die artikelen stond. Ik wilde gewoon niet dat mijn vader of mijn broer zouden sterven. *Ik wilde niet dood.*"

"Dus, je deed wat je moest doen."

"Ja, dat deed ik. Ik weet niet of het goed of fout was of ergens ertussenin, maar het kon me op dat moment zeker niet schelen. Ik *dacht* er op dat moment niet eens aan. Ik wist waar het geweer was, en ik hoorde geschreeuw. Dus ik rende erheen en deed wat ik moest doen."

Hij pauzeerde even en nam nog een slok water. "Mensen mochten zeggen wat ze dachten dat het was, wat ze dachten dat *ik* was. Maar ze hebben het me nooit gevraagd, weet je? Ze gaven er gewoon hun draai aan en stuurden het rond, alsof ze een soort expert waren over mij en wat ik deed."

"Mensen vertellen me graag wat ik denk," zei Eliza. "Misschien is het omdat ik een vrouw ben, omdat ik borsten heb, omdat ik aantrekkelijk ben en op de een of andere manier intimiderend, ik weet het niet. Het kan me niet schelen. Mensen vinden het altijd leuk om me te vertellen wat ik 'bedoelde' als ik een toespraak houd of een artikel publiceer. Er wordt altijd commentaar op geleverd, maar uiteindelijk is er bij *mij* absoluut geen twijfel over wat ik allemaal bedoel."

Ben knikte mee en luisterde met plezier naar deze vrouw. Ze was intens slim, en hij kreeg het gevoel dat ze ook wijs was boven haar leeftijd.

"Als er genoeg tijd voorbij gaat dat je je niet toewijdt aan jezelf, aan wat je weet, begin je die mensen te geloven. Je begint te denken dat ze misschien iets op het spoor zijn, dat ze steeds weer dezelfde dingen over je zeggen, en uiteindelijk vraag je je af of ze misschien gelijk hebben."

"Hoe 'herneem' je jezelf?" vroeg Ben. "Wat bedoel je daarmee?"

Ze haalde haar schouders op. "Ik weet het niet zeker, nog niet. Dat is in ieder geval mijn werktheorie. Maar ik denk dat het iets te maken heeft met dit -" ze wuifde een uitgestrekte arm over het land om hen heen. "Ik denk dat het begint met je vast te leggen op wat je weet dat goed is; wat je weet dat waar is, en het dan gewoon... doen. Vergeet wat ze allemaal over je zeggen of wat ze willen dat je doet of bent. Je moet je gewoon verbinden en het dan doen."

Ze kneep haar ogen dicht, en Ben kon wat vocht aan de randen zien. Hij wist dat ze aan haar man dacht, hem miste. Wensend dat hij nu hier was in plaats van Ben.

Toen begreep hij het.

Ze was niet met hem aan het *flirten*, ze vond hem niet leuk op die manier. Daar ging het niet om, daar was het nooit om gegaan.

Eliza had te maken met het verlies van haar man, met een dood waarvan ze dacht dat het moord was. De man was van deze wereld weggenomen in de bloei van zijn leven, terwijl hij iets deed waar hij in geloofde en wat hij wilde bereiken. Het was buitengewoon oneerlijk, en Ben had maar al te veel mensen gekend die een soortgelijk lot hadden getroffen.

Hij nam het Eliza niet kwalijk dat ze aan dit alles werd herinnerd; hoe kon hij? Ze had hem aangenomen omdat ze zijn kwalificaties kende, omdat ze wist waar hij voor stond en wat de CSO in het verleden had gedaan. Maar ze had hem ook aangenomen omdat ze iets diepers over hem wist dat hij zelf nog maar net begon te begrijpen. Zij wist wie hij van binnen was, in zijn kern, en het was *die* man met wie zij had willen samenwerken. Hij deelde die eigenschappen, die kenmerken, met haar overleden echtgenoot, en geen van beiden kon daar iets aan doen.

Natuurlijk zou hij haar aan haar man doen denken. *Natuurlijk* zou hij op dezelfde manier handelen.

Hij reikte voorover en nam Eliza's hand in de zijne. Hij legde zijn andere hand erop, vergat even hun hachelijke situatie en legde het geweer aan zijn zijde. "Ik ga je helpen dit uit te zoeken," zei Ben. "Ik neem het je niet kwalijk dat je me hierbij betrekt; dit is precies het soort dingen waar we tegen proberen te vechten. Ik weet dat je dat weet, maar ik wil dat je het me hoort zeggen. Ik ga alles doen wat in mijn macht ligt om dit te beëindigen, om dingen recht te zetten. Het zal hem niet terugbrengen, maar ik wil ze er zeker voor laten boeten."

Toen hij klaar was, begon ze te snikken, de tranen vielen vrijelijk over haar wangen en langs haar gezicht. Ze spatten op haar spijkerbroek en vormden kleine donkere vlekken op haar benen.

Ben haalde diep en lang adem, hield die tien seconden vast en liet hem toen weer uit.

Het was tijd om te handelen, tijd om door te gaan en het mysterie op te lossen. Het was tijd om die reserve aan innerlijke kracht aan te spreken waarvan hij wist dat hij die had, om die veerkrachtige kern aan te spreken die hij af en toe had opgeroepen. Hij liet Eliza's hand los en greep weer naar zijn geweer.

Ze moesten Clive vinden, en ze moesten degene vinden die hier bij hen was.

CHAPTER 38

BEN

ZE VONDEN CLIVE IN EEN KLEIN RAVIJN, ongeveer driehonderd meter ten noorden van de grot en een beetje bergafwaarts. Nadat ze besloten hadden dat ze veilig waren voor de schutter, hielp Ben Eliza overeind en samen begonnen ze langzaam bergafwaarts te marcheren, naar het noorden, in de richting van het EKG-hoofdkwartier.

Zij hadden ongeveer twintig minuten gelopen, op zoek naar enig teken van hun derde teamgenoot, toen zij in de verte de stem hadden horen schreeuwen.

Tegen die tijd voelde Eliza zich op haar gemak om wat gewicht op haar knie te zetten, en Ben had een stompe, gladde stok voor haar gevonden om als een soort geïmproviseerde kruk te gebruiken, en zij verhoogden hun tempo en werkten bergafwaarts in de richting van Clive's roeping.

Zijn rugzak lag op de grond bij een boom, maar toen ze dichterbij kwamen, zagen ze dat Clive zelf in een steil, ondiep dal was gevallen. Het was een oude, droge rivierbedding die lang geleden de helling van de bergkam naar lager gelegen gebieden had doorkliefd, met een doorsnede van ongeveer 2 meter en een diepte van 2 tot 3 meter.

Ben klom voorzichtig langs de zijkant naar beneden en knielde bij Clive, wiens gezicht een bloedige puinhoop was. Ben controleerde snel de vitale functies van de jongeman en vond niets vreemds en niets dringends. Hij had een bloedneus, een aantal kleine snijwonden en schaafwonden in zijn gezicht en hals, en een grote bloeduitstorting op zijn rechterschouder. Het was deze kneuzing, die een ontwrichte schouder verborg, die het Clive onmogelijk had gemaakt uit het ravijn te kruipen. Zijn lichaam was na zijn val zo gedraaid dat zijn bovenste helft een beetje naar beneden lag, waardoor het onmogelijk was zich te bewegen zonder zijn arm ernstig te verwonden.

"Ik ben blij te zien dat je nog leeft," zei Ben.

"Ik ook, hoewel dit ding zo'n pijn doet, dat ik net zo goed dood kan zijn."

"Ik denk dat ik het wel weer op zijn plaats kan krijgen," zei Ben. "Maar - en ik kan dit niet genoeg benadrukken - ik ben *zeker* geen dokter." Ben glimlachte, in een poging om de stemming wat te verlichten.

Clive glimlachte terug. "Ja, ik weet het. En ik snap het. Dit is niet de eerste keer dat een van mijn ledematen het begeeft. Doe je best, Doc." Hij knipoogde naar Ben.

Ben drukte op zijn schouder, net boven het gewricht, terwijl hij met zijn andere hand de bovenarm en biceps van de man stevig vastpakte. Hij wachtte tot Clive zich ontspande en de andere kant opkeek, toen trok hij aan de arm naar voren terwijl hij tegelijkertijd een lichte draai maakte. Clive jammerde van de pijn, maar hapte toen naar adem en zweeg.

Ben wachtte, keek naar de jongere man.

Clive knarste met zijn tanden en oefende toen langzaam en voorzichtig een beetje druk uit op zijn elleboog. "Het ziet ernaar uit dat je voor je het weet een carrière in de medische wereld hebt," zei hij. "Zo goed als nieuw, neem ik aan."

"Zeker *niet* zo goed als nieuw," zei Ben, terwijl hij de man overeind hielp. "Maar het is zeker niet zo slecht als het eerst was."

Samen klommen ze uit het ravijn en herenigden zich met Eliza. Eliza deelde haar eigen verwondingsverhaal met Clive voordat ze vroeg: "Wat is er met jou gebeurd? Waarom heb je de grot vanmorgen verlaten?"

"Ik hoorde het," zei hij. "Of, dat dacht ik toch. Het was als een krassend geluid, als iets uit een film. Groot, intens. Het was net buiten de grot, ik zweer het."

"En je hebt niet zomaar besloten om het neer te schieten?"

Hij schudde zijn hoofd. "Nee, ik kon het niet zien. Het begon al ochtend te worden, dus er was nog een beetje daglicht. Ik dacht dat ik een schaduw zag, maar ik kon het niet echt zien. Ik wilde jullie niet wakker maken, dus sloop ik naar buiten met mijn geweer en pistool en een paar magazijnen. Ik volgde het, althans dat dacht ik, tot aan de rand van het bos."

"Heb je de schaduw gevolgd? Of heb je sporen gevonden?"

"Ik wel, ik zag dat schimmige ding bewegen, alsof het lange tijd helemaal stil kon zijn zonder te bewegen of geluid te maken, en dan zag ik plotseling een kleine flikkering van een schaduw. Maar geen sporen. Bijna alsof..."

"Bijna zoals wat?" Vroeg Ben.

"Nou, bijna alsof het... in de bomen was. Maar dat was het niet. Ik bedoel, niet toen ik het zag."

Ben en Eliza waren geschokt, en het was te zien op hun gezichten. Ben keek naar haar, en toen weer naar Clive.

Houdt hij ons voor de gek? "Wat bedoel je, je zag het?"

Is hij niet goed bij zijn hoofd?

"Nee, ik zweer het," ging Clive verder. "Het was... het was recht voor me." Hij huiverde. "Ik *zweer* het jullie, ik volgde het - of in ieder geval zijn schaduw - tot ik hier was. Ik stopte, wachtte een minuut omdat ik dacht dat ik hem kwijt was, en toen..."

"Wat?"

"En toen draaide ik me om. En toen was het *recht voor me*. Er was niets, en toen was het *er*. Het stond boven me. Het moest... Het moest wel 2 meter groot zijn."

Twintig voet hoog?

Ben wist dat er iets in de geest van deze man was gevaren, en dat het hem en de rest nu parten speelde. Maar toch, dit was een professionele, getrainde jager, iemand die over de hele wereld reisde om op groot wild te jagen. Clive zou gek kunnen worden, maar Ben wist dat er op zijn minst een kern van waarheid in zijn verhaal moest zitten.

"Wat was het?" vroeg Eliza. "Het wezen dat dit allemaal heeft gedaan - degene die al deze mensen heeft gedood. Wat was het?"

Clive knikte langzaam, dacht na over zijn antwoord voordat hij sprak. "Ik - ik wil zeggen... ik bedoel, het was een *gorilla*. Maar, het was het ook niet."

"Een *gorilla*?" Vroeg Ben. "Zoals, een jungle gorilla? Zwart, kloppend op zijn borst, King Kong-achtig, een gorilla?

"Een zilverrug, net als wat je zou zien in een dierentuin. Maar deze, het was, anders..."

"Zoiets als, twee meter hoog anders?" vroeg Ben. Hij wilde niet kleinerend klinken, maar hij geloofde geen moment dat er werkelijk een twintig voet hoge zilverrug gorilla rondliep op de hellingen van Zwitserland.

Hij wierp een blik op Eliza, maar zij wierp hem dezelfde blik toe.

We moeten hem een beetje in toom houden, dacht Ben. *Wat hem ook heeft aangedaan, wat dit wezen ook is, het klinkt alsof het meer psychologische schade aanricht dan fysieke.*

Toen herinnerde hij zich de mannen die ze waren tegengekomen op de camping en in de grot, en degene die Clive gisteren had gezien. *Nee,* dacht hij, en veranderde zijn eerste beoordeling. *Dit ding veroorzaakt* zeker *meer fysieke schade.*

"Ik weet het eigenlijk nog niet," zei Clive. "Ik denk er al over sinds, nou ja, sinds ik in het gat werd geduwd. Wat het zou kunnen zijn en zo. Ik bedoel, het was absoluut een gorilla. Ouder mannelijk, zou ik denken - maar de manier waarop het naar me keek. Het was alsof hij me echt *zag.*"

"Oké, oké," zei Ben. "Wacht even, ga terug. Het duwde je in dat gat? Is dat hoe je gewond bent geraakt?"

Clive schudde snel zijn hoofd, alsof hij de spinnenwebben in zijn hoofd probeerde weg te duwen. "Nee, sorry. Dat is niet - dat is niet wat er gebeurd is. Dit ding was *daar,* net zoals ik zei, maar toen... was het er niet meer. Ik bedoel, ik weet zeker dat het wegliep of in een boom klom of zoiets, maar ik heb het niet gezien. Of tenminste, ik herinner me niet het gezien te hebben."

"Misschien moet je gaan zitten, Clive," zei Eliza. "Misschien een slok water nemen en -"

"Ik weet wat ik zag!" Clive snauwde, zijn ogen flitsten plotseling open en schoten in de richting van Eliza.

"WHOA, BUDDY," zei Ben. "We proberen alleen maar te helpen. We hebben je gevonden; nu moeten we uitzoeken wat dit ding was. Je moet ons helpen het uit te zoeken. Je zegt dat het een gorilla was, twee meter groot, die overal in het bos kan verschijnen, en dat hij van je weg is gekomen: een getrainde jager en ervaren spoorzoeker. Dus u moet begrijpen, het klinkt een beetje vergezocht."

"Ik weet wat ik zag," zei Clive opnieuw. Zijn stem was echter gekalmeerd en hij keek Ben en Eliza aan met een gepijnigde uitdrukking op zijn gezicht. "Ik zweer het jullie beiden, nogmaals, ik spreek de waarheid. Maar nee, het was niet dat ding dat dit gedaan heeft. Hij - of het - verdween, zoals ik al zei toen het schot -"

"Er was een geweerschot?"

Clive knikte. "Ja, minstens één, misschien meer. We hoorden allebei het geweerschot, ik en dat... ding, en toen verdween het gewoon toen ik wegkeek. Ik wist eerst niet zeker waar het schot vandaan was gekomen. Ik pakte mijn eigen en maakte het klaar, en toen... En toen stormde er een vent op me af."

"*Heeft* hij je *opgejaagd?*" Vroeg Ben.

Clive knikte krachtig. "Ja, hij kwam van mijn linkerkant, van achter een boom. Het was waarschijnlijk te dichtbij voor hem om een schot te lossen voordat ik hem zag, dus hij viel me gewoon aan, wetende dat ik ook geen schot kon lossen. Hij tackelde me, en we vochten een minuut lang voordat hij me sloeg en in mijn gezicht sneed en me toen het ravijn in schopte."

Ben was absoluut geschokt toen hij dit hoorde. Clive was niet alleen naar buiten geslopen en had hun mysterieuze aapachtige verschijning opgespoord, maar hij was ook in contact gekomen met de man die eerder achter hem en Eliza aanzat, en had hem zelfs van zich af gevochten.

Ben keek op zijn horloge, om te zien hoeveel tijd er verstreken was. "Is hij weggegaan? Waarom probeerde hij je niet te vermoorden?"

"Ik weet het niet," zei Clive. "Hij had me - ik bedoel, hij schopte me in dit ravijn, en hij had me. Hij had makkelijk kunnen schieten. Ik moet een black-out gehad hebben of zoiets, maar toen ik wakker werd, was hij weg."

Ben voelde Eliza's hand op zijn arm. "Ben," zei ze, "hij moet ons hebben horen terugschieten."

"Misschien," zei Ben. Maar de timing klopte niet. Iemand had duidelijk op hen geschoten toen ze in de grot waren, en Ben was er zeker van dat hij de snuit achter de bomen had zien flitsen. Het was onmogelijk dat diezelfde man Clive even daarvoor had aangevallen.

Het betekende dat er meer dan één aanvaller moest zijn.

"Hoe zag die kerel eruit?" vroeg Ben. "Groot, klein, ergens ertussenin? Heeft hij iets gezegd?"

Clive schudde zijn hoofd. "Hij zei niets, en ik heb hem niet eens horen grommen of het leek alsof hij zich inspande terwijl we vochten. Maar hij was groot, enorm. Een beetje harig, met een baard en snor. Lichtbruin haar, denk ik."

Ben keek naar Eliza. "Dat is hem, dat is de man die me twee avonden geleden aanviel." Hij vertelde Clive zijn eigen verhaal over de hinderlaag van de harige man.

Maar dan bleef er nog een stukje van de puzzel over, waar Ben al eerder op had zitten kauwen: als de reusachtige beer van een man Clive hier had aangevallen, wie had er dan in de grot op hen geschoten?

Ben stond op het punt deze vraag aan de groep te stellen toen er van ergens achter hen een nieuw geweerschot klonk. Ben bukte en rolde naar voren, terwijl hij probeerde uit te zoeken waar hij zijn geweer had neergelegd voordat hij Clive uit de greppel hielp. *Verdorie*, dacht hij. *Ik word er echt ziek van om beschoten te worden door mensen die ik niet kan zien.*

Hij kroop naar de boom waar zijn geweer tegen leunde en zag dat Clive er ook naast zat.

Nee. Clive zat niet ineengedoken, hij zat gehurkt. *Proberend dekking te zoeken -*

"Ze hebben me," zei Clive zachtjes, onder zijn adem.

Hij keek op naar Ben, en Ben zag de glinstering van vocht onder Clive's hand, die zijn borst bedekte. Hij keek op en zag Clive's mond nog bewegen, maar er kwamen geen woorden uit. Clive viel achterover, met zijn rug tegen de boom.

"Eliza!" riep Ben.

"Ik zag het," zei ze. Ze was vlak achter Ben, maar haar stem weerkaatste tegen een boom verder weg. Ben wist dat ze in de andere richting keek. Op zoek naar hun aanvaller.

Een druppel bloed viel over de hoek van Clive's lip en bleef aan zijn kin kleven. Meer vulde zijn mond, en zijn ogen flikkerden, verwijdden en vernauwden zich steeds weer.

Ben wist dat hij niets ter wereld kon doen voor de jongeman. Hij voelde tranen in zijn ogen komen, voelde hoe hij zich wapende tegen de woede die kort daarna in hem zou opborrelen. Hij wilde hier niets mee te maken hebben - hij wilde niet alles ontcijferen en uitzoeken hoe hij Clive's vader Olaf moest vertellen dat zijn zoon hier was neergeschoten en gedood.

Het was een egoïstische, oneerlijke reactie, maar het was de enige die Ben zichzelf toestond te voelen. Als hij nog meer zou voelen, zou hij zich gaan inleven in deze jongeman; hij zou begrijpen en voelen wat het kind nu doormaakt. Hij wilde dat niet doen; hij kon het niet opbrengen om dat te doen. Later, verschanst in de kleine hotelkamer terug in Grindelwald, zeker.

Maar hier, waar er geen veiligheid was en veel dingen die hen wilden doden, zou Ben zich die emotie niet veroorloven.

Hij herinnerde zich wat Eliza hem over haar man had verteld, wat zij hem over zichzelf had verteld. Hij zou deze emotie uiteindelijk op zijn mouw dragen, maar voor het zover was, zou ze worden toegevoegd aan de tumultueuze mix van gevoelens en gedachten en redenen, en ze zouden allemaal in zijn hoofd ronddraaien tot ze zich verzamelden tot een samenhangende, bruikbare oplossing.

Hij wist dit, en hij vond het niet leuk. Hij wilde het niet.

Hij keek toe hoe de jongeman voor hem stierf, naar zijn laatste adem hapte voordat hij tegen de boom zakte, met zijn ogen nog open.

CHAPTER 40

BEN

"KUN JE RENNEN?" vroeg Ben.

Eliza schudde haar hoofd, eerst langzaam en toen meer zelfverzekerd. "Het is vrij erg, maar ik denk dat ik het zal moeten proberen, nietwaar?"

"Degene die op ons schiet is nog steeds ergens daarbuiten," zei Ben. "En hij zal niet rusten, nu hij weet waar we zijn. We moeten in beweging komen, naar EKG toe blijven werken en proberen hem ergens bij het hoofdkwartier af te snijden."

Eliza rommelde wat met de kruk die ze gebruikte en probeerde hem op een meer comfortabele manier in haar hand te houden. Na een paar seconden legde ze het uiteinde van de stok op de grond en probeerde ze wat druk uit te oefenen op haar rechterbeen.

Ze huilde van de pijn, maar ze was in staat een paar stappen te zetten zonder te vallen.

"Het zal beter worden hoe meer ik blijf bewegen," zei ze. Toen lachte ze. "Eigenlijk maak ik het alleen maar erger, maar het zal *aanvoelen* alsof het beter wordt. Tegen de tijd dat we stoppen, heb ik een icepack nodig."

"Nou, er is genoeg ijs in de buurt. Laten we gaan. Jij blijft vooraan om het tempo te bepalen, en ik volg achteraan en zorg ervoor dat niemand ons volgt."

"Oké," zei ze. Ze testte haar kruk en rechterbeen nog eens, en Ben was blij te zien dat het erop leek dat ze kon lopen zonder hulp van hem nodig te hebben. Hopelijk had ze gelijk, en zou haar been in ieder geval goed genoeg aanvoelen om snel te kunnen bewegen. "Welke kant op?" vroeg ze.

"We moeten naar het oosten, maar als we deze bergkam volgen naar het zuidoosten, kunnen we ons verstoppen in de rotsen, zoals we eerder deden. Dat zal ons helpen als je meer moet rusten."

"Het komt wel goed, dat beloof ik. We moeten gewoon gaan, en hoe langer ik wacht en erover nadenk, hoe moeilijker het gaat worden."

Ben wist dat ze gelijk had, dat door naar een doel toe te werken, ze de pijn van zich af kon zetten.

Clive was dood. Ben wist ook dat ze beiden de psychologische impact probeerden te negeren van het feit dat hun teamgenoot was neergeschoten en vermoord, vlak voor hun ogen. Stervend in Ben's armen. Hij wist dat ze beiden de komende dagen langzaam en methodisch zouden moeten debriefen om te voorkomen dat de schok van dit alles hen zou verlammen.

En op basis van wat hij nu van Eliza wist, was hij er niet zeker van dat ze in staat zou zijn om zijn dood te verwerken zonder wat professionele hulp.

Ben had het zelf al eerder nodig gehad, en het kon nooit kwaad om begeleiding en wijsheid te zoeken en iemand te hebben om mee te praten over dit alles. Hij dacht terug aan een paar jaar geleden, voor de CSO. Toen hij werkte in Yellowstone National Park.

Hij had die professionele hulp hard nodig nadat hij een van

zijn collega's in een spleet had zien vallen en voor zijn ogen had zien sterven.

Dat was de eerste keer, dacht hij. *En het was verre van de laatste keer.*

Ben had in zijn bijna veertig jaar genoeg doden gezien voor meerdere levens. Het begon al jong, in zijn twintiger jaren, toen zijn geest zich nog niet eens volledig had ontwikkeld. Sindsdien had hij moord gezien, ziekte, ongelukken, en geen van de sterfgevallen was makkelijk te verkroppen. Het werd nooit makkelijker - hij was nooit zover gekomen dat hij de dood met open armen wilde verwelkomen - maar het werd wel iets makkelijker te verwerken. Zijn geest had geleerd om het langzaam te verwerken in plaats van alles tegelijk.

Clive was verre van gewoon een nummer, verre van gewoon een van de mensen die hij tijdens zijn dienst had zien sterven, maar Ben wist dat zijn geest het zo zou behandelen. Het was de enige manier om door zoiets heen te komen.

Eliza had die ervaring niet; zij had niet de jaren van vechten en schieten en dood en verderf. Ze had de pijn van het verlies meegemaakt toen haar man was overleden, maar dat betekende niet dat ze voorbereid was op alle doden die ze hadden gezien in de twee dagen dat ze hier waren.

Hij maakte nog een notitie voor zichzelf om bij haar langs te gaan - als en wanneer ze op een punt kwamen waar ze echt konden rusten. Ze moesten nu doorgaan, om uit de buurt te blijven van de jager die hen volgde. Ben wist nog steeds niet zeker wie hen achtervolgde; hij had het gezicht van de schutter nog niet goed kunnen zien, maar het silhouet leek mannelijk, maar niet per se groot genoeg om de harige, breedgeschouderde man te zijn die hem twee avonden geleden had geslagen.

Als dat zo is, dacht hij, *moeten we ons zorgen maken dat* drie *partijen ons hier volgen.*

Ze wisten van Clive's aapachtige monster - de naar verluidt twee meter grote gorilla - en ze wisten van de persoon die op hen probeerde te schieten. En Ben wist natuurlijk van de agressieve man die hij in de kroeg had ontmoet, en van zijn bereidheid om fysiek geweld te gebruiken om 'hen ervan te overtuigen dat ze hier niet moesten zijn'.

Drie verschillende partijen, allemaal bereid te doden, allemaal gevaarlijk.

Maar waarom had Clive's monster hen niet aangevallen en gedood? Hij was aangevallen door de man die op hen jaagde, en toch had Clive gezegd dat hij deze zilverrug gorilla had gezien en het kon navertellen.

Ben worstelde al enige tijd met deze gedachte, en hij was er nog steeds mee bezig in zijn hoofd. De kiem van een idee was begonnen bij de rotsen waar hij en Eliza waren gestopt om op adem te komen. Clive's dood was nog maar een puzzelstukje in de lange keten van stukjes die ze hadden verzameld. Hij vroeg zich nu af of de dood van de jongeman het laatste stukje zou zijn of op zijn minst een stap in de goede richting. In Clive's belang hoopte hij dat het hen zou helpen om verder te komen. Hij hoopte dat het hen zou helpen dit op te lossen.

Ben hurkte een beetje toen hij achter Eliza liep en zag hoe ze zich gestaag en voorzichtig door het bos naar de rotsachtige bergkam rechts van hen bewoog. Hij moest nu meer dan ooit alert zijn - Clive was al gedood, en Eliza was gewond. Hij had Clive's rugzak over zijn schouder en die van hemzelf, maar Eliza stond niet toe dat hij de hare voor haar droeg. Hij zou de spullen moeten verschuiven en een van de rugzakken achterlaten zodra ze een veilige plek hadden gevonden om te verblijven, maar dat wilde hij hier niet doen.

Hij hoorde niets ongewoons terwijl hij door de oude, droge sneeuw kroop, de stokken en de bladeren braken los uit hun winterse omhulsels terwijl hij liep. Hij meende in de verte een paar eekhoorns met elkaar te horen babbelen, maar zelfs de vogels hadden hun aanwezigheid opgemerkt en waren voorzichtig stil.

Hij hield zijn ogen op Eliza gericht, in de hoop dat ze niet tegen hem loog en dat haar knie het zou uithouden voor dit deel van hun reis. Ze leek in orde, maar hij wist dat hij niet in staat zou zijn om haar en al hun spullen te dragen. Hij concentreerde zich op haar gehinkte tred, niet in staat haar strakke, fitte figuur te negeren terwijl ze heen en weer zwaaide. Bijna sierlijk, gezien de pijn die ze waarschijnlijk had.

Hij schudde zijn hoofd en probeerde die ongewenste emoties weg te duwen. Hij had haar bedoelingen eerder in de grot verkeerd geïnterpreteerd, en hij voelde zich daar beiden slecht bij. Ze had niet geprobeerd om hem te verleiden met haar te flirten, noch had ze geprobeerd om haar dode echtgenoot te vervangen. Hij begreep een beetje wat ze doormaakte, maar dat was geen excuus voor zijn wederkerige acties.

Belangrijker nog, hij moest geconcentreerd en waakzaam blijven om hen in leven te houden. Eliza was sterk en slim, en ze had zijn bescherming niet nodig, afgezien van het feit dat ze nu veel kwetsbaarder was dan ze beiden hadden gehoopt. Hij wenste dat ze een wapen kon vasthouden, maar hij wist dat hun beste kans op overleven nu was ergens te komen waar hij hen beiden kon verdedigen tegen een aanval van slechts één kant in plaats van duizend.

Met dat in gedachten trok hij de riemen van beide rugzakken

aan en controleerde opnieuw het magazijn in zijn geweer. De pistolen - de zijne en die van Clive - zaten nog in hun rugzakken, en Ben besloot dat hij de zijne als reserve zou moeten gaan dragen, omdat hij nu de enige vechter was die ze nog hadden. Zoals Reggie hem altijd had verteld, was het sneller om van wapen te wisselen dan om midden in een gevecht te herladen.

Hij hoopte dat het niet zover zou komen.

Zij marcheerden voorwaarts, langzaam, maar gelukkig sneller dan Ben had gedacht, en Eliza zette hun koers uit, rechtstreeks naar de rand van het bos.

Hij wist dat het ongeveer een uur zou duren voordat ze weer konden stoppen, maar dan zouden ze, als alles goed ging, binnen het bereik van EKG's hoofdkwartier zijn. Van daaruit konden ze hergroeperen en een plan maken om op het binnenterrein van het bedrijf te komen.

Hij liet zijn gedachten afdwalen, maar besloot toen weer naar binnen te keren, zich te concentreren op de taak die voor hen lag en te proberen alles op een rijtje te zetten voordat ze daar aankwamen. Alle informatie die ze hadden en die nog niet was uitgeplozen, moest worden overwogen, want alle oplossingen die ze elkaar konden aanreiken voordat ze bij EKG aankwamen, zouden hen enorm helpen in hun zaak.

Ben en Eliza bereikten de rotsen 45 minuten later - ongeveer 15 minuten sneller dan Ben had verwacht. Eliza begon zich veel sneller te bewegen toen het bloed in haar been begon te stromen, vooral toen ze eenmaal uit het dikkere deel van het bos waren en in plaats daarvan over niets anders dan sneeuw en gras liepen.

Hij vond een plekje voor hen achter een rij grote rotsblokken; allemaal tegen de rand van de bergkam. De bergkam zelf krulde naar het noordoosten, en ze bevonden zich nu op het uiterste puntje ervan. Het hele gebied keek uit over een vallei aan de linkerkant van hun positie, waar ze eerder waren geweest. Rechts was nog een bebost gebied, en hoewel hij het van hieruit niet kon zien, was Bens beste gok dat het EKG-hoofdkwartier zich ergens achter dat bosje bevond.

Hij hielp Eliza haar rugzak uit te gooien en op de grond te gaan liggen, waar ze het laatste water opslurpte en even haar ogen sloot.

"Hoe gaat het met je?"

Ze opende één oog en gaf Ben een blik die hem alles vertelde wat hij moest weten. "Het is vreselijk," zei ze, "maar het is niet zo erg als het eerst was. Het is nu gevoelloos, en het doet niet echt pijn, maar het wil maar niet loskomen. Ik heb het gevoel dat ik niet goed kan lopen, en dat ik dat nooit meer zal doen."

Ben knikte mee toen ze het uitlegde en wist precies hoe ze zich voelde. "Over een paar weken tot een maand ben je zeker beter," zei hij, "maar als we eenmaal van deze berg af zijn, moet je het een beetje in de gaten houden."

"Het spijt me dat het gebeurd is," zei Eliza. "Ik zou meer moeten helpen."

"Onzin," zei Ben. "Je doet het prima. Als we eenmaal in EKG zijn en beginnen rond te kijken, ben ik *helemaal* uit mijn element. Ik zal je meer dan ooit nodig hebben, als we eenmaal binnen zijn."

Ze keek even in de verte, en toen weer naar Ben. "Ja," zei ze, "als we er ooit komen."

"Dat zullen we. Ik beloof het. Ik ben er vrij zeker van dat EKG daar is, voorbij die bomenrij. Ze wilden een afgelegen faciliteit, maar het moet wel toegankelijk zijn voor hun personeel en wetenschappers. Ik meen me van de kaarten te herinneren dat het hele gebied uitmondt in een soort kleine vallei, nietwaar? Net als degene waar wij vandaan kwamen. Als ik hen was, zou ik het bedrijf daar zetten. Een natuurlijke grens er omheen om nieuwsgierige ogen weg te houden, maar het is er ook een die niet ontoegankelijk genoeg is dat ze er geen weg naartoe konden verharden voor toegang."

"Lijkt me logisch," zei Eliza. "Wanneer kunnen we weer verder?"

Ben bewonderde haar voor haar inzet en vastberadenheid, maar hij wist ook dat te snel handelen nu desastreus kon zijn voor het succes van de missie. "Laten we onze tijd nemen. We zitten eindelijk weer in een verdedigbare positie, dus ik kan iedereen tegenhouden die ons probeert te beschieten. Niemand is zo'n goede schutter met alleen een jachtgeweer, van die afstand, dus ze moeten dichterbij komen. Als iemand zijn hoofd opsteekt en ons probeert te bestormen, weet ik *dat* ik goed genoeg kan schieten om ze te pakken terwijl ze in het open veld zijn."

"Ik kan helpen," zei Eliza. "Als je me een van de geweren geeft, kan ik het opstellen en een van deze rotsen gebruiken als een -"

Ben lachte. "Voordat ik je weer *een* wapen geef, ga je eerst door Ben's basis schietles," zei hij. "En te oordelen naar wat ik eerder zag, denk ik dat we allemaal veiliger zijn zonder dat jij een geweer in je handen hebt."

Ze keek hem met een pruilerig gezicht aan, maar hij kon de glimlach achter haar ogen zien. "Was ik zo slecht?"

"Een van de ergste die ik ooit heb gezien."

"Hey!"

"Oké, grapje. Misschien niet het *ergste* wat ik gezien heb. Iedereen moet ook oefenen. Het is een vreemd dier, een aanvalsgeweer. Ze zijn kieskeurig en willen niet echt bestuurd worden. Dat eerste schot in het bos landde waarschijnlijk in een cirkel van 50 meter doorsnee, maar dat kunnen we kleiner krijgen. Het probleem is dat we geen munitie mogen verspillen en onze locatie verraden door een hoop oefenschoten te lossen."

"Dus, wat wil je dat ik doe?"

"Ik kan je vertellen wat ik weet, gewoon van wat ik heb geleerd van mijn vrienden en enkele professionele schietinstructeurs. Maar je kunt schieten niet leren door erover te praten, dus we moeten maar hopen dat het genoeg is om ons door deze week te loodsen. Het beste wat je vanaf nu kunt doen is zo hard mogelijk proberen om helemaal niets te hoeven schieten."

"Dat lijkt me een vrij goede strategie," zei Eliza.

"Het is zo'n beetje de enige strategie die ik volg," antwoordde Ben. "Doe wat je kunt om niet te hoeven schieten, om niet eens je vinger van de trekker te hoeven halen. Als je *dan toch* moet schieten, wacht dan zo lang mogelijk, zodat het een niet te missen schot is. Laat ze recht in het vizier komen, vul ze op, dus zelfs als je wijd of hoog schiet, raak je nog steeds iets vitaals, en laat je ze zo snel mogelijk vallen."

"Jezus," zei ze, "je praat erover alsof het makkelijk is. Alsof we niet net Clive neergeschoten zagen worden en sterven voor onze ogen."

Ben zweeg even voor hij antwoordde. "Ja, het is gemakkelijk om over te praten. Nu, in ieder geval. Maar praten over iets en denken over iets - en vooral ernaar handelen - zijn allemaal heel verschillende dingen. Geloof me, als ik terug kon gaan en het nog eens moeilijk kon maken om over dit soort dingen te praten, zou ik het doen. Maar ik heb mijn bed gemaakt; ik denk dat ik er maar in moet liggen."

Ze keek verward. "Is dat een Amerikaanse uitdrukking of zo?"

"Ik denk het," haalde hij zijn schouders op. "Iets wat mijn moeder altijd zei. Als mijn broer Zach en ik onze kamers overhoop haalden, kwam ze dat altijd tegen ons zeggen. Maar in die context had het nooit echt zin, want Zach en ik vonden het altijd prima om in een rommelig bed te slapen, één vol met speelgoed en boeken."

"Wat doet hij nu? Je broer?"

Ben haalde zijn schouders weer op. "Weet je, ik ben niet echt zeker. Hij was op mijn bruiloft; hij was daar even maar dook weg zonder gedag te zeggen. Het was alsof hij iets supergeheim cools te doen had, maar hij wilde me toch zien, al was het maar voor even."

"Maar dat was in Alaska, toch?" Vroeg ze. "Dat betekent dat hij er helemaal heen is gereden of gevlogen alleen om jullie te zien. Raar dat hij maar even bleef en dan verdween."

"Ja, dat is zo," zei Ben. "Maar ik ben gestopt met dat soort vragen te stellen over mijn leven, en ben gewoon mijn best gaan doen om het juiste te doen als ik met de gelegenheid werd geconfronteerd."

Eliza fronste haar wenkbrauwen. "Heel filosofisch. Maar wat heeft dat in godsnaam met je broer Zach te maken?"

"Ik bedoel, als Zach in de problemen zit of iets doet wat hij niet zou moeten doen, dan zijn dat mijn zaken niet. Ik bedoel, ik zou hem helpen denk ik, maar ik ga me niet in zijn leven mengen."

"Het lijkt erop dat familie daarvoor is - om zich in je leven te mengen."

Ben wist niet zeker of ze een grapje maakte of dat ze serieus was. "Ja, de laatste keer dat ik me met mijn familie bemoeide, werden sommigen vermoord."

Eliza leek hier geen antwoord op te hebben. Ben zat daar, keek omhoog naar de wolkenpatronen en probeerde uit te zoeken of het weer zou houden. Het was warm vandaag, en de sneeuw begon zelfs te smelten als het in contact kwam met het zonlicht. Hij wist niet of er sneeuw in het vooruitzicht was, maar hoe dan ook - hij wilde hier niet zijn als de nacht viel. Ze moesten in de richting van EKG blijven gaan en kijken of ze binnen konden komen, zonder neergeschoten te worden door de klootzak die Clive had vermoord.

Hij wilde niet wedden op hun kansen om veilig binnen te komen, en hij wilde niet denken aan de kansen om niet binnen te komen en niets van weerstand te vinden. Zijn ervaring was dat plaatsen die zich bezighielden met het soort dingen waar EKG zich mee bezig zou houden, het niet op prijs stelden als buitenstaanders in hun zaken snuffelden.

En toch, het belangrijkste deel van elke defensieve strategie was het lokaliseren van je uitvalsbasis op een juiste plaats. EKG had deze divisie van hun bedrijf niet voor niets hier in de Zwitserse Alpen gevestigd - ze wilden het zo moeilijk mogelijk maken voor wie dan ook om hen te vinden, en daar waren ze in geslaagd. Het zou niet overdreven zijn om bewakers in en rond hun hoofdkwartier te hebben, maar Ben kon zich niet meer voorstellen dan een paar gewapende veiligheidstroepen die rondliepen.

Dat was nog een reden waarom ze er zo snel mogelijk moesten zijn: het zou hem meer tijd geven om de faciliteit en de beveiliging te verkennen.

Hij draaide zich terug naar Eliza om te zien hoe ze haar ogen weer liet rusten. Hij wilde hier lang genoeg wachten zodat ze de zwelling in haar knie kon laten wegebben, maar hij wilde ook het bedrijfsterrein in zijn vizier krijgen. Hij zou haar vijftien minuten geven, en dan zou hij zijn best doen om deze spoedcursus in geweertechniek en hoe een schot op te stellen uit te leggen.

Daarna zou het aan haar zijn - en zouden ze moeten nemen wat ze te geven had.

Hij rommelde in Clive's rugzak, op zoek naar iets dat hen nu zou kunnen helpen. De man was goed voorbereid, en Ben vroeg zich af of hij een soort pijnstiller in zijn EHBO-doos zou vinden.

Hij gooide alles voor zich uit en ging aan de slag.

ZIJ RUSTTEN EEN HALF UUR UIT BIJ DE ROTSEN, Ben werkte aan het samenvoegen van Clive's uitrusting met die van henzelf, terwijl hij probeerde iets te vinden dat Eliza zou kunnen helpen.

Hij had geluk - in de EHBO-doos zag hij wat verbandmateriaal en een paar pillen met de naam generieke pijnstillers. Hij gaf haar 800 mg van de medicijnen en wikkelde haar knie in, waarbij hij probeerde hem licht gebogen te houden, zodat hij haar niet onnodig zou belasten.

Hij hielp haar opstaan en ondersteunde haar terwijl ze in kleine cirkels rondhuppelde, zijn handwerk testend. Ze leek zich er beter mee te kunnen bewegen, en hij wist dat ze, zodra de pijnstillers aansloegen, weer bijna normaal zou kunnen lopen. Lopen zou er voor het grootste deel niet meer inzitten, maar hopelijk hoefden ze niet snel voor iets op de vlucht te slaan.

"Voelt goed," zei ze. Ze bedankte hem.

"Hopelijk brengt het ons tenminste naar de EKG. Daarna heb

je of echte medische hulp nodig of we zijn te dood om er iets om te geven."

Ze wierp hem een geërgerde blik toe.

"Sorry," zei hij, terwijl hij zijn handen omhoog hield. "Slechte gewoonte. Ik probeer dingen grappiger te maken, zodat ze makkelijker te slikken zijn."

"Met de nadruk op 'proberen te'."

Ben lachte. "Ik zei sorry."

"Nou, ga zo door en ik zorg ervoor dat een van ons dood *is* voor het einde van de dag," zei Eliza.

Ben glimlachte weer, blij dat ze nog steeds in een goede bui was gezien haar verwonding. "Klaar om te gaan?" Vroeg hij.

Ze knikte. "Ja, zo klaar als ik ooit zal zijn, denk ik. We gaan nu bijna richting het oosten, ja?"

"Ja, ik denk het wel," zei Ben. "Kijk uit naar iemand die achter ons aansluipt of naar bewakers. Ik weet niet zeker wat EKG bij zich heeft, en het lijkt me niet logisch om voortdurend in de bossen aan de rand van hun land te patrouilleren, maar we moeten op alles voorbereid zijn. Kijk of er iemand rondloopt, gehurkt achter bomen of rotsen zit, eigenlijk alles wat niet op zijn plaats is."

"Zoals reusachtige, twee meter grote zilverrug gorilla's?" vroeg Eliza, een van haar wenkbrauwen opgetrokken.

"Ja," zei Ben. "Zeker op de uitkijk staan voor die."

"Denk je dat hij gelijk had? Denk je dat er hier echt zoiets is?" vroeg Eliza.

Hij had er het afgelopen uur non-stop over nagedacht, maar hij had zijn gedachten er nog niet over geformuleerd. "Ik weet het niet zeker," zei hij. "Iets heeft die man duidelijk bang gemaakt, en iets heeft die mannen duidelijk gedood. En het was ook niet zomaar moord. Het was bruut - je zag het. Wat het ook was, het moest minstens twee keer zo sterk zijn als een volwassen man, om de ribben zo naar achteren te kunnen trekken en..." Hij viel weg. Het klonk bijna te gruwelijk om hardop te zeggen.

"Ja," zei Eliza. "Het is zo schokkend, zo misplaatst. Het feit dat er zoiets zou kunnen zijn is krankzinnig, maar dit *is dan ook* EKG waar we mee te maken hebben."

"Je liet me foto's zien van een aantal van hun experimenten. Die waren van een chimpansee, toch?"

"Ja," zei ze, knikkend. "En die chimpansees - of in ieder geval die op de afbeeldingen - zijn de meest gekozen aap voor experimenten, of het nu voor medicijnen is of voor medisch onderzoek. De redenering daarachter is eenvoudig: de hersenstructuur van een chimpansee lijkt het meest op die van de mens. De grotere apen - gorilla's, orang-oetans, bavianen - zijn niet alleen te groot om mee om te gaan, maar hun hersenen werken gewoonlijk ook op een lager niveau. Het is niet zo nuttig voor onderzoeksdoeleinden, hoewel het niet ongehoord is.

"Chimpansees lijken genetisch genoeg op elkaar om neurologische tests te kunnen doen. En er zijn ook andere redenen, zoals het onderzoek naar Hepatitis B vaccinatie. Chimpansees zijn de enige niet-menselijke organismen die de veroorzakende vector kunnen opnemen. Maar ik denk dat als het goed wordt gedaan, met behulp van gecontroleerde experimenten, het ethisch boven de lijn kan blijven."

"Maar er zijn toch nog organisaties die strijden tegen het gebruik van dieren bij proeven? Zoals PETA?"

Ze knikte. "Ja, maar ze zijn wel hersendood. Voor hen gaat het alleen maar om politieke macht en invloed en minder om dierenrechten. De rest van ons - degenen die echt bezorgd zijn over de *ethische* behandeling van dieren - voeren een meer uitdagende strijd. Een van geven en nemen. Het is een strijd die we al tientallen jaren voeren."

Ze begonnen te lopen, Eliza weer voorop, maar Ben volgde haar deze keer op de voet. Ze bleven praten terwijl ze hun weg afdaalden naar de vallei.

"Denk je dat ze ook op gorilla's aan het experimenteren zijn?" vroeg Ben.

"Alles is mogelijk, denk ik," zei ze. "En er zijn *zeker* geen gorilla's in Zwitserland."

"Maar waarom gorilla's in plaats van chimpansees?"

Ze haalde haar schouders op. "Hoewel chimpansees een goede afspiegeling zijn van de menselijke neurologie, is het in sommige gevallen logisch dat ze in plaats daarvan gorilla's gebruiken.

"En welke zaken zijn dat?"

"Ik weet het niet; ik denk dingen die een grotere schedelholte nodig hebben? Meer massa om mee te werken? Het is onmogelijk te zeggen zonder te weten waar ze aan werkten. Daar wil ik achter komen. Als ik iets kan vinden - wat dan ook - dat bewijst *dat* ze dit soort dingen doen, kunnen we ze neerhalen.

"Wat moeten we vinden? Wat zou als genoeg bewijs worden beschouwd?"

"Alles en nog wat dat specifiek lijkt te zijn voor hun onderzoek. Documenten, medische dossiers, informatie over hun proefpersonen. Als we hele harde schijven mee kunnen nemen, zou dat ideaal zijn. De kans is groot dat ze niet met papieren kopieën werken, maar als we bestanden of mappen met harde gegevens kunnen vinden, is dat ook goed."

"Dus, zoveel als we kunnen dragen?" vroeg Ben.

"Ja, binnen redelijke grenzen. We kunnen het later doornemen en eruit halen wat we nodig hebben. Maar dit soort gevechten worden uitgevochten met informatie, bewijsbare gegevens. Als we verslagen kunnen krijgen van testproeven, experimentatiejournaals, dat soort dingen is perfect. Maar aantekeningen van vergaderingen, opnames van gesprekken, dat soort dingen kunnen ook nuttig zijn. We kunnen dingen samenvoegen en tussen de regels door lezen, maar het moet een zaak zijn die sterk genoeg is om voor de rechter te brengen, en daarom richten we ons hier op harde gegevens."

"Ik begrijp het," zei Ben. Hij dacht terug aan de keer dat ze een onderzoeksstation in Antarctica hadden geïnfiltreerd, vechtend tegen zowel een paar eskaders van beroepssoldaten die waren ingehuurd door het onderzoeksbedrijf als tegen een klein leger van Chinese strijdkrachten, in de hoop dezelfde informatie te krijgen die de CSO was komen zoeken.

Ze waren ternauwernood met hun leven ontsnapt, maar ze waren - uiteindelijk - succesvol geweest. Ze hadden de boel om zich heen laten vallen, de faciliteit gedecimeerd en alle overgebleven bewijsmateriaal vernietigd. Eliza zou het waarschijnlijk niet eens zijn met zijn inschatting, maar als ze niet levend of met bruikbare informatie konden ontsnappen, was er altijd nog de mogelijkheid om alles rondom hen tot de grond toe af te branden.

Het was niet ideaal, maar Ben begon het gevoel te krijgen dat deze missie belangrijk genoeg was om alle mogelijkheden - zelfs de drastische - in gedachten te houden. De vraag die hij nu moest beantwoorden was of hij kon doen wat nodig was om alles te laten instorten. Kon hij alles opofferen, inclusief zijn eigen leven, om de klus te klaren? Was het hem dat waard?

Hij en Eliza spraken nog een paar minuten over EKG en hun onderzoek; toen richtte het gesprek zich weer op Ben. Ze stelde hem vragen over zijn verleden, over zijn ouders en broer, en Ben kreeg het gevoel dat ze probeerde iets van de schade die in zijn vorige leven was aangericht te herstellen. Eerst had hij een hekel aan de gedachte dat zij zich met zijn persoonlijke zaken bemoeide, maar daarna begon hij haar vragen te waarderen.

Ze was niet vijandig, noch probeerde ze hem in een of andere psychologische val te lokken.

Het gesprek was joviaal, luchtig. Het was totaal anders dan het soort dingen waar ze het de afgelopen twee dagen over hadden gehad, en Ben was blij met de afleiding. Er zou nog genoeg tijd komen om weer serieus te worden, dus maakte hij grapjes met haar terwijl ze langzaam liepen en leunde hij op de gelegenheid om zijn gedachten af te leiden van alle dood om hen heen.

ZE LIEPEN NOG VEERTIG MINUTEN DOOR VOORDAT ZE DE RAND VAN EEN LANGE, vlakke weide bereikten. Eliza had niets bijzonders gezien, en hoewel ze het op prijs stelde dat Ben achter haar liep, wilde ze door haar groeiende frustratie over haar knieblessure tegen hem zeggen dat hij moest ophouden met haar te vertroetelen, dat hij moest ophouden met voor haar te zorgen.

Hij was een goede man, en hij deed haar denken aan haar overleden man. Aantrekkelijk, sterk en zelfverzekerd, in veel opzichten zoals alle mannen met wie ze in het verleden had gedate. Ze wist dat hij getrouwd was, en ze had geen enkele interesse om hem op een romantische manier te benaderen, maar ze voelde nog steeds de vlinderslierten van meisjes als ze hem naar haar zag kijken. Hij had het maar een paar keer gedaan, maar elke keer op een moment van grote stress en wanneer er geen tijd was geweest om te stoppen en erover te praten, maar het deed haar afvragen wat hij werkelijk dacht.

Hij leek haar niet het type man dat romantische avontuurtjes zou hebben als zijn vrouw er niet was, maar nogmaals, Eliza kende hem uiteindelijk niet zo goed. Ze was hier niet om te proberen een tweede echtgenoot te krijgen, noch was ze geïnteresseerd in die gedachte, maar ze moest toegeven dat het goed voelde om achtervolgd te worden, als dat was wat hij aan het doen was.

Hij had de afgelopen twee dagen goed voor haar gezorgd, het verband om haar knie zachtjes verzorgd en haar geholpen bij de genezing, en hij was vriendelijk en bemoedigend tegen haar geweest toen hij haar uitlegde hoe hij over wapens dacht. Toch betekende dat allemaal niets - hij zou dezelfde man zijn geweest als hij dat aan Clive of iemand anders had uitgelegd, en hij zou iedereen in zijn team met respect hebben behandeld. Hij had haar in goede gezondheid nodig, dus wilde hij doen wat hij kon om haar knie veilig en beschermd te houden.

Ze duwde de gedachten weg toen Ben doorratelde over zijn jonge jaren in Yellowstone National Park en Rocky Mountain National Park. Hij leek haar niet iemand die veel van praten hield, maar hij had blijkbaar een onderwerp gevonden dat hij leuk vond: het buitenleven en de natuur.

Ze glimlachte toen hij haar een verhaal vertelde over het schoonmaken van toiletten in Rocky Mountain, toen hij net was begonnen als junior ranger. Het deed haar denken aan een aantal van de vervelende klusjes die zij in het begin van haar carrière ook had gedaan, en ze stond op het punt erover te beginnen toen hij van onderwerp veranderde.

"Hé, ik vergat het te vragen," zei hij. "Ken jij iemand in Grindelwald die Alina heet?"

"Ik denk het niet," antwoordde ze. "Wie is zij?"

"Nou, ze is van de universiteit en was op bezoek bij haar ouders toen ze verdween."

"Verdwenen? Van Grindelwald?"

"Ja, blijkbaar een paar nachten voordat we hier begonnen," zei Ben. "Ik dacht er niet veel bij na, totdat we hier rondliepen en lijken vonden. Ik bedoel, natuurlijk hoop ik dat haar zoiets niet overkomen is, maar ik kan het niet helpen te denken dat het met elkaar te maken heeft."

"Ja, ik geloof niet meer in toeval,' zei Eliza. "De laatste tijd lijkt alles wat er gebeurt op de een of andere manier terug te wijzen naar EKG. Hoe heb je over haar gehoord?"

"Zoals je al eerder zei, de stad praat. Mijn eerste avond in de stad zat ik in een bar en de barman vroeg me om bij haar vader te gaan kijken, die eigenaar is van een bed and breakfast. Hij zei dat de stad in rep en roer was over haar verdwijning en dat ik, nu ik toch in de stad was en rondkeek, mijn ogen open moest houden.

"Wat heeft haar vader gezegd?"

"Hetzelfde, eigenlijk," zei Ben. "Hij vertelde me dat ze een goed kind was, dat ze niet zoiets zou doen als weglopen, zeker niet nadat ze in de stad was aangekomen. Dat soort dingen. Maar goed, zoals ik al zei, ik dacht er niet eens aan dat er een verband was, totdat we de lichamen in het bos begonnen te zien."

"Denk je dat ons gigantische gorilla ding haar heeft meegenomen?"

"Wie zal het zeggen, maar dat klinkt vrij belachelijk voor mij. Als dit ding haar wilde doden, waarom dan niet in de stad, waar ze was? Tenzij ze in het bos liep en er over struikelde, lijkt het ding dat deze mensen doodde niet op iets dat de stad inloopt en een studentje ontvoert.

"En toch heeft dit alles geen zin," zei Eliza.

"Waar. We moeten elke optie overwegen. En je hebt gelijk - we moeten zo snel mogelijk naar de EKG om te zien wat er echt aan de hand is."

Eliza wilde net reageren toen haar ogen opzij dwaalden, iets in haar onderbewustzijn trok haar aandacht. Ze bleef staan. Ben liep bijna tegen haar op.

"Wat is er?" Zei hij.

"Daarginds," wees ze. "Het is... het is..."

"Het is een ander lichaam, is het niet?" vroeg Ben.

Ze knikte en deed een stap in die richting.

Net als het eerste lichaam dat ze hadden gevonden, lag dit tegen een boom. Maar daar hield de gelijkenis op. Dit lichaam had hier duidelijk al veel langer gelegen dan het eerste. Het grootste deel van de huid en het vlees was weggevreten door het wild, en het skelet was alles wat overbleef. Het was in zichzelf verzonken, alsof het in slaap was gevallen en niet meer wakker was geworden. Sommige ribben lagen echter aan de zijkant van het ruggenmerg, wat erop wijst dat ook dat was opengereten en het binnenste van het karkas eruit was getrokken.

De schedel, waarvan de oogkassen zich in Eliza's ogen boorden toen ze er dichter naar toe liep, zat vlak naast de boom. De onderste helft van het skelet was bedekt met een laag sneeuw en bladeren, alsof het woud een deken over het lichaam had getrokken en het had ingestopt om het warm te houden.

"Moeilijk te zeggen hoe oud het is," zei Ben. "Je kunt stukjes vlees zien, waar de dieren het nog niet schoongepikt hebben."

"Toch moet het veel ouder zijn dan de anderen, toch?"

"Ik denk drie tot vier weken? Maar het kan ook een week of twee zijn, of een maand of twee. Echt moeilijk te zeggen."

"Laten we eens kijken of er nog iets anders in de buurt is," zei Eliza, denkend aan het kledingstuk dat ze had gevonden en het identificatieplaatje dat Ben op het andere lichaam had gevonden. Ze haalde haar camera tevoorschijn en begon de flitser vast te maken. De foto's zouden niet perfect zijn, maar ze zouden nuttig zijn.

Als er hier iets van nut was, wilde ze het vinden. Al deze mannen en vrouwen die gestorven waren, zouden nuttig zijn in haar zaak tegen EKG. Er was een minuscule kans dat deze sterfgevallen niets met het bedrijf te maken hadden, maar ze was bereid veel geld te zetten op het idee dat ze direct gerelateerd waren. Vooral de *Grayson* man had EKG's vingerafdrukken overal: iemand van het bedrijf had die man ingehuurd om hier wat werk te doen, en om wat voor reden dan ook, was hij daarvoor vermoord.

"Niet meteen iets te zien," zei Ben terwijl ze foto's begon te maken. "Maar dat betekent niet dat er niet iets onder de sneeuw verborgen ligt. Zijn kleren moeten hier ergens liggen, zou je denken," zei Ben. "Misschien onder de sneeuw of zo."

Eliza begon in de bladeren te graven met de teen van haar laars, maar er was iets anders dat aan haar knaagde, dat haar aandacht wegtrok van het vuil voor haar. Ze liet haar gedachten teruggaan naar het skelet, liet het beeld ervan in haar hoofd rondfladderen tot haar aandacht werd getrokken naar de botten van zijn armen.

"Kijk naar de armen, Ben," zei ze. "Ze zijn verschoven, vooral nadat de dieren er aan gewerkt hebben, maar denk je niet dat er - "

"Ze zien eruit als de anderen," zei Ben. "Ze wijzen, maken een diagonale lijn."

Dat was Eliza ook opgevallen: de botten van de armen en handen vormden geen perfecte lijn, maar het leek alsof ze diagonaal op de grond waren gevallen, de helft aan de ene kant van het lichaam en de andere helft aan de andere kant. Het deed haar denken aan de andere lichamen, alsof de mensen languit op hun rug waren gestorven.

"Wat denk je dat het betekent?"

Ze had wel wat ideeën, maar het leek haar allemaal te ongeloofwaardig - te gek - om ze hardop uit te spreken. Als Ben hetzelfde dacht, wilde ze het eerst van hem horen.

Ben keek naar haar, toen weer naar de botten, toen weer naar haar. Tenslotte opende hij zijn mond om te spreken. "Eliza, ik weet niet hoe het mogelijk is, maar het lijkt erop dat dit ons vertelt waar we heen moeten."

Ze knikte, heel langzaam. Het was griezelig. Ze had nog nooit zoiets gezien of gehoord, dus ze had geen idee hoe ze het allemaal logisch kon maken. Maar ze moest toegeven dat wat Ben zei waar was. Het was haar ook opgevallen, toen ze het derde lichaam in de grot hadden gevonden.

Wat hier ook gebeurde - wie of wat deze mensen ook vermoordde - leek het op een methodische, doelgerichte manier te doen. En ze *vermoordden ze* ook niet zomaar. Ze legden de lichamen zo neer dat wie er daarna op zou stuiten een patroon zou zien, de armen die hen langs het pad zouden leiden.

Hij dacht terug aan de andere lichamen die ze hadden gezien. Behalve die ene die Clive had gevonden, had ze met eigen ogen gezien dat de lichamen allemaal soortgelijke diagonaal opgestelde paren armen hadden. En ze probeerde zich in de grot en in het bos voor elk lichaam te positioneren, proberend zich te herinneren waar ze naar hadden gewezen.

Het kostte wat rekenwerk, maar zij kon het beeld van de skeletten op de grond plaatsen en dan een lijn trekken van elk skelet.

Ze keek op naar Ben. Hij keek terug naar haar, en ze zag aan zijn gezicht dat hij het ook geloofde.

Deze lichamen waren niet alleen vermoord. Ze waren hier geplaatst en als *wegwijzers opgesteld*.

Ze spoorden hen aan, wezen hen rechtstreeks naar een bestemming.

En Ben en Eliza hadden diezelfde lijn gevolgd.

CHAPTER 44

BEN

BEN STOND OP HET PUNT ELIZA TE ANTWOORDEN TOEN HIJ IN DE VERTE GERITSEL HOORDE. Hij liet zich onmiddellijk op de grond vallen, steunde op één knie terwijl hij zijn geweer omhoog hief en het bos rondom hem onderzocht.

Eliza kreunde van de pijn toen ze haar rechterbeen belastte, maar uiteindelijk ging ze naast Ben op de bosgrond zitten. "Wat is er gebeurd?" vroeg ze. "Heb je iets gehoord?"

"Ik denk het wel," zei Ben. Hij wilde niet te hard spreken, uit angst dat het dezelfde jager was die achter hen had gestaan. "Het kwam daar vandaan." Hij wees die kant op met zijn trekkerhand en hield het geweer ook die kant op gericht.

Ze wachtten daar een volle minuut, en toen zag Ben weer beweging. Deze keer keek hij recht in de richting van het geluid toen het gebeurde. Weer een ritselend geluid, en toen de onmiskenbare blik van een man, schrijdend door de bomen, loodrecht op hun positie.

"Ik zie het," fluisterde Eliza. "Het is... het is de jager."

"Dat moet wel," zei Ben. "Maar, wacht even -" hij keek door

zijn vizier en richtte het midden van zijn vizier op de man die door het bos zwierf, op weg naar het noorden. "Ik denk niet dat hij alleen is," fluisterde Ben. "Ik denk dat er nog een - wacht, nog twee mannen - achter hem zitten."

Eliza keek even en knikte toen. "Ik zie ze," zei ze. "Wat moeten we doen?"

Ben dacht na over de mogelijkheden. Wat hij wilde doen - wat hij waarschijnlijk *zou moeten* doen - was een paar schoten afvuren en proberen een van hen neer te halen. Wie deze mannen ook waren, ze waren bijna zonder twijfel de mannen die Clive hadden vermoord. Zij waren degenen die op hen hadden gejaagd, en ze hadden bijna gewonnen.

Maar hij kon er niet zeker van zijn. Er was nog steeds een klein beetje twijfel in zijn hoofd over wie deze mannen waren. Een van hen kon de man zijn die hem buiten de bar had geslagen, en hoewel hij hem zeker terug wilde pakken voor zijn streken, vond Ben niet dat hij een kogel door zijn hoofd verdiende.

Bovendien kon Ben aan geen van de mannen herkenbare kenmerken zien; ze waren te ver weg en bewogen zich nog schuiner. Ze hadden Ben en Eliza niet gezien, dus Ben moest een beslissing nemen: gaan ze achter hen aan, of blijven ze hier en blijven ze uit de buurt?

"Gaan we op ze schieten?" vroeg Eliza.

"*Je* gaat *zeker* niet op ze schieten," zei Ben met een halve grijns op zijn gezicht. "Als dit de jongens zijn die Clive hebben vermoord, gaan we eerst wat antwoorden krijgen, voordat we wraak nemen. Het leven kan niet voor niets sterven, dus we kunnen niet in hun richting gaan schieten en ze precies vertellen waar we zijn."

"Maar ze gaan er vandoor," zei Eliza.

"Maak je geen zorgen," zei Ben als antwoord. "Ze zijn op zoek naar ons, weet je nog? Het maakt niet uit wat we doen, het maakt niet uit waar we heen gaan, zolang we met hen op deze bergkam zijn, zullen ze ons weer tegen het lijf lopen. Het is gewoon niet zo'n groot gebied."

"Oké," zei Eliza. "Maar, ik wil de klootzak doden die Clive vermoord heeft."

"Ik weet hoe je je voelt," zei Ben. "Maar geloof me, het beste wat we nu voor onszelf kunnen doen is laag blijven en uit de weg blijven. Ik ben er vrij zeker van dat we binnen een paar honderd meter van EKG zijn, of in ieder geval waar we dachten dat het was. Laten we kijken of we het kunnen vinden, en een manier vinden om binnen te komen. In het ergste geval, als we het hoofd-kwartier op stelten zetten, dan hoeven we hier niet met die gasten af te rekenen."

Eliza knikte, maar Ben hield zijn ogen naar voren gericht, kijkend naar de benen van de mannen terwijl ze verder marcheer-den. Ze liepen steeds verder weg en behielden hun koers. Toen de laatste in de rij uit het zicht was verdwenen, wachtte Ben tot het geluid van zijn krakende laarzen over de sneeuw en de stokken was weggestorven.

Nou, dacht hij, *ze proberen er zeker niet over te zwijgen.*

"Het is vreemd," zei hij. "Als ze op ons aan het jagen waren - als ze naar ons op zoek waren, bedoel ik - dan zijn ze daar niet erg subtiel in. Ze leken zich er niet eens volledig van bewust; het is alsof ze gewoon door het bos liepen."

"Maar we weten dat een van hen Clive heeft neergeschoten," zei Eliza.

"Dat weten we wel," zei Ben, "maar we weten niet zeker of ze op ons jagen. Er is hier nog steeds iets dat groter is dan dit alles, iets dat EKG waarschijnlijk stil wil houden, als ze er al iets mee te maken hadden."

"Dus je denkt dat ze op jacht zijn naar dat gorilla ding?"

Ben knikte. "Die vent die me in de bar in elkaar sloeg, zei dat ze hier op jacht zouden gaan. Hij zei me dat ik niet in de buurt van dit gebied mocht komen, *of anders*. Zoals Clive al zei, er is hier geen groot wild, zeker geen spul dat zo angstaanjagend is als wat die mannen doodde en Clive bang maakte. Ze zijn hier omdat ze zoeken naar wat *dat* ding ook is, niet vanwege ons. Het feit dat we elkaar blijven tegenkomen betekent dat we op het juiste spoor zitten, en dat ze er kwaad over worden."

"Ik begrijp het," zei Eliza. "Maar ik vind het niet leuk."

Ben wachtte nog even om er zeker van te zijn dat de mannen niet weer om hen heen draaiden; toen stond hij op. "Oké," zei hij. "Laten we gaan."

Terwijl hij sprak, keek hij over Eliza's hoofd. Door de bomen en in de verte, dacht hij een door mensen gemaakt bouwwerk te zien. Het enige wat hij kon onderscheiden was een stuk van wat op een dak leek, de rechte hoek van de onderste helft zag er vreemd uit tegen de krommingen en natuurlijke bochten van het bos.

"Zijn ze terug?" vroeg Eliza terwijl ze opstond en haar been strekte.

"Nee, het is iets anders. Ik denk dat ik een gebouw zie." Hij wees en liet haar even kijken voordat hij een paar stappen in de richting van de bosrand zette.

"Laten we een beetje verder gaan en zien wat het is. De rand van het bos zal ons laten weten of we op het juiste spoor zitten. Er is een open veld van ongeveer honderd meter, dus we moeten oppassen dat we die mannen niet weer tegenkomen. Ze gaan iets noordelijker dan wij, dus misschien kunnen we oversteken voor ze de rand van de open plek bereiken."

Eliza knikte en strompelde naast Ben, die zijn geweer nog steeds naar voren hield.

Na vijf minuten bereikten ze de rand van de open plek en Ben stopte bij een grote struik en keek door zijn vizier. "Yep," zei hij. "Het is een gebouw. Twee verdiepingen, zoals een kantoor of een klein productie hoofdkwartier. En er staat een hek omheen."

"Het lijkt erop dat het hek helemaal rond het terrein loopt," zei Eliza. "Het is ook scheermesdraad, dus we gaan er zeker niet overheen."

"Clive was daar op voorbereid," zei Ben. "Toen ik gisteren zijn spullen doorzocht, vond ik de draadschaar waarvan ik hem had gezegd dat hij die mee moest nemen toen ik met hem en zijn vader in hun winkel sprak. Zolang dat hek niet geëlektrificeerd is - en ik kan me niet voorstellen hoeveel energie het zou kosten om dat te doen, of dat ze er moeite voor zouden doen - zouden we ons er vrij snel een weg doorheen moeten kunnen knippen."

"Maar het is nog steeds in de open lucht," zei Eliza. "We moeten opschieten."

Ben dacht even na en draaide zich toen om naar Eliza. "In het beste geval kost het me vijf minuten om snel lopend over het veld te komen, en dan nog eens 20 minuten om een gat in het hek te hakken."

"Wat zeg je nu?"

"Nou, het is niet mijn favoriete keuze, maar ik denk dat het veiliger is om even op te splitsen. Jij kunt me dekken terwijl ik het veld oversteek en aan het hek begin, en als ik klaar ben, kan ik me opstellen en je dekking geven terwijl jij oversteekt."

"Bedoel je langzaam strompelend als een gewonde antilope die wacht om opgegeten te worden?"

"Hé, *jouw* woorden, niet *de mijne*." Ben glimlachte naar haar. Het was niet ideaal, maar haar knie geblesseerd hebben was ook niet ideaal.

"Oké," zei ze. "Dat kan ik wel doen. Zolang je denkt dat ik goed genoeg ben om je dekking te geven."

Daarop lachte hij. "Nee, ik weet *zeker dat* je niet goed genoeg bent om goed dekkingsvuur voor me neer te leggen. Maar ik hoop dat waar je ook op schiet, het in een heel andere richting is dan ik, en het zou genoeg moeten zijn om ze tenminste een minuut of twee tegen te houden."

Ze leek niet overtuigd.

"Trouwens," zei hij, "ik heb mijn wapen nog bij me, en Clive's extra munitie. Als jij begint te schieten, weet ik dat ik alles moet laten vallen en ook moet gaan schieten."

Ze knikte en controleerde haar geweer. Ze zette de veiligheidspal uit en zette haar kruk neer, die ze tegen een boom liet leunen. Ben keek toe hoe ze werkte en toen hij tevreden was, controleerde hij zijn eigen wapen en uitrusting en haalde de draadschaar uit zijn rugzak en stopte die in zijn voorzak. Hij keek links en rechts om zich heen en onderzocht de weide op enig teken van menselijk ingrijpen.

Toen stapte hij in het open veld.

CHAPTER 45

BEN

BEN JOGDE OVER HET VELD, verkoos snelheid boven heimelijkheid. Hij maakte zichzelf liever een moeilijker te raken doelwit dan te proberen geen doelwit te zijn. Hij was in minder dan een minuut over de honderd meter, veel korter dan hij had verwacht. De afstand was bedrieglijk geweest, en hij was nu bij het hek met het scheermesdraad.

Er was niets aan het hek dat hem vertelde dat er stroom doorheen zou lopen. Hij dacht even aan de scène in *Jurassic Park* waarin Dr. Grant een elektrisch hek nadert en niet zeker weet hoe hij het moet testen, dus gooit hij er een stok naar. Ben wist dat de scène niet was geschreven om een effectieve manier te beschrijven om de spanning te controleren, dus het vinden van een stok zou hem niet meer informatie geven dan Dr. Grant had gedaan. Dus haalde hij adem...

...en toen raakte hij het hek aan.

Er is niets gebeurd.

Opgelucht begon hij onmiddellijk een gat in de omheining te maken. Hij had geen openlijke bewakingscamera's gezien op de schuur net achter het hek, of ergens anders op de hekpalen, maar dat betekende niet dat die er niet waren. Toch was er geen reden om discreet te zijn - hij wilde zich niet inspannen om door het hek te komen, dus maakte hij het gat groot genoeg om er op zijn hurken doorheen te kunnen lopen.

Hij was halverwege de bovenste boog van het gat in de omheining, de draden voor hem op borsthoogte aan het doorknippen, toen hij Eliza hoorde gillen.

"Ben!"

Hij draaide zich om en liet de draadschaar vallen, terwijl hij naar het geweer greep dat hij links van hem tegen het hek had gezet. Zijn rugzak, die hij vergat te dragen, zwaaide rond en botste tegen het hekwerk, waardoor hij uit balans raakte. Hij paste zich snel aan en ging op zijn knieën, zodat hij een kleiner doelwit was, terwijl hij zijn geweer pakte.

Tegen de tijd dat hij het geweer boven zijn rechteroog had, gilde Eliza weer.

Hij zag haar, rennend zo snel als ze kon. Rechtstreeks naar hem toe.

Ze bewoog niet snel, en hij kon zien dat ze veel pijn had toen ze door de wei strompelde. *Wat ben je aan het doen?* dacht Ben. *Waarom ren je naar...*

Toen zag hij het.

Eerst was het gewoon een waas. Gewoon een streep van wit en donkergrijs.

Toen verdween hij weer in het bos, en Ben verloor hem even uit het oog tot hij om een boomstam heen zwaaide en toen weer de wei in.

Bens kaak viel open. Hij kon niet geloven wat hij zag.

Terwijl Eliza naar *hem* toe liep, liep de grootste gorilla die hij ooit had gezien naar *haar* toe.

Het was nog 50 meter van haar rechterzijde, maar het mikte duidelijk op Eliza.

"Eliza!" schreeuwde hij. "Ga liggen!"

Of Eliza kon hem niet horen, of ze negeerde het bevel. Hij wilde een schot lossen, en hoe langer hij wachtte, hoe dichter de gorilla bij Eliza zou komen. Op deze afstand wist hij dat hij redelijk accuraat was, maar hij wilde absoluut niet het risico lopen om ook Eliza neer te schieten. Met de kogels van het geweer, zou elk schot van elke afstand verwoestend zijn en waarschijnlijk dodelijk voor een mens.

Ik denk dat het één op één is, dan.

Hij stond op en maakte zich klaar om naar het dier en Eliza toe te rennen. Hij gooide zijn geweer over zijn schouder, zijn ogen gericht op het tafereel dat zich in het midden van de weide ontvouwde. Toen, vanuit zijn ooghoek, zag hij meer beweging.

Deze keer kwam het van zijn rechterzijde, uit het noorden.

Drie mannen.

Ze staren allemaal naar Ben.

Wat gebeurt er in godsnaam?

Hij was hier niet klaar voor - zij waren hier niet op voorbereid. Beide aanvallers - het dier en de mannen - hadden hen allebei verrast, op hetzelfde moment. *Verdorie*, zei Ben tegen zichzelf.

De mannen waren allemaal gewapend, en ze richtten hun wapens direct op hem. Hij zou het niet lang uithouden in een vuurgevecht hier, drie tegen één, zonder bescherming. Hij had genoeg westerns gezien en hij had geen paard om zich achter te verschuilen.

Dat betekende dat zijn beslissing al voor hem gemaakt was.

Hij moest dichter bij Eliza komen om haar een kans te geven om te vechten. Hopelijk zouden de mannen hem niet kunnen raken terwijl hij rende, maar ze waren zeker binnen bereik om dicht bij hem te komen.

Hij rende toch maar, recht op Eliza af, zonder de moeite te nemen om in een kronkelige baan te rennen om het doel van de mannen af te schudden. In tien seconden was hij halverwege Eliza; in nog eens drie seconden had hij de afstand bijna volledig overbrugd.

Hij zou het niet halen. De gorilla, een massief, gespierd exemplaar van een zilverrug gorilla, kwam op Eliza af.

En toen stopte hij. Heel even ging de reusachtige mannetjes-gorilla achterover op zijn leunen zitten en staarde Ben aan. Ben maakte oogcontact met hem, haalde zwaar adem en vroeg zich af of hij zijn geweer kon losmaken en richten voordat de gorilla zou aanvallen.

Hij wist dat hij het niet kon - dat als de gorilla het wilde, hij in een oogwenk op Eliza en hem kon zijn - voordat Ben ook maar een vinger kon uitsteken.

En dan bleven de mannen rechts van hem nog over.

Hij hoorde een knallend geluid - de mannen waren nu aan het vuren. Hij dook weg, maar hield zijn ogen op de gorilla gericht. De gorilla leek volkomen onaangedaan door het vuur van de mannen terwijl hij Ben onderzocht.

Ben keek in zijn ogen, zag de intelligentie, zag hoe het hem onderzocht, net zoals hij hem onderzocht. Wat een hele minuut leek, staarden mens en dier elkaar aan, elkaar beoordelend.

Kom op, grote jongen, dacht Ben. *Laat me je niet neerschieten.*

Eliza snikte, en hij merkte dat ze over haar rechterbeen gebogen zat, zwaar leunend op haar kruk. Haar geweer en rugzak lagen in het veld vlakbij, maar niet dichtbij genoeg om hen te helpen.

Ben probeerde een stap naar voren te doen.

De gorilla ging er vandoor. "Nee!" schreeuwde Ben, maar het was te laat.

De gorilla stormde op Eliza af en was in een halve seconde dichtbij.

Ben huiverde en sloot onwillekeurig zijn ogen.

Toen hij ze even later opende, was de gorilla verdwenen.

Toen zag hij het, nog steeds in beweging, toen het snelheid maakte en zich naar de mannen aan de andere kant van de open plek slingerde.

Ben aarzelde niet. Hij rende op Eliza af, sloot de laatste vijf meter af en kwam naar haar toe, pakte haar in zijn armen en tilde haar van de grond. Ze gilde van verbazing, maar Ben stopte niet.

Ze liet haar kruk vallen toen Ben zich snel omdraaide en zich weer op het hek richtte. Hij gooide haar over zijn schouder en hield haar bij de achterkant van haar benen vast, en hij voelde haar trillen en hoorde haar kreunen van de pijn toen hij in haar rechterknie kneep.

Het is goed, dacht hij. *Het komt wel goed.*

"Hou vol," zei hij met opeengeknepen tanden. Ze voelde aan alsof ze niets woog, en Ben probeerde te rennen alsof hij niet gebukt ging onder het gewicht van een volwassen mens. Alles gebeurde in slow motion, maar Ben beukte met krachtige benen vooruit, niet bereid zich om te draaien om te zien wat er gebeurde.

Hij hoorde de wapens van de mannen, die nu sneller schoten, maar hij durfde niet te stoppen om te zien waar ze op schoten. Hij hoopte - nam aan - dat ze op de gorilla schoten, maar hij kon er niet zeker van zijn dat ze niet in plaats daarvan hem en Eliza probeerden te raken.

Hij bereikte het hek op het moment dat het vuren stopte. Alle drie de mannen waren nu aan het herladen.

Of het beest had hen bereikt...

"Heb je het hek al doorgeknipt?" Hoorde hij Eliza vragen.

"Bijna helemaal," zei Ben. "Maar ik heb genoeg doorgesneden zodat we het terug kunnen buigen en erdoor kunnen. Er is geen tijd meer om het verder te openen."

Hij zette haar op de grond, maar hield een arm onder haar schouder om haar te ondersteunen. Hij zette het geweer weer neer tegen het hek links van het gat, reikte naar binnen en trok het kettingshek naar achteren, het naar hem en Eliza toe buigend. Het ging gemakkelijk, buigzaam genoeg voor hem om een driehoekig gat te maken in de halve boog die hij eerder had doorgeknipt.

"We moeten één voor één gaan," zei Ben. "En je hebt geen kruk. Laat mij eerst gaan, en ik zal je hand vasthouden aan de andere kant."

"Ik ben in orde," zei Eliza, venijnig in haar stem. "Die klootzakken schieten op die gorilla. Als we het niet kunnen stoppen, moeten we naar binnen."

Eliza was verrassend helder, en hij vroeg zich af of de pijnstillers haar hielpen om geconcentreerd te blijven. Hij knikte, liet haar haar evenwicht bewaren voor hij haar losliet en door het gat in het hek stapte.

Hij vroeg zich af of dit een zelfmoordmissie was, een gegarandeerde mislukking. Eliza was niet naïef, maar hij begreep haar nu beter. De vrouw was gedreven, geleid door de enige oplossing waar ze op was uitgekomen. Er waren geen alternatieven, geen andere uitwegen. Haar levenswerk was hierin verwikkeld, en haar hele leven was haar *hierdoor* ontnomen.

En toch wist Ben dat ze niet voorbereid was op de dood die ze al gezien hadden. Hij kon het op haar gezicht zien, achter haar ogen, een adrenaline gedreven vastberadenheid waarvan hij wist dat die gruwelijk aan diggelen zou vallen als het heftiger zou worden. Het was niet de vraag of - het was *wanneer*. Ze zou neergaan, en hij hoopte alleen dat hij in een positie zou zijn om haar overeind te helpen.

Het is nu te laat om terug te krabbelen, dacht hij.

Eenmaal aan de andere kant greep hij zijn geweer en hield het omhoog terwijl Eliza zich langzaam een weg baande door het open gat in het hek. Het duurde een paar seconden, maar ze kwam aan de andere kant en gebruikte het hek als steun.

Voordat ze verder gingen, reikte Ben door het gat en trok de ketting op zijn plaats. Hij probeerde het plat te maken, zodat het leek alsof het niet was doorgesneden. Van een afstand hoopte hij dat het zou lijken alsof ze gewoon een andere weg naar binnen hadden gevonden. Het zou hen kunnen vertragen, misschien ook niet. Maar op dit moment zou Ben elke kans aangrijpen om een andere aanwijzing te krijgen.

Toen hij klaar was met het laatste stuk prikkeldraad, waagde hij een blik naar boven en over de weide.

De drie mannen en de gorilla waren weg.

DE KRIJGERS KWAMEN EEN PAAR SECONDEN LATER TERUG, terwijl Ben toekeek. De mannen renden, achtervolgd door de gorilla, uit de dekking van de bomen en weer naar de open plek. Ben zag de gorilla naar de andere groep toe rennen. De drie mannen stopten aan de rand van de open plek, een paar meter de weide in. Het gras in dat gebied was hoog, en hij zag hoe een van de mannen op zijn knie viel en bijna verdween achter de muur van dik weidegras.

Die man trok zijn geweer en richtte het op de gorilla. Hij vuurde twee schoten snel achter elkaar af, maar geen van beide raakte de gorilla.

Of, besefte Ben, *geen van beide schoten was sterk genoeg om de gorilla te verwonden.*

De gorilla bleef rennen, nu nog maar een meter van de mannen vandaan. Hij bereikte de eerste man, degene die op hem had geschoten, en sloeg hem opzij alsof hij er niet eens was geweest.

Ben herkende de man toen hij door het gras vloog. Het was de grote man van buiten de kroeg, degene die Ben apart had genomen en hem had gezegd hier niet buiten te komen, zijn punt onderstrepend met *fysieke* aanraking. Ben kon de kracht van de gorilla niet geloven, hoe de man gewoon door de lucht was geslingerd alsof hij niets anders was dan een lappenpop.

En de gorilla bewoog nog steeds. De volgende twee mannen werden omvergeworpen en vielen, terwijl de gorilla gewoon over hen heen vloog. Maar daarna ging het niet verder. De gorilla stopte, draaide zich om, en keek neer op de twee mannen. Het was alsof hij besliste wie van hen hij het eerst zou doden.

Ben kon de twee mannen die in het gras lagen niet zien. De grote man die het eerst was geraakt, was nu bezig op te staan, duidelijk geschokt en zonder zijn wapen, maar hij leek intact te zijn.

Plotseling sprong de andere man op en sprong opzij, zich klaarmakend voor een ontsnapping.

Ben herinnerde zich de oude mop: *je hoeft niet harder te lopen dan de beer, je hoeft alleen maar harder te lopen dan de ander in je gezelschap.*

Maar dit was geen beer. Blijkbaar had de gorilla een oogje op deze man, om wat voor reden dan ook. Hij volgde de man en negeerde de andere twee, nam een paar grote stappen voor hij de kleinere man bij zijn dij greep. Hij trok hem zonder enige moeite naar achteren, en de man gilde en viel op de grond. De gorilla hield zich vast, rukte aan het been van de man en trok hem weer naar zich toe.

Ben hoorde de man schreeuwen vanaf de andere kant van de weide.

De gorilla gebruikte nu zijn andere hand, greep de schouder van de man en draaide zijn lichaam rond. Ben zag hoe man en beest elkaar een ogenblik zwijgend aanstaarden. De gorilla leek de man te onderzoeken, te proberen hem te identificeren.

En dan, alsof het een twijgje was, draaide de gorilla het lichaam uit elkaar en brak de nek van de man.

Ben huiverde. Nooit in zijn leven had hij zoiets gezien. Zo eenvoudig, gemakkelijk. Het was afschuwelijk en wreed.

En toch...

Er was iets kalm, iets sierlijks aan het prachtige schepsel. De manier waarop het naar de man in zijn handen keek, alsof het *zich schaamde* voor wat het had gedaan.

De gorilla hield de man, nu slap en levenloos, nog een paar seconden in zijn handen. Het was te ver weg voor Ben om het te kunnen horen, maar het leek alsof de gorilla gniffelde of gromde toen hij de man op de grond gooide en zijn aandacht ergens anders op richtte.

Eliza zat op de grond naast Ben, en hij wist dat ze niet kon zien wat er aan de hand was. Hij wilde het haar niet vertellen, maar hij had het gevoel dat zij zich precies kon voorstellen wat er in de wei gebeurde.

De gorilla leunde voorover en met een snelle vingerknip rukte hij het hemd van de man van zijn borst en scheurde het in twee stukken.

Oh mijn God, dacht Ben. *Het gaat hem uithollen, net als de andere lichamen die we vonden.*

De gorilla hief een hand hoog boven zijn hoofd, maar voordat hij naar beneden kon dalen en in de man kon beginnen te scheuren, hoorde Ben een geweerschot.

De gorilla brulde en strompelde naar de kant.

Ben begon in hun richting te lopen.

"Wat ben je aan het doen?" Vroeg Eliza. "Je wordt nog vermoord."

"Ik moet gaan helpen," zei Ben. "Dat ding gaat ze allemaal vermoorden."

"Ze hebben geprobeerd *ons te* vermoorden," zei Eliza. "Laat ze gedood worden."

Ben keek omlaag naar Eliza en merkte dat ze niet eens in de richting van de mannen keek. Haar ogen waren gericht op de ingang van het gebouw achter hen. Ze was opgefokt, trilde zichtbaar, en Ben wist dat ze niet helder nadacht.

"Dat meen je niet," zei Ben. "Er is al eerder op me geschoten, en ik ben zelf ook een goede schutter. Als ze proberen op mij te schieten..."

Zijn stem viel weg. Was hij echt van plan een gevecht aan te gaan tussen drie mannen en een reusachtige gorilla en hopen dat hij er ongeschonden uit zou komen? Hij wist dat het een recept voor zelfmoord was.

Toch vond hij dat hij iets moest doen om te helpen.

Hij had altijd al een affiniteit gevoeld met dieren, hoe ze gedreven werden door puur instinct in plaats van een verbasterde vorm van logica en emotie die de mens had proberen te ontwikkelen. Maar hij had ook met eigen ogen een dodelijke aanval van een dier gezien, en de herinnering achtervolgde hem al tien jaar. Hij wilde een soortgelijke herinnering voorkomen als hij kon.

Als er iets was wat hij kon doen, zou hij het doen.

Hij hurkte neer en keek in Eliza's ogen. "Blijf hier, rust wat uit. Ik kan je vanaf daar zien, dus ik kan terugkomen als je hulp nodig hebt."

Eliza opende haar mond om te protesteren. "Maar..."

"Nee," zei Ben, haar onderbrekend. "Er zijn al genoeg doden gevallen. Ik ga het stoppen als ik kan. Voor Clive. Eliza - " Ben keek op haar neer en wachtte tot ze zijn blik beantwoordde. "- we hebben het gehaald. *Jij* hebt het gehaald. Dit is het. EKG. Als er iets met mij gebeurt, kun je nog steeds een weg naar binnen vinden. Je kunt nog steeds uitzoeken wat ze aan het doen zijn. Je camera is nog heel, en we hebben onze telefoons, met nog een beetje batterij. Ga naar binnen en neem op wat er gebeurt en kom weer naar buiten."

Hij dacht dat hij Eliza zag knikken.

Daarmee draaide Ben zich weer om en ging op weg naar de drie mannen.

Toen hij de plek naderde, kon hij zien dat de gorilla weg was. Hij was niet gedood - er lag niets op de grond naast de dode man en zijn twee collega's - en Ben kon geen grote, witte bulten zien op de grond in de buurt. Hij moet kort na het schot verdwenen zijn.

Toch liep Ben door. Hij wilde praten met de schurk die hem had aangevallen.

BEN HAASTTE ZICH NAAR DE MAN DIE LANGUIT OP DE GROND LAG - DEGENE DIE DOOR DE LUCHT WAS GESLINGERD. Toen hij dichter bij hem kwam, verschoof de man zich en probeerde zich op te trekken aan een elleboog. Het lukte hem niet, hij hapte naar lucht en zakte terug in het weidegras.

Ben vertraagde en zonk toen op één knie naast de voeten van de man. Hij hield zijn geweer stevig vast, wist dat het moeilijk zou zijn om zo dicht bij de vijand een schot te lossen, maar wilde niet ongewapend zijn. Dit was dezelfde man die hem drie avonden geleden buiten de pub had overrompeld, en hij was niet van plan om hem weer te laten overrompelen.

Voor zover hij wist, deed deze man net alsof hij gewond was en wachtte tot Ben dichterbij kwam. Ben kneep in de kolf van zijn geweer, wetende dat hij de man gemakkelijk met de kolf van zijn geweer in het gezicht kon slaan als het zover zou komen.

De man gromde en keek omlaag naar zijn borstkas. Ben volgde zijn ogen en liet ze snel naar beneden glijden om te zien of er open wonden waren. Hij zag niets, maar wist dat de kleding van de man gemakkelijk een grote kneuzing of tekenen van een gescheurd orgaan kon verbergen. De gorilla had deze man - gemakkelijk 250 pond - volledig van de grond getild en hem gegooid alsof hij niets anders was dan een verfrommelde papieren zak. Hij moest het toch zeker voelen.

"Ben je in orde?" vroeg Ben. Hij was er nog niet zeker van of hij deze man zou helpen, maar als hij een minuutje aardig kon spelen om wat informatie los te krijgen, zou hij de kans grijpen.

De man staarde Ben een lang moment aan en schudde toen zijn hoofd. "Ik zei dat je hier weg moest blijven," zei de man, zijn stem een grommend gefluister.

"Ik ben nooit zo goed geweest in bevelen opvolgen," zei Ben schouderophalend. "Waarschijnlijk had ik beter in het leger kunnen gaan om het te leren, maar ik vond het niet leuk om de hele dag afgeblaft te worden.

De man op de grond nam dit in zich op voor nog een lange pauze, en Ben was er niet zeker van of hij zijn antwoord overwoog of dat hij probeerde Bens woorden in zijn moedertaal te ontcijferen. Aan het accent van de man was duidelijk te horen dat hij geen Engels sprak, maar buiten de kroeg hadden ze geen moeite gehad met communiceren.

"Dit was niet jouw gevecht."

"Wel, ik denk dat het nu zo is," zei Ben. "Dat... ding. Die *gorilla* - is dat waar je bang voor was?"

De man liet een gorgelende lach horen en probeerde toen weer te spreken. Hij hoestte, en Ben meende een beetje bloed op zijn gesloten vuist te zien toen hij die van zijn mond wegtrok. "Ik ben *er* niet bang voor," zei de man. "De mannen die me hebben ingehuurd - een van hen ligt daar dood - *dat zijn* degenen waar je je zorgen over moest maken."

Ben had deze reactie niet verwacht. Natuurlijk nam hij aan dat deze macho soldaat zijn persoonlijke angsten niet zou willen toegeven, maar hij had niet verwacht dat hij zijn landgenoten zo snel zou verraden. "Dat had je ook gewoon in de kroeg kunnen zeggen," zei Ben.

"Je weet dat ik dat niet kan."

"Hebben ze je ingehuurd?"

De man knikte. "Het bedrijf erachter, zij -"

"EKG?" vroeg Ben weer, hem onderbrekend.

"Weet je van hen?" Vroeg de man.

"Ik weet genoeg. De roodharige vrouw met wie ik ben, heeft daar gewerkt."

Ben meende een flikkering van verbazing in de ogen van de man te zien, een snelle verwijding en vernauwing. Maar een seconde ging voorbij en het gezicht van de man was weer een masker, verborgen achter een uitdrukkingsloos paar ogen en een volle, dikke bruine baard.

"Heeft het bedrijf - EKG - dat ding *gemarteld?*" vroeg Ben.

"Geen idee," antwoordde de man. "Ik ben niet ingehuurd om het te bestuderen. Ik was ingehuurd om het te doden."

"En wij?" vroeg Ben. "Waren jullie ook ingehuurd om ons te vermoorden? Clive, die jongen waar we mee waren? Je schoot hem in de borst, en ik zag hem leegbloeden."

De man schudde opnieuw zijn hoofd. "Ik niet," zei hij. "De andere man met wie ik was. De Fransman. Verspilling van lucht, die ene."

Ben keek om. "Heeft hij dit gedaan? Waarom?"

"Ik wou dat ik het wist," gromde de man. "Ik denk dat ze niet willen dat iemand anders hun operatie hier saboteert. Ze hebben me twee weken geleden ingehuurd om dat ding te vinden. Nou, ik kon het niet doen. Geen teken van het, ook niet. Ik liep rond als een stadsmens op een kampeertrip. Dus belden ze me op en zeiden dat ze me gingen helpen. Dat ze 'met me mee zouden gaan'.

"Dat verklaart nog niet waarom hij een lid van ons team doodde en op ons schoot," zei Ben.

"Zoals ik al zei, ik wou dat ik wist *waarom* ze je uit beeld wilden hebben," ging de man verder. "Maar ik weet alleen dat ze je dood wilden. Ze wilden iedereen dood hebben. Ik had het gevoel dat ze zelfs mij zouden pakken als dit voorbij was, om er zeker van te zijn dat ik zou zwijgen."

"En dus zouden ze je niet hoeven te betalen," zei Ben.

"Ik heb genoeg van deze hel om me nog zorgen te maken over geld. Ik ben oud nu, moe van dit."

"Wat kun je me nog meer vertellen?"

"Nou, niet veel. Ze waren zo sluw als wat. Een van hen ging er stiekem vandoor, nam 's morgens geheime telefoontjes aan voordat hij dacht dat de rest van ons wakker was. Ik hoorde de geweerschoten ook, maar hij zei altijd dat het gewoon 'schietoefeningen' of 'jagen' was. De klootzak heeft echter nooit een wild gevangen. De slechtste jager die ik ooit heb gezien."

"Wie bent u? Hoe ben je helemaal hier terecht gekomen, om voor hen te werken?" vroeg Ben.

De man bestudeerde Ben voor een lang moment, duidelijk moeite hebbend met ademhalen. Na een lange zucht, of wat Ben veronderstelde dat een zucht moest voorstellen, richtte hij zijn ogen op de wolken boven hem. "Het is hier prachtig, is het niet?"

Ben leunde achterover en wachtte tot de man verder ging. Het was een vreemd iets om te zeggen, vooral op dit moment, en komende van een man als deze, maar nogmaals, Ben had geen idee wie hij was of hoe hij inderdaad was.

"Mijn naam is Elias Ziegler. Ik ben een getrainde jager, net als die jongen die je had. Hij was jong, maar onervaren."

"Je bedoelt dat hij niet gewend was om op andere mensen te jagen?" vroeg Ben.

De man trok een wenkbrauw op. "Ja, dat is ongeveer wat ik bedoel. Hoe dan ook, dit is wat ik doe voor de kost. Of wat ik *deed*. Ik weet niet of er hierna nog veel te *leven valt*."

Ben had de neiging de man overeind te helpen. Hij trok aan zijn schouders en de man kwam langzaam overeind in een zittende positie, zijn handen hielden nu zijn zij vast.

"Milt, denk ik," zei de man. "Ik ben al vaker neergeschoten, maar nog nooit door een aap in het rond gesmeten."

"Er is een klein ziekenhuis in Grindelwald," zei Ben. "Geen reden waarom ze je niet zouden kunnen oplappen en..."

"Ik heb werk te doen, zoon. Ik mag dan inwendig bloeden, maar dat ding loopt nog rond en vermoordt iedereen die het herkent. Als ik kan zitten en erover praten, kan ik het ook doden."

Hij wilde doorgaan, maar Ben stak een hand op en hield hem tegen.

Het was iets wat de man had gezegd, iets wat Ben en Eliza hadden overwogen.

"Wacht. Wat? Waar heb je het over? Het doodt iedereen die het *herkent?*

"Nou, geen shit, zoon. Waarom denk je dat het over je vriendin en je dode vriend heen sprong? Waarom denk je dat het mij gewoon opzij gooide? Ik stond in de *weg*, maar ik was niet het *doelwit*. Hetzelfde met jullie twee."

Ben kauwde op zijn lip. "Waarom niet? Je had een pistool, je schoot er zelfs op."

De man grinnikte en hoestte toen meer bloed op. "Ze huurden

me in, maar ik maakte geen deel uit van hun beveiligingsteam. Ik was *daar niet binnen.*" Hij stak een vinger op en wees er trillend mee naar het gebouw waar Ben Eliza buiten had laten wachten.

"Bedoel je dat deze gorilla echt mensen *herkent,* en op basis daarvan beslissingen neemt om te doden?"

De man keek verward. "Ben je dicht? Je zag de lichamen die het achterliet, toch? Die waren in scène gezet - opgezet om je in de juiste richting te wijzen. Maar het was in scène gezet door *dat ding.* Om je hierheen te leiden. Het doodde die mannen niet alleen omdat het wist dat ze daar werkten, omdat het al eerder met ze te maken had gehad. Het doodde die mannen omdat het een *spoor* wilde achterlaten dat wij konden volgen. Een spoor voor *jou om te volgen,* blijkbaar."

Ben wiegde op zijn hielen. *Zou dit waar kunnen zijn?* Het leek zo... ongelooflijk. Ben wist dat gorilla's - net als alle apen - aan de intelligente kant van het spectrum voor zoogdieren zaten, maar hij had geen idee dat ze tot zoiets in staat waren. Hij had geen idee dat herkenning - en selectieve moord - deel uitmaakten van het neurologisch potentieel van een gorilla.

"Oké, dan," zei Ben. "Dus het wil iedereen met wie het contact had in dit bedrijf dood hebben. Dat zegt me dat er iets *serieus* mis is met die EKG-vestiging. Dat is wat die vrouw daar moet vinden. We kunnen foto's nemen, video's zelfs, en het terugbrengen naar..."

"Je bent gek, zoon. Als je daar naar binnen gaat, rondsnuffelt en foto's neemt, vermoorden ze je."

"Wie zijn dat? Zijn er niet eens bewakers?"

De man hoestte. "Die zijn er. Ze zijn binnen. Het is een bedrijf genaamd *Grayson,* maar de meesten van hen zijn met verlof, terwijl EKG probeert zijn shit uit te zoeken. Ze hadden de bewakers meer nodig toen de *mensen* een probleem waren - diefstal, illegaal rondneuzen en foto's maken, dat soort dingen. Nu het alleen dieren zijn om je zorgen over te maken, was er niet veel dat *de* bewakers *van Grayson* konden doen. Ze stuurden de meesten naar huis, maar enkelen jagen hier nog."

Ben knikte. *Ze jagen niet meer,* dacht hij.

"Ze hebben daar geen leger, maar de beveiliging die ze daar hebben zal niet al te vriendelijk zijn voor een paar mensen zoals jij die inbreken en proberen te vertrekken met wat propaganda.

"Ze gaan je niet gewoon aanklagen of je vriendelijk vragen om te vertrekken. Als zij dat ding hebben gemaakt dat rondloopt, betekent dat dat ze meer hebben waar het vandaan komt. Ze *hebben* er iets mee *gedaan,* dat garandeer ik je. En als je denkt dat ze er boven staan om zoiets met *jou te* doen, dan staat je nog iets te wachten."

BEN LIET DE JAGER, Elias Ziegler, in het veld. De man was veel te groot om te dragen, en het leek erop dat hij toch geen hulp zou hebben aanvaard. Ze praatten nog een minuut, maar de ogen van de man begonnen af te dwalen.

Ben dacht niet dat de man het zou halen - zijn inwendige wonden verhinderden hem om zelfs maar te blijven zitten. Ben had medelijden met de man, maar er was nu een groter probleem aan te pakken.

Als Ziegler gelijk had over de gorilla - dat hij alleen mensen aanviel die hij herkende en die rechtstreeks voor EKG werkten - had hij Ziegler gewoon uit de weg geruimd om de *echte* bedreigingen te kunnen aanpakken: de twee andere mannen, van wie er een nu dood op de grond lag in de buurt van Ziegler.

Ben was teruggekeerd naar Eliza bij het gebouw en bekeek de buitenkant. Het was een onopvallend gebouw, niet lelijk maar zeker niet in de hoop architectuurprijzen te winnen, en er waren geen ramen langs de muren, althans niet aan deze kant.

Ongeveer 100 meter rechts van hen was een klein parkeerterrein dat uitkwam op het gebouw en aan de andere kant samenkwam met een hoge garagedeur, een laadperron. De grootte van de parking deed vermoeden dat er nooit meer dan een kleine groep dokters en professionals aan het werk zou zijn; de parking zelf telde slechts drie auto's voor zover Ben kon zien.

Er was een kans dat iedereen aan de andere kant van het terrein had geparkeerd en hun voertuigen aan het zicht onttrokken waren, maar Ben had het gevoel dat dit niet het geval was. Deze plek had het gevoel van een geheimzinnig, weggestopt kantoor.

"Hoe komen we binnen?" vroeg hij.

Hij stond bij de deuropening en keek naar binnen. Het gebouw zelf was van beton, de deuren een soort amalgaam van metaal, dik en ondoordringbaar. Dit alles deed hem vermoeden dat er zich binnen ernstige ethische toestanden afspeelden.

"Hier is een sleutelkaartlezer," zei Eliza, wijzend op een platte grijze rechthoek die was verzonken in de muur naast de deur.

Ben had het niet gezien voordat zij het onder zijn aandacht bracht, maar hij knielde neer om het te onderzoeken. Behalve het feit dat hij vlak tegen de muur stond, leek hij niet te verschillen van de kaartlezers die de meeste bedrijfsgebouwen gebruikten. "Ja," zei hij. "Het probleem is dat we geen sleutel hebben."

"Doen we dat niet?" vroeg Eliza met een zeker wantrouwen op haar gezicht. "Hoe zit het met die badge die je van die dode bewaker in het bos hebt gejat?"

Natuurlijk.

Ben was dat vergeten. Hij haalde snel de kaart uit zijn achterzak en hield die tegen de deur. Voordat hij zijn hand naar links bewoog om de kaart direct boven de lezer te houden, keek hij Eliza aan. "Er is geen weg meer terug als we dit eenmaal gedaan hebben," zei hij. "Er waren geen bewakers buiten, maar dat wil niet zeggen dat er binnen geen zijn."

"Ik weet het."

"Als we naar binnen gaan, en iemand ziet ons, bestaat de kans dat ze op ons gaan schieten.

"Ik weet het," zei Eliza weer. "Maar er is geen schijn van *kans* dat ik zo dicht bij het bewijzen van mijn theorie kom zonder zelf naar binnen te gaan en het met eigen ogen te zien. We weten allebei wat ze daar doen, Ben, en ik ga het voor eens en voor altijd bewijzen. Als ik neergeschoten word, moet je mijn camera meenemen, of tenminste de kaart, en alle informatie die we vinden hier weghalen."

Ben was niet zozeer bezorgd over het vinden en terugvinden van bewijs als wel over zijn eigen veiligheid. Ben was niet van plan of geïnteresseerd om neergeschoten te worden - hoe roekeloos zijn partner ook leek te zijn.

Niettemin haalde hij de kaart over de lezer en hoorde het sluitmechanisme in de betonnen muur losgaan, waarna de deur voor hem een stukje openging. Hij stapte opzij en spiegelde zich aan Eliza's positie aan de andere kant van de deurpost, wachtend op een reactie van binnenuit.

Er kwam niemand.

Hij controleerde het magazijn, verzekerde zich er toen van dat de veiligheidspal van het geweer eraf was, en tenslotte stak hij de punt van het geweer naar buiten en duwde de deur verder open.

Toch zijn er geen schoten afgevuurd vanuit het gebouw.

Hij zag wel dat er wat licht weerkaatste op de grond voor de deur, dat naar buiten kaatste vanuit het gebouw en zich mengde met de schaduwen die zich begonnen te vormen in het schemerlicht buiten.

"Het lijkt erop dat er iemand thuis is," zei hij.

"We werkten gespreide diensten," zei Eliza. "Het maakte niet uit op welke dag of hoe laat, er was *altijd* iemand thuis.

"Zoals ik al zei, houd je ogen omhoog en je geweer recht gericht. En schiet alleen als je zeker weet dat het datgene raakt wat je wilt raken."

Het was niet echt een toespraak - en ook niet echt een les in het gebruik van wapens - maar het was alles wat Ben op dit moment kon opbrengen.

"Zal ik eerst gaan?" Vroeg Eliza.

"Nee, blijf achter me, en hou je pistool naar de zijkanten gericht. Nooit in mijn rug."

Ze knikte, maar Ben duwde de deur al verder open en begon naar binnen te stormen.

De zware metalen deur zwaaide geruisloos op zijn scharnieren, zodat Ben onhoorbaar de helder verlichte kamer kon binnenkomen. Hij dook onmiddellijk naar links, met zijn rug tegen de muur en zijn geweer naar voren. Eliza volgde achter hem, en belandde tegen dezelfde muur, rechts van hem.

HIJ ZAG NIETS BIJZONDERS – ALTHANS NIETS WAAR HIJ METEEN OP WILDE SCHIETEN. Deze kamer was een soort voorkamer, een grote kamer die was gebouwd om als provisorisch bureau te dienen. Die balie bevond zich rechts van Ben, en het was een standaard bureau, compleet met een glimmende, groene nepplant, ingepot en gesitueerd op de bovenste hoek van de tafel op twee niveaus.

Er zat niemand achter.

Ben keek met zijn ogen om zich heen en nam de rest van het tafereel in zich op. Aan de muren hingen een paar algemene landschappen, die er door de tl-verlichting niet aantrekkelijker uitzagen, en tegen de tegenoverliggende muur rechts van hem stond een eenvoudige rechthoekige prullenbak. Recht voor hem was een rechthoekige boog, ter grootte van een stel dubbele deuren, maar er waren geen deuren die de toegang tot het volgende deel van deze faciliteit blokkeerden. Hij kon recht door de gang kijken, en hij kon zien waar elk van de onnatuurlijk felle fluorescerende lampen hun licht over de tegelvloer onder hen sproeiden. De gang was helemaal leeg tot aan de andere kant van het gebouw, zo'n 200 meter recht voor hem.

"Ik zie niemand," zei Eliza.

"Ik ook niet," zei Ben. Hij ging er niet dieper op in. Het feit dat ze *nu* niemand konden zien, betekende niet dat er niet iemand achter een deuropening of achter een van deze bogen zat te wachten, hopend op een kans om hen te overrompelen. Hij hield zijn wapen in de aanslag, zich opnieuw meer dan bewust van het slinkende aantal kogels dat hij had om te schieten, en zich terdege bewust van Eliza's bijna-onbekwaamheid met haar eigen wapen.

"Ons doel is om binnen te komen, foto's en dossiers te maken, en weg te gaan. Niet schieten met dat wapen. Het beste is als je de veiligheidspal er zo lang mogelijk ophoud, en hem er alleen afhaalt als je denkt dat ik geen schot kan lossen." Het laatste wat hij wilde was dat ze ergens van schrok en een aantal schoten op het plafond zou afvuren, waardoor iedereen die op een van de twee verdiepingen aan het werk was, op de hoogte zou worden gebracht van hun aanwezigheid.

Ze knikte naast hem, en hij deed een paar stappen naar voren, gericht op de boog voor hem. Hij bleef aan de linkerkant, achter de boog en uit het zicht van de gang. Hij had geen camera's gezien in deze kamer, maar dat betekende niet noodzakelijkerwijs dat die er niet waren. Julie had hem tal van ongelooflijke beveiligingsopties laten zien toen ze met Mrs E werkte aan de beveiliging van hun eigen huis en hoofdkwartier in Alaska - sommige moderne HD- en 4K-camera's waren volledig onzichtbaar voor het blote oog als ze in een kamer waren geschilderd en verborgen. Eén optie die hij had gezien was ongeveer zo groot als zijn eigen vingernagel.

Hij wachtte bij de boog tot Eliza zijn beweging zou kopiëren en bij de boog tegenover hem zou uitkomen, en gleed toen snel en geruisloos om de balk heen om in de gang uit te komen. Hij telde tien deuren tussen zijn positie en het einde van de gang, maar slechts acht deuren aan de rechterkant. Het leek erop dat er een opening was die breed genoeg was voor een trap of een lift aan de rechterkant van de gang net voor de eindmuur. Als ze hier niet konden vinden wat ze nodig hadden, zouden ze naar boven moeten gaan.

Hij wist niet zeker of het huis een kelder had, maar in het ergste geval konden ze die ook doorzoeken.

"Niet praten," fluisterde hij. "Van nu af aan, is het volledig stil, tenzij je absoluut iets moet zeggen."

Hij zag in zijn perifere visie Eliza naar hem knikken.

Ben stapte naar voren en liep naar de eerste van de deuren links van hem. Er was een identieke deuropening aan de overkant van de gang rechts van hem, en hij zag hoe Eliza zijn bewegingen imiteerde en zich naar die deur bewoog. Hij had geen tijd gehad om haar te laten zien hoe je een kamer op de juiste manier leeg-maakt, maar de waarheid was dat hij ook niet grondig was getraind in die tactiek. Het beste waar hij op kon hopen was dat ze allebei tegelijk de deuren zouden openen, hun hoofd naar binnen zouden steken om te zien wat hen binnen te wachten stond, en dan naar de volgende deuren zouden gaan.

Snelheid was een probleem, dus maakte hij zich geen zorgen over Eliza's geweer naast het zijne als ze elke kamer inspecteerden. Door zich op te splitsen, konden ze elke vijf seconden twee kamers aanpakken.

Hij stak zijn linkerhand uit en voelde het handvat in zijn vingers. Hij trok het naar beneden, voelde het klikken en gemakke-lijk meegeven. *Ontgrendeld.* Hij trok hem een centimeter open, en toen nog een paar centimeter. Uiteindelijk gooide hij de deur ver genoeg open zodat hij naar binnen kon lopen.

Hij leidde met de punt van zijn geweer, voorzichtig om ervoor te zorgen dat zijn hoofd en het grootste deel van zijn lichaam in de gang bleven, relatief veilig voor iedereen die zou kunnen proberen hem vanuit de kamer aan te vallen. Hij reikte naar binnen en zette een lichtschakelaar aan.

Maar de kamer was leeg. Links van hem stonden een paar dozen tegen de muur, en in het midden van de kamer stond een klaptafel met daarop een doos van hetzelfde type, waarvan het deksel was verwijderd en omgekeerd op de tafel geplaatst. Hij kon papieren en mappen in de doos zien.

Niets anders in de kamer trok zijn aandacht.

Hij wendde zich tot Eliza. "Zie je iets?" Ze had net haar eigen deur aan de rechterkant van de gang geopend en was met haar hoofd naar binnen gedoken.

Ze trok zich terug uit de kamer en draaide zich om naar Ben. "Niets dan wat dozen; stapels ervan. Een soort opslagruimte, denk ik."

"Ja, dat heb ik ook." Hij wilde niet hardop blijven discussiëren, dus gebaarde hij met zijn hoofd naar de volgende kamer, en samen liepen ze aan weerszijden van de gang in de richting van de volgende deur in de rij.

Hij voelde het handvat weer, voelde het weer meegeven, en opende het weer op een kier.

Tot nu toe was alles precies hetzelfde geweest als bij de eerste deur, maar toen hij de deur opende, het licht aanstak en zag wat er binnen was, stopte hij voordat hij naar binnen ging.

Deze kamer kon niet meer verschillen van de eerste. Het was een volwaardige medische suite - chirurgisch zo te zien - met een stevige metalen tafel en een flinterdun matrasje erop, grote lampen die direct boven de tafel aan het plafond hingen en een paar krukjes eromheen. Tegen elke muur stonden tafels en rekken vol apparatuur, allemaal glimmend en zilver. Hij zag een infuusstandaard met een paar lege infuuszakken eraan, wachtend om gevuld te worden en in gebruik te worden genomen.

Hij draaide zich terug naar de gang en wachtte tot Eliza uit haar kamer zou komen. "Ziet eruit als een ziekenhuiskamer," zei Ben. Ze knikte als antwoord, en Ben liep terug naar zijn kamer om de kamer nader te onderzoeken.

Er waren geen computers of servers te zien in de operatiekamer, dus hij wist dat ze geen bruikbare gegevens uit de kamer konden halen, maar hij wilde ook zeker weten dat hij elke hoek van de ruimte had gecontroleerd op iets dat nuttig kon zijn voordat hij verder ging. Hij zag niets dat niet op zijn plaats leek te zijn - hij had nog niet veel tijd in een ziekenhuiskamer doorgebracht, maar deze ruimte leek voor hem aan alle eisen te voldoen.

Afgezien van het feit dat de kamers geen ramen, geen glas op de deuren en geen kijkkamer langs één wand hadden, leken het gewoon kantoorruimten te zijn, omgebouwd tot normale chirurgische operatiekamers.

Hij zag zelfs een afvoer op de vloer bij de tafel.

Hij trok zich terug uit de kamer en ontmoette Eliza in de gang. "Tot nu toe lijkt niets niet op zijn plaats te zijn, en ik kan niets vinden dat bewijst wat ze hier doen.

"Juist," zei Eliza. "Als de andere kamers net zo zijn als deze, denk ik niet dat er iets belastends op deze eerste verdieping zal zijn, althans niet in het zicht."

"Maar Eliza, er is hier *niets*. Je zei het zelf - er zijn 24/7 diensten in dit bedrijf, toch? Waar is iedereen?"

Ze haalde haar schouders op, haar stem nog steeds laag. "Eerlijk gezegd, weet ik het niet. Ik was nooit bij deze afdeling nadat Dr. Canavero de leiding kreeg. Ze zijn hierheen verhuisd, hebben deze plek gebouwd om God-weet-wat te doen, maar het zou kunnen dat ze nu *heel* andere procedures hebben dan wat ik gewend was. Niets ziet er bekend uit. Het is allemaal opnieuw geconfigureerd."

Ben overwoog dit. Het was mogelijk dat ze het mis hadden - dat EKG helemaal niets verdachts deed.

Mogelijk, maar niet waarschijnlijk. Als dit echt de EKG Corporation was, zou er hier iets zijn dat dat suggereert.

Ze moesten het alleen nog vinden.

"Oké, laten we verder gaan. Er moet hier iets zijn dat we kunnen gebruiken. Iets dat bewijst wat je...

Zijn woorden werden onderbroken door het geluid van een zware deur die verderop in de hal openging.

ELIZA TROK BEN HAAR KAMER IN. "STIL," fluisterde ze. Ze kon merken dat Ben het geluid had gehoord, maar ze was nog steeds niet van plan om risico's te nemen.

"Kwam van het einde van de gang, denk ik," zei Ben. "Voetstappen."

Ben tikte haar op de schouder, wees toen naar zijn ogen en toen naar de gang. *Kijk uit.* Hij draaide zich de kamer in en begon zwijgend rond te ijsberen. Na een paar seconden pakte hij iets van de tafel en keerde terug naar Eliza.

Ben keerde terug naar waar Eliza zat te wachten en haalde zijn schouders op. "Ik zocht iets om als spiegel te gebruiken, maar ik denk dat het toch geen zin heeft. Als ze iets uit de deuropening zien steken, zijn we er geweest."

Eliza knikte als antwoord. "We kunnen ze horen aankomen en weten wanneer ze dichtbij zijn," zei ze. "Wat is het plan?"

"Ik kan ze horen. Ze stoppen niet om elke kamer te controleren, wat betekent dat ze op patrouille zijn, en ze weten nog niet dat we hier zijn. Of gewoon een paar arbeiders die naar een andere kamer lopen."

Ze wachtten nog een paar seconden, luisterend naar de geluiden van de voetstappen in de gang. "We kunnen echter geen risico's nemen. We laten ze passeren en als ze vlak bij de deur zijn, rennen we allebei naar buiten en proberen ze te onderscheppen."

"En als ze gewapend zijn?" vroeg Eliza.

"We moeten het verrassingselement aan onze kant houden," zei Ben. "Laat mij eerst gaan en proberen ze allebei uit balans te brengen. Maar blijf vlak achter me - als het bewakers zijn, is de kans groot dat ze getraind zijn, en ik zal ze niet allebei kunnen uitschakelen."

"Wil je dat ik een van hen *neerschiet*?" vroeg Eliza.

"Ik zou liever proberen ze bewusteloos te slaan, maar dat kan lastig worden. Zoals ik al eerder zei, als je absoluut met je wapen moet schieten, zorg er dan voor dat ze het vizier vullen en het een niet te missen schot is."

Eliza slikte, probeerde haar angst te bedwingen. Ze had deze week nog nooit op een mens geschoten, en nu overwoog ze - dacht na, beraamde - hoe ze er een moest neerschieten en doden. Ze wilde Ben niet teleurstellen, maar ze was banger dat ze zichzelf zou teleurstellen.

Ze wist niet zeker of ze de stress van zo'n situatie aan zou kunnen, als het zover zou komen. "Ik zal mijn best doen," fluisterde ze.

Ben knikte en hurkte toen achter de halfopen deur. Zij zat rechts naast hem en deed zijn bewegingen na, knielde op de grond en greep het wapen zo stevig mogelijk in haar handen.

"Vijf seconden," fluisterde Ben. "Ik moet in staat zijn om ten minste een van hen op de grond te krijgen, maar je kunt niet aarzelen of ik ben dood."

Hij hielp haar niet om zich beter te voelen, maar het logische deel van haar hersenen vertelde haar dat hij gewoon probeerde duidelijk te zijn. Ze wist dat het de juiste beslissing was. Ze was niet van plan om hem achter te laten, vechtend tegen twee gewapende bewakers alleen in de gang, maar ze had ook geen idee hoe haar lichaam zou reageren.

Maar het was te laat om er verder over na te denken.

De voetstappen werden luider, en Ben kwam in actie.

Zonder geluid te maken draaide Ben zich om de open deur heen en keek de gang in, terwijl hij bleef staan en zijn geweer naar voren hield. Eliza ging ook staan, en ze zag de actie door de kier van de open deur.

Ben bereikte de persoon die het dichtst bij hen stond het eerst - een vrouw met een klein subcompact machinegeweer in haar hand - en sloeg de kolf van zijn geweer hard in haar gezicht. Ze ging neer met een zacht gilletje van verwarring, haar wapen stuiterde van haar af. De andere persoon, een man met een soortgelijk wapen, draaide zich om en begon zijn wapen op te tillen voordat Ben bij hem kon komen.

Eliza stond nu bij de open deur, en haar handen trilden. Ben stak zijn geweer weer uit en sloeg het wapen van de man omhoog, maar niet uit zijn handen. Hij vuurde, en stuurde een snelle stroom kogels recht boven het verlaagde plafond.

Stof en brokken plafondtegel vielen rond de twee mannen. Het geluid was oorverdovend en echode in Eliza's oren. Ze legde haar hand over de kolf, haar vinger over de trekkerbeugel, tilde hem toen op en legde hem op de trekker.

Ze kneep langzaam, voelde de druk en weerstand van de trekker onder haar vinger. *Gisteren in de grot was het niet zo moeilijk geweest. Was het pas gisteren?* Ze kon zich niet eens herinneren wanneer ze voor het laatst had geslapen.

Ze duwde de vraag uit haar hoofd. *Slecht moment om dat soort dingen uit te zoeken,* dacht ze.

Ben en de tweede bewaker worstelden in de gang, Ben probeerde zijn handen rond de keel van de man te krijgen, maar zonder geluk. De bewaker gaf Ben een knietje in zijn kruis, en Ben kromp ineen.

De man vervolgde met zijn andere knie, dit keer raakte hij Ben in het gezicht. Eliza zag bloed op de vloer smakken.

Nu, Eliza, ze wilde zichzelf. *Vuur het pistool af.*

En toch bewoog haar vinger niet. Het kon niet.

Dit is niet wat ik wil, realiseerde ze zich. *Ik wil niemand doden. We doen dit zodat er geen leven meer verloren gaat.*

In de aanloop naar dit moment had Eliza geworsteld met de mogelijkheid dat ze dit wapen rechtstreeks in het gezicht of de borst van iemand anders zou moeten vuren. Tot op dit moment dacht ze dat ze daartoe in staat was.

En toch...

De bewaker ging door met Ben te slaan, de grotere man had moeite zijn handen boven zijn gezicht te houden. De bewaker stompte Ben in zijn buik en schoof toen op zijn zij, in een poging om zowel weg te komen van de aanval en tegelijkertijd grip te krijgen op de benen van de man.

Eindelijk kon Ben het been van de bewaker grijpen en hij sloeg zijn armen eromheen. Hij trok, en de bewaker kwam omhoog van de grond.

Ben viel met de man in zijn handen, en beide mannen knalden tegen de deurpost van de kamer tegenover die van Eliza. Ben profiteerde van de kortstondige overwinning, liet de man los en liet hem op de grond vallen, viel vervolgens bovenop zijn borst en begon in zijn gezicht te slaan.

Nog steeds keek Eliza toe, niet in staat om te reageren.

"Eliza, nu!" schreeuwde Ben.

Ze kon zich niet verroeren.

Ben gaf uiteindelijk een enorme klap op het oog van de man, en ze zag hoe zijn hoofd terugsprong tegen de tegelvloer, en toen stopte hij met bewegen. Ben wachtte een paar seconden om te zien of de man klaar was.

Plotseling ving Eliza beweging op vanaf haar rechterzijde.

De vrouw.

De andere bewaker was opgestaan en had bijna haar wapen gepakt. Eliza keek toe hoe de vrouw het machinepistool omhoog trok en het voor zich uit hield terwijl ze naar Ben toe rende.

"Nee!" Eliza schreeuwde.

De vrouw hief het geweer naar haar oog en richtte het schot.

Crack!

Het geluid van het schot deed Eliza schrikken. Ze keek vol afschuw toe hoe Ben opzij rolde en toen op de grond viel.

Nee, het is niet...

Maar de vrouw voor Eliza viel ook.

Eliza merkte dat het uiteinde van haar eigen geweer een beetje rookte, en ze voelde haar handen trillen. Toen besefte ze wat er gebeurd was.

De vrouw lag op de vloer, roerloos.

Ben rolde op zijn buik en duwde zich toen van de vloer. "Je hebt het gedaan," zei Ben. "Je hebt het schot genomen."

Eliza voelde tranen in haar ogen opwellen. Haar handen begonnen nog meer te trillen en ze liet het geweer op haar zij vallen, terwijl ze het met één hand vasthield.

"Het is goed," zei Ben. "Jij hebt geschoten en mijn leven gered. Dank je."

Ze knikte, snoof toen en probeerde de tranen tegen te houden die ze op komst achtte. "Ik... Ik heb dat gedaan. Ik heb haar *vermoord*."

Ben haastte zich naar haar toe en pakte haar schouder vast. Hij kneep er zachtjes in. "Je hebt gedaan wat je moest doen. Waarvoor we hier *gekomen zijn*."

We zijn hier niet gekomen om te doden..."

"We kwamen hier om dit te stoppen," zei Ben. "En dat is wat we doen. Als iemand ons probeert te stoppen, moeten wij hen eerst stoppen. Begrepen?

Zijn woorden waren hard maar accuraat. Ze wist het, en ze geloofde ze.

Ben sprak weer. "We moeten in beweging blijven," zei hij. "Er zullen meer bewakers zijn, en nu weten ze dat we hier zijn. Iemand zal de schoten gehoord hebben."

Als op het juiste moment zag Eliza twee deuren verderop in de gang opengaan. Ze veronderstelde dat het dokters of personeelsleden waren, die hun hoofd naar buiten staken om te zien wat er gebeurd was, maar als het bewakers *waren* betekende het dat ze weg moesten uit dit gebied.

"Tijd om te gaan," zei Ben. "Laten we naar het einde van de gang gaan. We kunnen alles achter ons in de gaten houden terwijl we naar de trap gaan. We moeten ervoor zorgen dat niemand op ons schiet of ons verrast, maar ik heb het gevoel dat wat we echt zoeken niet op deze verdieping zal zijn."

Zonder op haar te wachten, draaide Ben zich om en liep door de gang naar de dubbele deuren.

ZE NAMEN DE TRAP NAAR DE TWEEDE VERDIEPING, maar nog voor ze het trappenhuis uitkwamen, kon Eliza zien dat deze verdieping totaal anders was dan de verdieping waar ze net vandaan kwamen. Terwijl de benedenverdieping gevuld was met kantoren - allemaal leeg - en een paar kleine operatiekamers, was deze bovenverdieping duidelijk ontworpen voor een enkel doel.

Opslag.

Specifiek, de opslag van levende dieren. Ben en Eliza liepen een paar passen deze verdieping op, en Eliza kon van muur tot muur kooien zien, driehoog opgestapeld, van vloer tot plafond. Elk hok had een glazen deur, met daarachter stalen verstevigingsstaven en vier kleine ronde gaten die in elke hoek waren uitgesneden.

Ze hoorde de geluiden, licht en timide, zodra ze in de kamer was.

Roepend naar haar. Beckoning.

Om hulp vragen.

"Chimps," zei Eliza, haar stem nauwelijks een fluistering. Ze hoorde hem ook haperen, en ze wist dat het niet kwam door de adrenaline die nog steeds door haar aderen stroomde. "Hier houden ze ze."

Ben had haar niet gehoord, maar ze wist dat hij de kamer ook aan het onderzoeken was. Op zoek naar bedreigingen, potentiële gevaren.

De kooien waren opgestapeld langs elk van de twee muren links en rechts van haar, en ze liepen over de hele lengte door tot aan de andere kant van de gigantische ruimte. Aan de andere kant zag ze een stel dubbele deuren die de eerste deuren van een lucht- sluis leken te zijn. Een soort insluitings- en onderzoekskamer zou zich net binnen de deuren bevinden.

Tussen haar en die deuren, in de centrale open ruimte ertus- sen, zag zij twee rijen tafels, elk met drie of vier krukken er omheen. Sommige tafels zagen eruit alsof ze bedoeld waren voor een operatie, net als de tafels die ze beneden aantroffen. Stalen en stijf, wachtend onder dode ziekenhuislampen, wachtend op een patiënt - of gevangene - om op te experimenteren.

Andere tafels hadden echter computerapparatuur bovenop en onder zich. Zij zag vier tafels in de rechter rij met elk twee aange- sloten desktop monitors, met CPU's op de vloer eronder.

"Dat is ons doel," zei ze. Ze wees naar het midden van de kamer, naar de tafels. "Die computers en harde schijven. Allemaal, of wat we maar kunnen dragen."

"Ze zien eruit als standaard werkstations," zei Ben. "Ik denk dat ik een soort serverruimte verwachtte, of op zijn minst een rek of twee vol met knipperende computerdingen. Denk je dat alle infor- matie die we nodig hebben daarop staat?"

Ze schudde haar hoofd. "Nee, je hebt gelijk. Ze hebben onge- twijfeld ergens een soort cloud back-up systeem. Maar ik betwijfel ten zeerste of ze die ter plekke zouden bewaren. Dat gezegd hebbende, ze zullen op zijn minst iets op die machines hebben. Als we de harde schijven eruit kunnen halen en ze in onze rugzakken kunnen gooien, moet dat genoeg zijn."

Haar stem viel weg. Tot nu toe had ze haar ogen niet laten afdwalen van het midden van de kamer, van haar doel. Maar ze wist dat er een reden was waarom EKG opslagruimtes had gebouwd aan de zijkanten van de kamer. Ze waren nooit bedoeld om leeg te zijn...

Ze had hen horen roepen, klikken en schuifelen in de behuizingen, maar toch kon ze de waarheid niet weten.

Ze wilde de waarheid niet met haar eigen ogen zien.

Ben zag het voor haar. "Eliza, de kooien. Sommige zijn vol. Je kunt ze horen, toch?"

Ze knikte, bewoog toen langzaam haar gezicht naar links en staarde naar de muur van kooien daar. Natuurlijk, achter elke derde glazen deur zat een chimpansee.

Pan troglodyte. Van de stam *Hominini.* De genetisch dichtstbijzijnde levende verwant van *Homo sapiens.* De naam *Pan* is afgeleid van de Griekse god van de wildernis, de naam *troglodiet* van een mythisch ras van holbewoners waarvan de historicus Herodotus vermeldde dat zij "de snelste lopers van alle mensen waren" en dat zij "slangen, hagedissen en andere reptielen aten".

Van de vier hoofdlijnen van chimpansees, was het onmogelijk van hieruit te zeggen naar welke Eliza keek. Sommigen sliepen, met hun gezicht naar de achterwand van hun cel gericht, niets dan donkere schaduwen tegen de lichtere kooimuren.

Maar sommige anderen waren naar binnen gericht, naar de kamer.

Tegenover haar.

Zij sloot de ogen met een van de chimpansees, gehurkt in zijn verblijf, in een van de hokjes in de middelste rij. Ze staarde terug en zag zijn intelligentie, zijn begrip.

Wat hebben ze hier gedaan? Wat zijn ze van plan hier te doen?

Ze haalde diep en langzaam adem. Ze voelde Ben naast haar, dichterbij komen, maar ze staarde terug naar de chimpansee.

Concentreer je op de missie, zei ze tegen zichzelf. *Concentreer je op de taak die voor je ligt.*

Ben begon naar de computers in het midden van de kamer te lopen. Hij hield zijn geweer laag, aan zijn zijde, maar hij hield het nog steeds met beide handen vast en richtte het op de dubbele deuren. Ze hadden niemand in deze kamer gezien, en de hele ruimte leek verdacht leeg. Als er nog iemand binnen was, zou die zich in de luchtsluis of in de kamer erachter kunnen verstoppen.

En ze waren het veiligheidsteam al tegengekomen - als er meer bewakers waren, hoopte ze dat ze hen te pakken konden krijgen.

En ze wist waartoe ze nu in staat was. Als het weer zover zou komen.

Het beeld van de vrouw die ze had neergeschoten, bloedend terwijl ze met haar gezicht naar beneden op de grond lag, stroomde door haar hoofd. Ze schudde haar hoofd om het weg te duwen, maar het beeld dat ze nu zag - haar werkelijkheid - was niet beter.

Toen ze deze chimpansees met eigen ogen zag - opgesloten en in afwachting van hun veroordeling - wist ze dat ze niet zou aarzelen de volgende keer dat ze zichzelf, of Ben, of hen moest beschermen. Als er nu iemand de kamer binnenkwam, zou ze de trekker weer over kunnen halen.

Maar toch...

Ze moesten zich aanpassen, hun plan veranderen. Nu gegevens verzamelen was niet langer genoeg.

"Ben," zei ze. Haar stem kraakte.

Ben stopte, draaide zich langzaam om, en ontmoette Eliza's gezicht. Hij trok een wenkbrauw op, een stille vraag die zij maar al te goed hoorde.

"Ben, het spijt me," ging ze verder. "We *moeten* hen helpen. We moeten ze bevrijden."

Bens ogen verwijdden zich. "Eliza, nee. Het zijn... Het zijn wilde dieren, en ze zijn gevaarlijk. Ze kunnen..."

"Ze zijn waarschijnlijk hier geboren," zei ze. Ze zijn hier in ieder geval van jongs af aan grootgebracht. Ze zijn gewend aan gevangenschap, maar het is onmogelijk dat ze de voorkeur geven aan deze behuizingen."

"Toch," argumenteerde Ben. "We kunnen niet zomaar..."

"Dat kunnen we en *dat zullen* we." Ze voelde het vertrouwen in zich terugstromen. "Als er een manier is om ze weg te krijgen, een manier om te voorkomen dat er hier geëxperimenteerd en gestudeerd wordt, dan gaan we dat doen."

"Hoe?" Vroeg Ben. "Het zou een complete verwarring en chaos zijn. En bovendien kun je niet verwachten dat er een grote rode knop is die alle deuren in één keer opent. En bovendien, wat dan? Dan hebben we een stel *apen* bevrijd in de uitlopers van Zwitserland? Dat kan *op geen enkele manier* een goed plan zijn, Eliza. Voor ons, voor hen, voor wie dan ook."

Ze pauzeerde en knikte. Hij had gelijk, natuurlijk. Het was een vreselijk plan, één dat mogelijk meer kwaad kon aanrichten dan hen hier achterlaten. Maar om ze hier te laten, opgesloten, was om hun lot vast te zetten.

Het was een zekere dood.

Er was weinig kans dat deze dieren zouden overleven als ze in deze hel bleven.

Maar er was weinig kans dat ze zouden overleven als ze vrij in Zwitserland mochten rondlopen. Ze waren helemaal niet aangepast aan die omgeving, en er zou niets zijn wat ze konden doen om hen te beschermen als de regering zou besluiten ze te euthanaseren.

"Wat doen we dan?" Vroeg ze aan Ben. "We kunnen dit niet zomaar laten doorgaan. We kunnen hen dit niet laten doen."

Ben liep terug naar haar toe en pakte haar schouder vast. "We laten ze dit *niet* doen," zei hij. "We stoppen het. Nu meteen. We hoeven ze niet vandaag te bevrijden, maar als we de informatie kunnen krijgen en terug naar de stad gaan, kunnen we het morgen geüpload hebben. Wie het moet weten zal het weten, en dan..."

"Nee," zei ze, haar stem verheffend. "Nee, Ben, je weet dat dat niet zal werken. Als we de gegevens stelen en proberen het bekend te maken, zal EKG het heft in eigen handen nemen lang voordat iemand hier kan komen om hen te redden. Ze hebben manieren om deze dieren te euthanaseren die niet eens een spoor achterlaten. Crematie is nog maar het begin. Ze zullen het kunnen ontkennen, en..."

"Dat zullen ze niet," zei Ben. "We zullen de informatie naar buiten brengen. Iedereen zal het weten omdat wij ze het bewijs hebben gegeven. We moeten het alleen eerst zien te krijgen."

Ben draaide zich om en liep weer in de richting van de computerwerkstations. Ze keek nog eens naar de chimpansee links van haar, degene die haar ogen had ontmoet toen ze de kamer binnenkwamen.

Het staarde haar nog steeds aan.

Nog steeds pleitend met haar, in stilte.

Ze liet haar ogen vallen terwijl ze Ben volgde naar het midden van de kamer.

Ben begon met de computermuis te rommelen toen hij het station bereikte, maar op het moment dat Eliza de tafel naderde, gingen de deuren aan de achterkant van de kamer open.

Een stem riep naar hen, zwaar geaccentueerd maar in het Engels.

"En *wie* mag jij dan wel zijn?"

CHAPTER 52

BEN

DE STEM DEED BEN SCHRIKKEN, maar hij draaide zich om met het geweer in de aanslag, zijn vinger klaar, een klein beetje druk was voldoende om een stuk lood in de nieuwkomer te jagen.

"Wacht!" schreeuwde Eliza, die zich met een lichte hapering naar Bens zijde spoedde voordat hij het schot kon nemen.

De man voor Ben was ongewapend, zijn handen boven zijn hoofd geheven.

"Ja," zei hij, nog steeds vooruit lopend, "wacht alstublieft. Ik - ik wilde geen problemen veroorzaken."

Ben fronste zijn wenkbrauwen, maar hij hield het wapen gericht. "Stop met bewegen. Nu."

De man deed wat hem gezegd werd.

"Ken je hem?" vroeg Ben aan Eliza. Hij zag haar vanuit zijn ooghoek. Ze knikte.

"Het is Dr. Canavero," zei Eliza. "Hoofd wetenschapper en chirurg hier."

De man trok een wenkbrauw op en hield zijn hoofd achterover, alsof hij volledig negeerde dat er een aanvalsgeweer op zijn borst was gericht. "Lucio Canavero," zei hij. "Leuk - denk ik - je te ontmoeten."

Ben was niet geamuseerd door het gebrek aan bezorgdheid van deze man. "Dat is het echt niet," zei Ben. "Wat voor verdraaid plan voeren jullie hier uit?"

"Verdraaide... onzin. Dit is een eersteklas onderzoeksfaciliteit. Toegewijd aan het bevorderen van de biologische wetenschappen en het overbruggen van de kloof tussen..."

"Bespaar me je marketingpraatjes," snauwde Ben. "We zijn geen investeerders."

"Oh," zei Dr. Canavero. "Ik ben me er terdege van bewust. We hebben geen behoefte aan meer investeringen - alleen tijd. En de terugkeer van onze activa. Ik neem aan dat u daarvoor ook *niet* hier bent?"

"Heb je het over die reusachtige zilverrug die daar losloopt?"

Hierop leek Dr. Canavero zichtbaar beduusd. "Ah, ja. Natuurlijk. Dat is alles wat het lijkt te zijn voor de toevallige waarnemer."

Hij draaide zich om en keek naar de rijen kooien langs de muur. Ben keek naar Eliza, en ze schudde langzaam haar hoofd. Dood *hem niet,* misschien. *Nog niet.*

Hij wilde *niemand* doden als het niet absoluut nodig was, maar ze hadden nog steeds de informatie van de harde schijven nodig. Hij wierp een blik op het computerscherm. Het was opgestart naar het bureaublad, geen inloggegevens nodig.

"Mag ik u laten zien waar we aan werken?" vroeg Dr. Canavero, zijn stem daalde naar een lager register, bijna kalmerend. "Het is werkelijk opmerkelijk."

"Het is *walgelijk*," zei Eliza. "Daarom ben ik gestopt."

Canavero bestudeerde haar een ogenblik en knikte toen snel. "Ja, ja. Eliza - Lindberg?"

"Earnhardt."

"Juist. Ik wist dat het een van die dode piloten was of de andere. Nou - welkom terug, ongeacht je gevoelens over deze plek. Ik ben bang dat de rondleiding kort zal moeten zijn; we zijn op dit moment ernstig onderbemand."

Ben wachtte op Eliza om te beslissen. Ze hadden informatie nodig - dat was hun missie. Als er iets was wat deze wetenschapper kon leveren, zou hij hen er rechtstreeks naartoe kunnen leiden. En hij leek ongevaarlijk te zijn. Zeker ongewapend.

Ben woog de opties af. Er waren mogelijk meer bewakers in het gebouw, en Canavero had gezegd dat ze momenteel met minder personeel werkten dan gewoonlijk, wat betekende dat er elk moment iemand kon terugkomen om hen te overrompelen.

"Je hebt tien minuten," zei Eliza. "Een seconde langer en je bent dood. Eén vreemde blik of je drukt op een alarmknop en je bent..."

"Dood, ja, ik heb de boodschap gekregen, schat."

Ze grijnsde naar hem.

"Alstublieft, sta me toe uit te leggen waar we hier aan werken. U zult misschien niet van gedachten veranderen, maar u weet in ieder geval dat we alles in het werk stellen om ervoor te zorgen dat onze werkfaciliteiten de meest humane ter wereld zijn."

"Dat verandert niets aan het feit dat ik je een chimpansee zijn hoofd zag afsnijden," zei Ben. "En het dan op een andere naaide."

Canavero leek even in de war te zijn. "Juist, ja. Onderwerp 19. Apollo. En hoe, als ik vragen mag, heb je toegang gekregen tot Apollo's experiment?"

Geen van beiden reageerde.

"Prima. Nou ja, in ieder geval, we zijn ver voorbij dat onderzoek. De proeven waren - kort nadat Onderwerp 19 was geëuthanaseerd, waren we in staat om een succesvolle operatie uit te voeren, en daarna nog drie. Het volstaat te zeggen, we zullen nog enige tijd wachten op klinische proeven en peer review, maar ik geloof sterk dat we het gekraakt hebben. "

Hij draaide zich om en begon in de richting van Ben en Eliza te lopen. Ben verstevigde zijn greep op het geweer. Maar toen hij dichterbij kwam, zag Ben de man uitwijken naar links, dichter bij de kooien.

Toen hij dat deed, kropen de chimpansees die het dichtst bij hem waren terug in hun leefruimte en drukten zich dicht tegen de achterwand.

"Hierheen," zei de dokter. "De luchtsluis. Daarachter is de hoofdoperatiekamer. U zult onder de indruk zijn. Er zijn geen chirurgische suites zoals deze in de wereld.

Ben staarde hem aan. "Zie ik eruit als een chirurg?"

"Nee, natuurlijk niet. Vergeet het maar. Ik kan zien dat je niet snel warm zult lopen voor onze kennismaking."

Ben volgde de man terug naar de luchtsluis, Eliza dicht aan zijn zijde. Hij merkte dat ze nu ook haar wapen dicht tegen haar lichaam hield, met de punt naar beneden gericht. Hij glimlachte, blij te zien dat ze had geluisterd naar iets wat hij haar had geleerd.

Toen Canavero de luchtsluis bereikte, drukte hij op een knop bij de muur, en een kleine rechthoekige deur schoof open om een klein toetsenbord te onthullen. Hij trok zijn schouders omlaag en bedekte het toetsenbord uit het zicht, en een paar seconden later begonnen de deuren te sissen en open te schuiven.

Ben en Eliza stonden zwijgend te wachten toen Canavero binnenkwam en hen uitzwaaide.

Hij herhaalde het proces voor de binnendeur, en ook die viel open, waardoor een grote, stralend witte, helder verlichte kamer tevoorschijn kwam, ongeveer half zo groot als die waar ze zojuist uit waren gekomen.

"Dit," zei Dr. Canavero, duidelijk trots op deze plek, "is mijn trots en vreugde. Een ultramoderne chirurgische *afdeling*, alle tafels in de open lucht en met gedeelde ruimte om mijn team de snelste en meest efficiënte operatie-omstandigheden te bieden.

Ben keek om zich heen. Er stonden vier tafels met lampen erboven in het midden van de kamer, maar er stonden er nog veel meer aan de randen van de kamer, vol met apparatuur en chirurgische instrumenten. Drie wasbakken en droogstations stonden verspreid, elk één tegen de linker-, rechter- en middenmuur, en kasten met doorzichtige glazen deuren hingen aan de muren.

Canavero liep naar de tweede tafel, en Ben kon zien dat er een lijk op de tafel lag. Het duurde even voor zijn ogen gewend waren aan het licht en het helderwitte laken dat het lichaam bedekte. Buizen en instrumenten waren aan de vorm op de tafel gehaakt, allemaal om de onderliggende vorm te maken.

Hij voelde Eliza's hand in zijn arm graven.

Canavero stopte bij de tafel, zijn handen reikten langzaam naar beneden en rustten aan weerszijden van het hoofd van het lichaam.

"En dit, mijn vrienden, wordt het hoogtepunt van mijn carrière. Waar dit allemaal voor is geweest. De wereld zal ons terugbetalen met hun respect en dankbaarheid."

"Wat - wat is het in godsnaam?" vroeg Ben, die de waarheid niet wilde weten.

Canavero keek naar hem op, een flits van dreiging in zijn ogen. Puur kwaad, kokend net onder de oppervlakte. "Oh, *dit* - dit is gewoon het *voertuig* voor ons succes. Helemaal niets ongewoons. Ik zal alles uitleggen. Vertrouw me."

Hij trok het witte laken terug terwijl Ben en Eliza naar de tafel liepen, niet in staat zichzelf tegen te houden. Ben zag een kleine vorm, een mens. Ontbloot vanaf de borsten omhoog. Een vrouw. Haar gezicht was bleekwit, leeg en onbeweeglijk. Haar lippen leken bloedrood tegen het koude, bleke vlees eromheen.

Haar ogen waren gesloten.

"Dit, mijn vrienden," ging Canavero verder, de vingers van zijn beide handen streelden nu haar wangen. "Is Onderwerp 117. Haar naam is Alina."

HEEL WEINIG KEREN IN BENS LEVEN HAD HIJ EEN ANDER MENS MET VOORBEDACHTEN RADE GEDOOD. Weinig keren had hij de dodelijke daad uitgevoerd, en ervoor gekozen om elke mogelijkheid van rechtvaardiging te laten varen en in plaats daarvan te handelen op zijn instinct.

Heel weinig keren had hij het kwaad in de ogen gekeken en het herkend.

Zeer zelden had Ben een andere man in de ogen gekeken en zonder verder overleg besloten dat ze door zijn hand zouden sterven.

En toch, dat was precies wat Ben had besloten.

Alina, de jonge vrouw van middelbare leeftijd uit het nabijgelegen Grindelwald, lag op de operatietafel voor hen, de zieke dokter streelde haar gezicht en hals terwijl hij sprak. Ben beefde, zijn woede was maar half verborgen achter zijn relatief kalme uiterlijk.

Hij kon het niet verdragen om naar Eliza te kijken. Zo had ze zich gevoeld toen ze de chimpansees in de andere kamer voor het eerst zag. Dit was hoe ze zich *daarvoor* had gevoeld, voordat ze ooit de CSO's diensten had ingeschakeld. Ze had het al die tijd geweten.

Dit was het soort bedrijf dat ze had verlaten, en het soort bedrijf dat ze had proberen neer te halen. Haar man was er zelfs voor gestorven.

Het soort bedrijf dat een onschuldige vrouw ontvoert uit een slaperig toeristisch stadje, en dan verdraaide experimenten op haar uitvoert.

Voor niets meer dan het najagen van het verlangen van deze man naar roem.

Ben zou hem vermoorden. Hoe dan ook - hij zou zichzelf zolang in bedwang houden als nodig was om de informatie uit hem te krijgen, maar dan...

"Ze is gezond," zei Dr. Canavero. "Heel gezond. Daar hebben we voor gezorgd. Ze ziet er misschien niet zo uit, maar dat komt alleen door de oplossing die we door haar heen hebben laten lopen."

"Saline," fluisterde Eliza.

"Inderdaad," zei Canavero. "Bij lage temperaturen maakt de oplossing die we gebruiken de wervelkolom volledig inert, en door het te combineren met polyethyleenglycol kunnen we het onderwerp weer tot leven wekken, zo je wilt."

"Na het afhakken van hun hoofd?" vroeg Ben.

Canavero leek geschokt. "Oh, mijn vriend, natuurlijk niet. *Het* hoofd afhakken? Hoe barbaars. De experimenten met de eerste proefpersonen waren van een soort heraanhechting, zeker. Maar *dit* - dit is het ultieme resultaat. De laatste test van al mijn werk hier."

Ben wist niet zeker of hij zich opgelucht voelde of niet.

"De eerste overdracht - TR-1, zoals we het noemden - was een soort fase één. Een echte hominide hybride, van zoogdier op zoogdier. TR-2, hetzelfde, zij het de andere kant op, zo u wilt. U weet al van die proef, natuurlijk."

Ben wist niet zeker waar hij het precies over had, maar het was goede informatie. Misschien konden hij en Eliza het samen doornemen na dit alles.

Nadat ze Alina vrijlieten en maakten dat ze wegkwamen.

"Eindelijk," ging Dr. Canavero verder, "waren we klaar voor TR-3. Het ultieme doel. Het doel van Mr. Tennyson's hele divisie."

"Zit Tennyson hier achter?" Vroeg Eliza. "Ik dacht dat hij in de tachtig was? Klaar voor zijn pensioen?"

"Inderdaad," zei Canavero. "Ik heb het over zijn *kleinzoon*. Lars Tennyson."

Eliza knikte. Als ze iets wist, liet ze dat niet merken. Hij merkte dat ze het geweer aan haar zijde had laten vallen en het weer met één hand vasthield. De zijne lag nog steeds klaar, zijn greep strak, maar hij hield het gericht onder het bed en opzij.

Canavero stapte weg van Alina's hoofd en ging terug in de richting van de luchtsluisdeur.

Ben wilde net naar hem roepen toen Eliza zijn arm vastpakte. "Ben," fluisterde ze. "We *moeten* haar hier weghalen."

Hij knikte. "Daar ben ik het mee eens. Maar dat kunnen we niet, toch? De zoutoplossing?"

Ze antwoordde eerst niet. "Ik weet het niet. Misschien. Ik moet er over nadenken."

Canavero was bijna bij de deur. "Waar ga je heen?" vroeg Ben, hem achterna roepend. Hij bracht zijn geweer omhoog en richtte het op de rug van de man.

Canavero antwoordde niet. In plaats daarvan drukte hij op een grote rode knop bij de luchtsluis, en de deur begon *zich te sluiten.*

Ben vuurde. De drie kogels dansten naar buiten, wild, één smakte tegen de muur en een andere vonkte toen het tegen een metalen tafelpoot botste. De derde raakte het glas vlak naast waar Dr. Canavero naar binnen was gegaan. Het maakte een kleine pockmark in het glas, maar verder richtte het geen schade aan.

De deur ging nog steeds dicht, en Ben vuurde opnieuw toen hij naar de luchtsluis rende. Alle drie de kogels raakten het glas, maar geen ging er doorheen.

Shit.

Canavero glimlachte naar Ben vanuit de luchtsluis. Hij reikte naar de muur en drukte op een kleine knop van een intercom apparaat. Ben hoorde zijn woorden door een luidsprekersysteem in de kamer.

"We hebben niet veel tijd gehad om elkaar te leren kennen, mijn vriend. Maar zoals je nu vast wel weet, is mevrouw Earnhardt niet het soort persoon waar je bij in de buurt wilt zijn als je uit de problemen wilt blijven."

Zijn glimlach werd groter, en zijn ogen vernauwden zich.

"Vraag maar aan haar man."

Ben schoot naar voren en sloeg met zijn rechtervuist tegen het glas. De hele luchtsluis trilde, maar de enige schade was aan zijn hand. Het voelde alsof hij tegen een betonnen muur had geslagen, maar hij dacht niet dat er botten waren gebroken.

Ben brulde, half van pijn en de rest pure woede. Hij stapte opzij en drukte op de rode knop, maar er gebeurde niets.

Canavero staarde naar hem vanuit de luchtsluis. Hij had ze op een of andere manier opgesloten in deze kamer.

"Ik ga je *vermoorden,* klootzak. Doe de deur open."

"*Onze vaardigheden zijn niet identiek, vriend,*" zei de dokter. "*Dat is het belangrijkste dat me zo succesvol heeft gehouden door de jaren heen. Het zou geen eerlijk gevecht zijn, of wel? Waarom zou ik me verlagen tot het niveau van fysiek geweld als ik wist dat je zou winnen? Ik win liever op mijn manier.*"

Ben snoof, wreef over zijn hand terwijl hij zijn ogen op Canavero gericht hield. "En welke kant is dat op?"

Canavero antwoordde niet. In plaats daarvan draaide hij aan de muur in de luchtsluis en draaide aan een knop. Hij typte een commando in een terminal eronder en drukte toen op een toets.

Ben hoorde het geluid van enorme luchtkanalen die ergens boven opengingen, voelde de koele sensatie van airconditioning in zijn nek.

"Wat ben je aan het doen?"

"*Alina heeft een paar dagen zoutoplossing door haar lichaam laten stromen, ter voorbereiding op de operatie. Ik had gehoopt jullie beiden in het experiment voor TR-3 te kunnen betrekken, omdat het een perfecte mens-op-mens transplantatie zou zijn. Maar ik ben bang dat we geen tijd meer hebben. Ik moet verslag uitbrengen aan Tennyson - hij kan elk moment terugkomen op kantoor.*"

Ben keek vol afschuw toe hoe Canavero de achterste luchtsluisdeur opende die uit de operatiekamer leidde en door de deur stapte. Hij herhaalde het proces van het intypen van een code op het toetsenbord en stapte toen terug voor het glas.

Ben zag zijn verduisterde gedaante aan de andere kant van de luchtsluis, in de grotere kamer staan.

Canavero zwaaide, draaide zich toen om en liep weg.

CHAPTER 54

BEN

BEN STOND NAAST DE DEUR. Stil. Wachtend. Wetende dat Canavero niet terug zou komen.

Dit was al die tijd al het plan van de dokter.

Hij realiseerde zich dat Eliza er nu was. Ze stond naast hem, ook stil.

De luchtkanalen bliezen nog steeds gekoelde lucht de kamer in, de ventilatoren zoemden luid. De temperatuur was al een paar graden gedaald, en Ben wist dat het niet snel zou ophouden.

"Het gaat hier kouder worden, is het niet?" vroeg Ben.

Eliza knikte.

"Zoals, *echt koud.*"

Ze knikte opnieuw. "Waarschijnlijk net boven het vriespunt. Die temperatuur is perfect voor wat voor ziek experiment Dr. Canavero ook gepland heeft met dat meisje, maar het zal ook koud genoeg zijn om ons te doden. Het zal even duren, maar..."

"Maar tijd is alles wat hij nu heeft," zei Ben, haar gedachte afmakend. "Hij heeft met succes het probleem opgelost om ons hier te laten rondneuzen, *en hij heeft er* niet eens een vinger voor hoeven uit te steken."

Ben herinnerde zich enkele van Canavero's laatste woorden tegen hem. *Waarom zou ik me verlagen tot het niveau van fysiek geweld als ik wist dat jij zou winnen? Ik win liever op mijn manier.*

En het leek erop dat Canavero zijn zin had gekregen.

Nee.

"Er moet een uitweg zijn," dacht Ben. "Er is altijd een uitweg."

Eliza was bijna in tranen, maar ze hield zich goed. "Nee, Ben. Dit is een luchtsluis. Met de nadruk op *sluis*. Deze faciliteit is geen ziekenhuis. Het is niet *alleen* bedoeld als een medische en chirurgische suite. Het is ook bedoeld om patiënten binnen te houden."

"Het is een gevangenis."

"Kijk naar de kooien daar. Natuurlijk is dat zo. De hele plek kan waarschijnlijk worden afgesloten met een druk op de knop. Een druk op de knop en er kunnen zelfs elektrische stromen zijn die door alles lopen en iedereen binnen bevriezen."

"Is dat mogelijk?" Vroeg Ben.

"Wie weet? Hoe kunnen ze anders levende chimpansees hier houden, ongeremd? Natuurlijk, de behuizingen houden ze binnen, en ze hebben waarschijnlijk verzorgers en veel kalmeringsmiddelen en drugs, maar er is *altijd* een back-up plan met EKG. Ze hebben al het geld van de wereld, dus ze hebben een manier om het allemaal te stoppen in een opwelling."

Ben kauwde even op deze informatie. Hoewel hij niet echt geloofde dat er absoluut *geen uitweg* was uit deze situatie

CHAPTER 55

ELIZA

ELIZA VESTIGDE BENS AANDACHT OP EEN ONOPVALLEND DEURTJE TEGEN EEN MUUR. "BEN, KIJK," zei ze. "Kijk eens of die deur niet op slot is."

Ben liep naar de deur en bewoog snel. Ze voelde hoe de lucht in de kamer bleef dalen, de temperatuur grensde nu aan echt koud. Ze had het de laatste tien minuten al koud gehad terwijl ze rondkeken, en ze had het vreselijke gevoel dat het alleen maar erger zou worden.

Ben naderde de deur en legde zijn hand op de klink. Hij drukte, en de deur klikte op een kier open. Hij keek achterom naar haar en duwde de deur verder open. Hij hield zijn geweer nog steeds in zijn rechterhand, en nu bracht hij het omhoog en stak het door de kier van de deur, wachtend op eventuele aanvallers die zich binnen zouden kunnen hebben verstopt.

Eliza wist dat het hoogst onwaarschijnlijk was dat iemand de hele tijd in deze kamer had gewacht en dat Canavero hen samen met de twee indringers in deze operatiekamer had opgesloten.

Toch had ze de afgelopen dagen veel dingen die ze voor onmogelijk had gehouden, mogelijk zien worden.

"Vreemd," zei Ben. "Het lijkt erop dat iemand hier in zijn slaapkamer is."

Eliza liep erheen en gluurde naar binnen. Natuurlijk zag ze foto's aan de muur, een met hysterisch lachende tekenfilm-hyena's en een ander dat leek op een schilderij van wolken. Er lag zelfs tapijt op de vloer en een kleed dat voor een klein bed was gelegd.

Ze keek de muren rond, Ben's woorden bevestigend, toen haar ogen landden op het bed in het midden van de kamer.

"Oh mijn God," zei Eliza. Ze sloeg haar hand voor haar mond. "Er ligt iemand in het bed, Ben."

Ben liep naar het bed en keek naar beneden. Het was een vrouw - een meisje, misschien - niet ouder dan twintig en mogelijk nog in haar tienerjaren. Ze was klein en leek tenger, alsof ze haar hele leven geen stevige maaltijd had gehad, en bovendien nauwelijks rantsoenen. Haar huid was bleek. Dichterbij komend, kon Eliza blauwachtige aderen zien net onder het oppervlak van haar huid.

"Waar gaat dit in godsnaam over?" Vroeg Ben. "Waarom is zij hier? En waarom is deze kamer..."

"Het is Lars Tennyson," zei Eliza. "Dit heeft iets met hem te maken - dat weet ik zeker. Een persoonlijke connectie, zoals een familielid of..." haar stem stokte.

"Wat is er?" vroeg Ben.

Eliza begon iets vreemds in zich te voelen. Een gevoel dat ze niet van zich af kon schudden, een gevoel van angst dat verder ging dan alles wat ze in de afgelopen vijftien minuten hadden geleerd.

Iets anders dan het fysieke gevoel van diepe kou dat zich rond haar nestelde.

Ze huiverde. "Het is zijn *zus*."

"Lars' zus? Is *ze dat?*" Vroeg Ben. Hij keek omlaag naar het bed.

"Ja. Ik herinner me dat ik las over een ongeluk met de kleindochter van Baden Tennyson, de oprichter en eigenaar van EKG. Ik herinner me de details niet, behalve dat de jonge vrouw vastzat in een coma of zoiets."

Ben knikte. "Ja, ik kan zien hoe dit hetzelfde meisje kan zijn, maar... hoe lang geleden was dat?"

"Ik weet het niet," zei Liza. Ze rilde weer, deze keer niet van de kou. "Jaren, waarschijnlijk."

"En Alina, in de grote kamer ..." Ben maakte de zin niet af.

Eliza ging verder waar hij gebleven was. *"Daar gaat het* allemaal om, Ben. Die 'overdracht' waar Dr. Canavero ons over vertelde. 'Van zoogdier op zoogdier,' zei hij toch? Nadat 'de andere richting' succesvol was? Deze - TR-3 - was waar hij het over had. De *derde* stijl van overdracht."

Ben keek haar aan, met een plechtige blik op zijn gezicht. "Toen we elkaar voor het eerst ontmoetten, vertelde je me dat je bang was dat EKG betrokken zou raken bij iets dat *veel* verder ging dan hoofdtransplantaties bij apen. Je zei..."

"Ja, Ben. Dat is wat ik denk dat hier gebeurt. Waar ik denk dat Lars Tennyson en alle anderen in deze divisie aan hebben gewerkt. Het is niet alleen *hoofd* transplantaties. Het zijn volledige, procedurele hersentransplantaties. Tussen twee zoogdieren...

"Tussen *dat* zoogdier daar en *deze* hier," eindigde Ben. "Een hersentransplantatie tussen *twee mensen*. De 'derde overdracht'.

ZE KNIKTE, terwijl het besef van het moment haar hard trof. Ze liep naar een leunstoel in de hoek van de kamer en ging op de rand ervan zitten, haar kin vasthoudend met haar ellebogen op haar knieën. "Ben, Lars Tennyson probeert de hersenen van zijn jonge zuster te transplanteren in die vrouw daarbuiten. Alina."

Ben ging verder met de brainstorm. "En die zilverrug gorilla die we daar zagen rondrennen - de reden dat hij sommige mensen lijkt te herkennen - de reden dat hij ze *doodde* - is dat het eigenlijk helemaal geen gorilla was, of wel? Of in ieder geval niet *gewoon* een gorilla."

Ze schudde haar hoofd. "Nee, ik denk niet dat het zo was. Ik wist niet dat het mogelijk was, maar dit werk, de dingen waar Canavero mee bezig is - ik wist waar hij toe in staat was. En hij werkt hier al *jaren* aan.

"Ik denk dat die zilverrug de *tweede* fase vertegenwoordigde, of overdracht, of hoe Canavero het ook noemde. De TR-2 van deze proeven. Het was een succesvolle test. Om te zien of een menselijk brein kon bestaan in het lichaam van een ander zoogdier." Ze pauzeerde. "En het lijkt erop dat het kan. Ik bedoel, kun je het je voorstellen? Het is effectief een heel ander schepsel."

"Mijn God," zei Ben. "De ethische en morele vragen alleen al zijn ongelooflijk. *Onoverkomelijk*, waarschijnlijk. Daarom is deze hele operatie hierheen verhuisd en uit het zicht gehouden. Ze konden *niemand* buiten EKG - hel, buiten deze specifieke divisie waarschijnlijk - laten weten wat ze hier aan het doen waren. Zelfs Lars' grootvader heeft waarschijnlijk geen idee van wat er zich achter de schermen afspeelt.

Eliza stond weer op, nu ijsberend. De kilte in de lucht stond op het punt haar adem te doen condenseren en rooklucht te vormen, en ze wilde haar bloed blijven pompen. De temperatuur leek nu sneller te dalen, sinds ze de deur hadden geopend. Ze vroeg zich af of ze door zich in deze kamer op te sluiten de onvermijdelijke temperatuurdaling nog wat langer konden uitstellen, maar ze wist dat het waarschijnlijk zinloos was. De kou zou binnensijpelen en hen uiteindelijk bereiken.

Alina lag op de tafel naast haar, en ze wist nu dat het ding dat het platteland bij Grindelwald terroriseerde geen *aap* was geweest, noch een of ander wreed half-apen, half-mensen experiment.

De terroristen waren altijd al menselijk geweest - het meisje, Alina, was gepakt door bewakers, die waarschijnlijk het *Grayson* logo droegen, maar wel op EKG's loonlijst stonden. Ze hadden haar meegenomen als pion in Dr. Canavero's spel, als gastheer voor zijn laatste, ziekmakende experiment.

Eliza zag het infuus in de arm van het meisje en vroeg zich af of ze dezelfde soort zoutoplossing kreeg als Alina. Iets dat haar bloed voldoende zou laten afkoelen voor de aanstaande operatie.

De dokters en wetenschappers hier moeten dichtbij zijn

geweest toen de gorilla ontsnapte. Canavero had de temperatuur hier niet verlaagd *alleen* om Eliza en Ben te doden - hij had het gedaan omdat hij bijna klaar was om de operatie uit te voeren. Hij wilde waarschijnlijk Lars Tennyson en de rest van zijn team vinden, om ze weer aan boord te krijgen voordat hij begon, maar Eliza had het gevoel dat ze *heel* dicht bij waren om het met succes te kunnen doen.

Dat de gorilla ontsnapte was een meevaller voor Alina, maar de situatie zou de hele ramp nog erger kunnen maken - het zou een PR-nachtmerrie zijn als het publiek erachter kwam, en het zou waarschijnlijk de dood betekenen voor het hele bedrijf, maar dat betekende dat Lars en Canavero hier liever eerder dan later aan het werk zouden willen gaan.

Als de dokter dit voor elkaar kon krijgen met een minimale bezetting, terwijl de bewakers de gorilla naar buiten brachten, had Eliza het gevoel dat hij het zou doen.

"Ben, we moeten haar hier weghalen. Allebei. We moeten..."

"Eliza, dat is onmogelijk. Ze zitten aan een soort infuus, net zoals Canavero zei. We kunnen niet zomaar alles eruit halen wat dit meisje in leven houdt. Ze zal binnen enkele minuten sterven."

"Maar *Alina* is niet in een coma. We kunnen haar misschien wakker krijgen als ik Canavero's rare zoutmengsel ongedaan kan maken."

"Kun je dat doen? Wat heb je nodig om het voor elkaar te krijgen - en hoeveel tijd?"

"Zolang ze het door haar bloedbaan laten circuleren, kunnen we misschien geluk hebben en haar van de voeding afhalen. Het zal even duren voor haar bloed is opgewarmd en er weer normale cellen doorheen worden gepompt, maar ik kan geen volledige transfusie uitvoeren, zelfs al had ik een paar liter vers bloed van haar type. Als dat nodig is, kan ik echt niets voor haar doen. En wat de tijd betreft, ik heb het gevoel dat we meer nodig zullen hebben dan wat we nog hebben."

Ben knikte, ongetwijfeld begrijpend in welke penibele situatie ze zich bevonden. Hij zette een grote stap naar het bed en trok de deken van het meisje af. Ze verroerde zich niet.

Hij gooide het naar Eliza.

"Wat ben je aan het doen? Ze is..."

"Wikkel het om je heen. Als ze in coma ligt en dat spul door haar bloed heeft stromen, heeft ze dit toch niet nodig. Wij hebben warmte harder nodig dan zij, geloof me."

Daarna vloog hij naar de kleine kast en trok aan de deuren, waarvan hij er een naar rechts schoof. Binnen lagen stapels dekens en lakens, waarschijnlijk voor het verplegend personeel om aan te vullen. Hij haalde drie dekens van de bovenste stapel en gooide een tweede naar Eliza. De overige twee wikkelde hij om zich heen.

"Ik was in Antarctica," zei hij. "Het is opmerkelijk hoe koud het menselijk lichaam kan worden en toch leven. Maar dat betekent niet dat het leuk is."

"Ik heb het," zei Eliza.

"Trouwens, zoals je zei, hij hoeft het hier niet ijskoud te hebben. Net koud genoeg om er zeker van te zijn dat de schade die hij tijdens de operatie oploopt te herstellen is. Misschien een graad of dertig. Niets dat we niet kunnen overleven met een beetje hulp."

"Oké," zei ze, terwijl ze de dekens om haar schouders gooide en er in rilde. Ze begon het al warmer te krijgen. Haar lichaamswarmte zou circuleren in de wikkels die ze nu omhad, maar het zou hen niet eeuwig beschermen. Ze hadden nog steeds een plan nodig. "Wat gaan we nu doen?"

Ben bewoog naar de deur. "Tijd om te kijken of je dat meisje daar wakker kunt krijgen en zelf kunt bewegen. Als we haar tenminste kunnen laten functioneren, is er een kans dat we haar naar het ziekenhuis in Grindelwald kunnen brengen."

"Goed," zei Eliza, terwijl ze zich naar de deur begaf. "Wat ga je doen?"

Ben keek langs haar heen, naar de computerbanken. "Ik ga kijken of ik om hulp kan bellen."

CHAPTER 57

BEN

IN DEZE TIJD, waar er een computer was, was er een internetverbinding.

Tenminste, dat hoopte Ben. Hij was verre van een computer-expert, maar hij kon zijn weg vinden in een computer als het nodig was. En dat had hij nu dringend nodig. Hun telefoons waren al uren dood, en terwijl hij deze tijd kon besteden aan het zoeken naar een telefoonoplader in de operatiekamer, had hij het gevoel dat EKG wel iets zou hebben om inkomende en uitgaande gsm-signalen te blokkeren.

Ben schoof aan bij een van de werkplekken aan een tafel in de buurt van Eliza en de jonge vrouw op de tafel voor haar. Hij sloeg de dekens strakker om zijn lichaam, wetend dat zijn oren over een paar minuten het koudst zouden gaan aanvoelen, maar ook wetend dat er nog een grote stapel dekens en dekbedden in de kast in de andere kamer lag als ze die nodig hadden.

Hij schudde met de muis, en maakte de computer wakker, net zoals hij eerder had gedaan. Tot nu toe, geen wachtwoord vragen.

Hij was thuis in Alaska gewend aan zijn Mac, maar Julie was een PC-gebruiker, dus had ze hem een jaar geleden een korte spoedcursus gegeven over hoe alles werkte op een Windows-gebaseerde machine, wat eigenlijk een slecht verborgen poging was geweest om hem voor de gek te houden.

Hij glimlachte bijna bij de gedachte eraan. Hij zag zichzelf altijd al een beetje als een aap als het op computers aankwam. Nu, na gezien te hebben wat ze hier bij EKG gezien hadden, zou hij die analogie moeten aanpassen. Sommige van deze apen waren waarschijnlijk *al* beter dan hij met een computer.

Zijn ogen dwaalden rond op het bureaublad. Als het nodig was, kon hij het Startmenu openen en een browser vinden, maar gewoonlijk stonden er ook links voor dat soort dingen op het bureaublad. Hij zag eerst niets, maar er was één icoon in het bijzonder dat er voor hem uitsprong.

Hij onderzocht het even, probeerde te begrijpen wat het betekende. Na een paar seconden richtte hij zijn aandacht weer op het vinden van de browser. Na nog een paar seconden deed hij dat en dubbelklikte op het pictogram om een webclient te openen.

Kom op. Maak verbinding, alsjeblieft, dacht hij. Hij zag de veelkleurige wereldbol draaien terwijl de pagina in de wachtrij stond.

Eindelijk verscheen er een zoekvak op het scherm.

"Ja," mompelde hij. Hij klikte in de URL balk bovenin het scherm en begon een adres in te typen. Hij hoopte Julie te kunnen bereiken via een web-gebaseerde messaging client, of, in het ergste geval, via e-mail. Hij hoopte dat ze nu achter een computer zat.

Hij drukte op de Return toets op het toetsenbord en wachtte.

Vrijwel onmiddellijk verscheen er een dialoogvenster. *ERROR 403: Verboden. U hebt geen toegang tot externe websites.*

"Verdomme," fluisterde hij.

"Hoe gaat het daar?" vroeg Eliza.

Ben schudde zijn hoofd. "Niet goed. Ze hebben het netwerk vergrendeld. Tenzij je weet hoe je rare router dingen moet doen, zijn we de pineut."

"Sorry," zei ze. "Zeker niet mijn specialiteit."

"Ja, dat dacht ik al." Hij wist dat Julie de beveiliging in een minuut of twee had kunnen omzeilen, en het was ironisch dat zij juist degene was die hij probeerde te begroeten. *Ik ga nooit meer ergens heen zonder jou, Jules.* Hij zuchtte en keek op naar Eliza, die over het meisje op de tafel gebogen zat. "En jij?"

Ze trok een bezorgd gezicht. "Moeilijk te zeggen zonder wat controle-instrumenten. Ik ben er bijna zeker van dat ze in orde is om te bewegen - er gaan geen druppels in haar die kritiek lijken te zijn, en ze is niet aan een beademingsapparaat of een soort onderhoudsmachine. Maar ik kan het mis hebben."

"Wat is je gevoel?" vroeg Ben.

"Mijn gevoel zegt dat ik haar van die infuuslijn moet halen en kijken wat er gebeurt. Als het faalt, kan ik het op tijd weer vastmaken om haar in leven te houden.

Ben stond op het punt zijn zegen te geven toen Eliza het buisje van de achterkant van de ingebrachte naald afknalde. Een beetje heldere vloeistof spatte over haar hand en de tafel, maar ze liet het opzij vallen.

Ze wachtten twintig seconden. Er gebeurde niets.

"Dat is... goed nieuws?"

"Ik geloof het wel," zei Eliza. "Misschien is het de kou hier die haar in stase houdt, maar ik denk dat we haar veilig kunnen verplaatsen als ze niet uit zichzelf bijkomt. Toch moeten we haar meteen medische verzorging geven."

"Nou, ik weet niet zeker of we daar iets van beschikbaar hebben. Hoe lang kunnen we wachten?"

"Als we nu gaan, kunnen we naar het plaatselijke ziekenhuis. Maar we moeten een voertuig vinden. We kunnen haar onmogelijk de hele..."

"Dan is dat de missie."

"Ben, we -"

"We moeten haar leven redden, Eliza," zei Ben. Zijn stem was kalm, maar hij hoorde dat zijn woorden begonnen te klinken. Hij was gestrest, klaar om klaar te zijn. *Hou het bij elkaar, man. Je bent bijna uit het onkruid.* "We moeten haar professionele hulp geven. Als er iets is wat we kunnen redden, dan is zij het wel."

"Er is *veel* dat we kunnen redden, Ben," snauwde ze terug. "Dit alles - de experimenten, Canavero, dat *comateuze meisje* daar, de chimpansees - *alles* hier moet deel uitmaken van onze zaak."

Ben schudde zijn hoofd. "Het is nu triage. We moeten beslissen wat we meenemen en wat we achterlaten. We kunnen nog steeds een paar van de harde schijven inpakken met onze spullen, maar dit meisje zal sterven zonder onze hulp. Dat meisje in de andere kamer, Tennyson's zus, *ze redt het wel* zonder ons. Hell, ze is al *jaren* goed zonder ons. En we weten dat Tennyson haar niets zal laten overkomen."

Zelfs toen hij de woorden zei, vond hij ze vreemd. *Tennyson zal haar niets laten overkomen.* Het was de jongere zus van de man, een vrouw die hij veel langer in leven had gehouden dan de meeste mensen zouden doen.

Hij wist met één blik rond deze plek dat Tennyson gestoord moest zijn, maar hij had de omvang ervan tot nu toe niet begrepen. Ben overwoog de invalshoeken, de opties, waar Tennyson waarschijnlijk mee geconfronteerd werd. Hij had de divisie gesloten om zijn eigen reputatie te beschermen, maar nog belangrijker, omdat het de enige manier was om zijn zus in leven te houden.

De man *moest* vooruit blijven gaan. Hij *moest* zijn zus hier houden, verzorgd door Canavero en een minimale bemanning van het personeel. Hij *moest* het gebied ontdoen van het ontsnapte experiment, of het zou allemaal instorten.

"Ben," zei Eliza. "Waar denk je aan? Wat onze beslissing ook is, we moeten *nu* handelen, voordat..."

Voordat ze haar zin kon afmaken, gleed de buitendeur van de luchtsluis open. Het geluid was gedempt in de binnenkamer, maar Ben en Eliza hadden het allebei gehoord.

Ben greep zijn geweer en bracht het naar zijn gezicht. Hij tuurde door het vizier en richtte het in de richting van de nog steeds gesloten binnendeur. *Als die open zou gaan...*

Hij was bereid het schot te nemen, om zichzelf te beschermen.

Ben kneep zijn ogen dicht en probeerde een beter zicht te krijgen op de figuren die de luchtsluis waren binnengekomen.

Canavero. Twee vormeloze vormen. Waarschijnlijk meer bewakers. Elk hield een wapen vast in de vorm van de kleine subcompacts die ze beneden hadden gezien.

En naast Canavero, steunend op een wandelstok, stond een man die Ben bijna niet herkende.

Bebloed, gebogen, en hem aankijkend met één oog, het andere dichtgeknepen. Hij droeg een blik van pure dreiging, de woede en minachting gierden door hem heen met een energie die Ben door het glas heen kon voelen.

Het was de man die bij Elias was geweest, in de weide. Eén van de drie mannen die de gorilla aan de kant had geslagen alsof het niets was. Deze man had in het veld gelegen, met zijn gezicht naar beneden, toen Ben met Elias Ziegler had gesproken.

Ben wist onmiddellijk wie het was, maar het was Eliza die als eerste zijn naam uitsprak.

"Lars Tennyson," zei ze, zacht.

CHAPTER 58

LARS

Lars Tennyson voelde zijn neusvleugels opwellen toen hij door het glas keek naar de twee figuren die in het lab stonden. In *zijn lab*. Hij balde en ontklemde zijn vrije vuist, voorzichtig om de andere stevig op het gladde, afgeronde deel van de stok te houden.

Hij had een stok nodig om te lopen, zijn rechterbeen was gekneusd en bijna gebroken door het beest buiten. Het bleek dat zijn replicakantoor een wandelstok had die zijn grootvader lang geleden na een operatie had gebruikt. De oude man had hem niet meer nodig en Lars had hem jaren geleden als cadeau gevraagd, voordat hij zelfs maar overwoog een exacte kopie van het kantoor van de man te bouwen.

Nadat hij in het gebouw was teruggekeerd en toegang had gekregen, was hij naar zijn kantoor aan de achterkant gemarcheerd, door wat de overblijfselen leken te zijn van een kort handgemeen en vuurgevecht. Stukken plafondtegels waren gevallen rond een bult op de vloer, die uiteindelijk een van Lars' beveiligingsteams bleek te zijn, een vrouw van wie hij de naam nooit had onthouden en die hij nauwelijks herkende.

Hij onderzocht het gebied snel, op zoek naar meer bedreigingen, maar vond in plaats daarvan een tweede bewaker die tegen een muur leunde, een hand die zijn achterhoofd vasthield. Deze man - Darren, of Darrel, hij wist niet zeker welke - herkende hij als een van de mannen die patrouilleerden tijdens de nachtdienst, wanneer Lars het meeste van zijn werk deed. De bewaker had hem ingelicht over het gevecht en hem verteld dat een man en een vrouw - dezelfde man en vrouw die Lars op EKG's terrein had gezien toen ze probeerden binnen te komen - hen hadden overvallen en de vrouw hadden gedood.

Lars gaf niets om de dood of de gezondheid van deze man, alleen dat deze twee indringers nog in zijn gebouw waren. De bewaker leek te denken dat ze naar boven waren gegaan, maar hij was niet zeker geweest. Zonder nog meer vragen te stellen, ging Lars naar boven.

Hij ontmoette Canavero in het trappenhuis.

De vriendelijke dokter had aangeboden Lars de trap op te helpen naar de gang, waar ze even halt hielden zodat Canavero hem kon inlichten over de details van wat er was gebeurd.

Canavero had de indringers blijkbaar opgesloten in het chirurgisch lab aan de achterkant van de insluitingskamer.

Met zijn zus nog binnen.

Lars was woedend, maar hij had nog niet besloten waar hij zijn woede op zou richten. Op Canavero, de briljante wetenschapper die op idiote wijze Lars' kostbare bezit in de handen van deze twee indringers had achtergelaten? Of de indringers zelf, die op een of andere halfbakken missie waren om alles waar hij ooit aan had gewerkt tot stilstand te brengen?

Hij was niet zeker.

Maar er was tijd om straffen uit te delen. Eerst moest hij *de controle terug* krijgen.

Na Dietrichs bloedige dood in het veld, nadat Lars was weggerend van de enorme zilverrug - Jonas, hadden ze hem in het lab genoemd, voor de overdrachtsoperatie - had Lars in het bos gewacht, uit het zicht.

Hij had toegekeken hoe de gorilla de enige persoon op aarde die om Lars leek te geven uit elkaar had gerukt. Het deed pijn om te kijken, maar Lars had al zijn overgebleven kracht en moed verzameld om tot het gruwelijke einde toe te kijken zonder de aandacht op zichzelf te vestigen. Hij wist dat hij later kon rouwen - er was nog werk aan de winkel.

Dietrich was dood. De jager was dood - de nieuwkomer, een van de indringers, was naar hem toe gelopen en had een praatje gemaakt voordat de man omkwam - en nu was Lars alleen. De gorilla, Jonas, leefde nog maar nauwelijks, had talrijke kritieke wonden opgelopen, maar hij had zich naar de omheining rond EKG's gebouw getrokken.

Lars had drie kogels door het hoofd van de gorilla geschoten en daarna op zijn polsslag gecontroleerd om er zeker van te zijn dat het werk eindelijk gedaan was.

De kosten waren hoog, maar Lars had zich nooit zorgen gemaakt over de kosten.

Nu hij in zijn luchtsluis stond, in zijn laboratorium keek en de indringers naar hem zag staren, begon hij de behoefte te voelen om wat van zijn woede op een productieve manier te uiten.

"Open de deur," zei hij zachtjes.

Een van zijn bewakers bij de deur leek geschokt. "Maar meneer, die man daar is gewapend. Aanvalsgeweer, direct gericht op..."

Doe de deur open!" schreeuwde Lars. Hij voelde het speeksel in zijn mondhoek wegvliegen en op de grond terechtkomen. Hij grijnsde naar de bewaker, en zag Canavero's ogen op hem gericht, vol verbazing.

"Mr. Tennyson, het zou waarschijnlijk het beste zijn om eerst met hen te praten. We kunnen een gevoel krijgen over waar we hier mee te maken hebben, en hoe we het beste -"

Lars stond in een oogwenk aan Canavero's zijde. Hij hief zijn open handpalm op en bracht die zo hard als hij kon in het rond en zwaaide hem rechtstreeks naar het hoofd van Canavero.

De klap galmde door de kleine luchtsluis, maar de zucht van Dr. Canavero was bijna net zo luid.

"Ik. Zal niet. Mezelf herhalen. Niet langer." Lars sprak met ingehouden adem, zijn woorden verstikt door de woede. De andere drie mannen in de kamer knikten mee, de man het dichtst bij de deur drukte op de knop binnen.

De deur begon open te schuiven, en onmiddellijk barstte het geweervuur los in de kleine ruimte. De bewaker viel op de grond, op slag dood.

Canavero viel ook en bedekte zijn hoofd. De tweede bewaker boog zich voorover en begon de dokter weg te trekken van de steeds groter wordende opening in de open deur.

"Nee, jij idioot!" schreeuwde Lars. "Met mij mee!" Hij rukte de arm van de bewaker naar achteren en de man stond weer op en strompelde naar Lars toe.

Lars wachtte tot de gewapende bewaker stabiel was, toen duwde hij hem naar voren. "Ga! Schiet hem neer!"

De bewaker gehoorzaamde onmiddellijk en liet Canavero in de luchtsluis wegduiken toen hij voorbij snelde. Lars volgde achter de man, voorzichtig om zijn massa vooraan te houden en hem te beschermen.

Er was een korte uitwisseling van schoten en Lars zag, terwijl hij zijn hoofd bedekte, dat de indringer terugviel, nu uit het zicht achter een van de tafels die hij ter bescherming had neergezet. De roodharige vrouw met wie hij samen was, stond nog steeds aan zijn zijde, haar handen hoog boven haar hoofd.

"Stop, stop," zei Lars. "Genoeg. Oké, genoeg."

Hij was uitzinnig, en hij hield niet van dat gevoel. Hij dwong zichzelf te kalmeren. Hij ademde langzaam en kroop naar voren, zijn vrije hand nu op de rug van de bewaker, hem een duwtje gevend. De bewaker stapte stotterend op de neergeslagen indringer af, maar Lars wierp zijn ogen heen en weer tussen de man en de vrouw.

De roodharige vrouw stond bij een operatietafel en daarop zag Lars de jonge vrouw die ze hadden ontvoerd uit het nabijgelegen stadje Grindelwald. Zijn team had gerapporteerd dat het kleine dorp in rep en roer was over haar verdwijning. Blijkbaar had men daar niets beters te doen dan zich zorgen te maken over het welzijn van een studente.

Ze weten het nog niet, maar ze zullen ontdekken hoe fout ze zitten. Hij wist dat wat hij hier deed hen op een dag zou kunnen *redden*. Wat ze op het punt stonden te bereiken was iets waar de wereld hen dankbaar voor zou zijn.

De bewaker stopte, ongeveer vijftien voet van de tafel waarachter de man zich verborg, en de vrouw stond.

"Op je knieën," snauwde Lars. De vrouw voldeed. "Jij - naast haar - handen boven je hoofd."

Er was geen reactie.

"Ik zei *leg je handen op je hoofd.* "Lars was nu aan het improviseren en deed wat hij dacht dat goed was. De bewaker leek hem niet te willen tegenspreken en dat gaf hem het vertrouwen om door te gaan. Hij moest de controle over deze situatie terugkrijgen - en behouden.

Wat betekende dat hij deze twee indringers moest doden als ze niet wilden meewerken.

Hij keek naar de bewaker, die nog steeds voor hem stond, en sprak zachtjes. "Dood ze. Nu."

TOEN HET SCHIETEN BEGON, was Ben al in beweging. Hij deinsde achteruit, viel toen half op de kruk achter hem en greep met zijn hand de rand van de tafel vast en trok die omver. De tafel viel achterover, naar Ben toe, de poten staken uit in de richting van de kogels die de kamer in vlogen.

Het was niet sterk genoeg om eeuwig stand te houden tegen het subcompacte machinegeweervuur, maar de kleine, snelle kogels zouden nog steeds moeite hebben om door het staal te komen. Hij dook er achter weg, net toen er nog een salvo losbarstte.

"Eliza, wat ben je aan het doen?" vroeg hij.

Eliza stond vlakbij, nog steeds ongewapend met haar handen boven haar hoofd.

"Eliza, *kom op,*" zei Ben. "Je gaat..."

Voordat hij klaar was, schoot het machinepistool in de handen van de bewaker weer naar buiten, de kogels baanden zich een weg door het staal. Voor nu, hield het.

Eliza sprong op dat moment, landde op haar buik en huppelde

over de vloer tot ze naast Ben stond. Ze trok zich op in een gehurkte positie en verstopte zich achter Bens tafel.

Ben wist hoe dit zou aflopen. Hij had in een soortgelijke situatie gezeten in Antarctica, verschanst in een kamer zonder uitgangen terwijl een leger soldaten op hen afstormden en zich een weg naar binnen baanden.

Ze waren er niet allemaal levend uitgekomen.

Maar deze keer was het anders. Er was een gewapende man, mogelijk nog een, die op hem schoot. Goed getraind, maar geen soldaat. Ben was waarschijnlijk minder getraind maar meer ervaren dan deze ingehuurde beveiliger die op hem schoot.

Dat betekende dat hij een kans had om deze jongen te verslaan als hij het goed speelde.

"Ben, wat gaan we doen?" vroeg Eliza, fluisterend nadat het geweer stopte met vuren.

"Wacht even," zei hij. "Ik ben er mee bezig."

Hij kende de zet - de oprukkende troepen zouden zich een weg naar hem toe banen, hen op hun plaats houdend door zo vaak te vuren als nodig was. Ze zaten vast achter deze tafel totdat hij het begaf of totdat ze aan de zijkant verschenen en hen flankeerden.

Dat betekende dat hij snel moest handelen.

"Hou dit vast," fluisterde hij. Hij gaf zijn geweer aan Eliza, wetende dat zij het hare eerder had neergelegd om voor Alina te zorgen.

"Ik? Wil je dat *ik*..."

"Relax," antwoordde hij. "Je hoeft niet te schieten, *hou* het gewoon vast. Ik probeer..."

Nog een knal van het machinepistool deed Ben schrikken. Hij beet op zijn tanden en trok zijn hoofd omhoog, net boven de lange rand van de tafel. Toen hij de tafel omver had getrokken, had hij ook het hele ding *naar voren geschoven*, waardoor het hele voorwerp vast kwam te zitten onder de nog rechtopstaande tafel ervoor. Op die specifieke tafel stond de computer die Ben had gebruikt.

Eliza's tafel, daarvoor, was degene waar Alina aan zat.

Zijn hoofd was voldoende verborgen achter de computermonitor. De schutter schoot op de zijdelingse tafel zelf, in een poging een kogelgat door het stalen blad te jagen, zodat de computer nog ongedeerd was. Zijn rechterhand kwam ook omhoog, en hij legde die op de muis van de computer terwijl hij werkte.

"Wat ben je aan het doen?" vroeg ze. Hij besefte dat ze met haar rug naar de tafel stond, zodat ze niet kon zien wat er op het scherm boven hen gebeurde.

Ben antwoordde terwijl hij de muis bewoog en klikte. "Ik neem je advies van eerder. Ik gebruik jouw plan."

"*Mijn* plan?" antwoordde ze. "En welk plan is dat?"

De man die tegen hen had geschreeuwd begon weer te schreeuwen. Zijn stem was gespannen en wanhopig, en Ben wist dat ze voorgelogen werden met elk woord dat uit zijn mond kwam. "Luister," zei de man, zijn stem nu veel dichter bij. "Ik wil je echt geen kwaad doen. Ik denk dat we dit op een diplomatieke manier kunnen oplossen."

Toen hij het woord *diplomatiek uitsprak*, begon het pistool weer te vuren en schoot een korte stoot in het blad van de omgekeerde tafel.

Ben hield de muisknop ingedrukt terwijl hij naar Eliza keek. "Herinner je je het plan dat niets dan totale verwarring en chaos zou zijn?"

Haar ogen zijn verwijd. "Maar hoe..."

"Weet je nog dat ik zei: 'Er komt geen grote rode knop die in één keer alle kasten opent?

Haar ogen werden weer groot, en ze knikte. Hij kon niet zien of het een blik van angst of nieuwsgierigheid op haar gezicht was. "Ja, dat herinner ik me. Maar nogmaals, hoe?"

Ben had het vreemde pictogram op het bureaublad van de computer gezien toen hij op zoek was naar een webbrowser, maar het was de reeks woorden onder dat pictogram die zijn aandacht had getrokken. *EKG Schoonmaak- en Onderhoudscontrole.*

Hij had er dubbel op geklikt voordat hij de browser startte, en het was op de achtergrond geladen.

Het bleek precies te zijn waar hij op had gehoopt: een speciaal programma gebouwd door de IT-afdeling van EKG, bedoeld voor het op afstand vergrendelen en ontgrendelen van elke kast op de vloer. Er waren een paar programma's geladen toen hij het opende, een met het label *Weekend: Algemeen*, dat de verzorgers in staat zou stellen om zelfstandig bepaalde omheiningen langs de muren te openen, om de omgevingen en gevangeniscellen van elk van de dieren schoon te maken en te onderhouden.

Maar nu lette hij niet op de lijst met schema's en onderhouds-protocollen die over het scherm rolde.

Hij keek naar iets heel anders dat hem eerder was opgevallen.

Een knipperend, rechthoekig etiket rechtsboven in het venster, met een eenvoudig woord eroverheen gespeld.

Status: Klaar.

En direct daaronder, een ander rechthoekig pictogram met afgeronde hoeken, met de muisaanwijzer erboven. Het had ook een label, en het was deze knop waar Ben op klikte.

UNLOCK ALL.

CHAPTER 60

LARS

LARS TIKTE DE BEWAKER DIE VOOR HEM STOND OP DE SCHOUDER, en de bewaker schoot nog een keer op de tafel. Het tweetal werkte zich een weg rond de tafel, terwijl ze afstand hielden, in de hoop de twee indringers te flankeren en ze vanuit de harde hoek neer te halen.

De bewaker maakte zijn salvo af en begon opnieuw te laden terwijl Lars wachtte tot zijn oren ophielden met suizen. Het gezoem van de reusachtige airconditioning vulde uiteindelijk zijn geest en hij dwong zijn actieve luisteren in de richting van de omgekeerde tafel.

Hij hoorde niets. Misschien een fluistering of twee, maar hij was niet zeker. Had een van de kogels zich een weg gebaand door het stalen tafelblad?

Zo niet, dan was het niet erg. De twee waren nu schietschijven; hun hele strategie naar de hel geschoten. Ze waren vastgepind en hoewel de grote man gewapend was, wist Lars dat hijzelf, de bewaker en Canavero, die nog steeds in de luchtsluis zat te jammeren, korte metten zouden maken met deze mensen en verder zouden gaan met de laatste fase van de proeven.

Lars wierp zijn blik op de tafel rechts van hem. Het was een geluk dat de jonge vrouw die daar lag nog steeds ongeschonden was, ongedeerd van het vuurgevecht dat had plaatsgevonden. Hij had haar nu meer dan ooit nodig, vooral omdat hun tijd opraakte.

De laatste fase, de laatste overdracht, zou aan het eind van de week voltooid moeten zijn. De gezondheid van zijn zuster was om onbekende reden aan het afnemen en Lars was van plan om volgende week rond deze tijd te werken aan haar herstel en rehabilitatie. Haar huid begon te verslechteren, een feit dat hij niet had opgemerkt totdat Dr. Canavero hem erop had gewezen. Het had iets te maken met de tijd dat mensen in een comateuze toestand konden blijven, maar Lars was niet geïnteresseerd in de details.

Hij moest dit project afmaken. Nu.

Hij stond op het punt om nog eens op de schouder van de bewaker te tikken, om de man te bevelen nog eens te vuren.

In plaats daarvan werd zijn aandacht *achter* hem getrokken.

Ergens daarachter, waar Canavero nog steeds zat te wachten tot het gevaar geweken was, hoorde Lars iets.

Eerst dacht hij dat het Canavero zelf was, die opstond en het wapen van de neergeschoten bewaker greep, het in de versnelling klikte en het herlaadde.

Maar hij wierp een blik over zijn schouder en zag dat Canavero *al* in de kamer stond, tegen de verste muur, *al* wachtend. Geen wapen in zijn handen.

Weer een klikkend geluid, gevolgd door nog drie snel achter elkaar.

Wat krijgen we nou?

Lars had niet veel tijd doorgebracht in het hoofdinsluitingslaboratorium of in de operatiekamer van de luchtsluis en had er de voorkeur aan gegeven zijn werk af te maken in zijn kantoor of in de leunstoel in de kamer van zijn zus hiernaast. De meeste interacties met zijn team en wetenschappers waren tijdens zijn wandelingen heen en weer door deze gangen.

Dus hij wist niet zeker of wat hij hoorde een *normaal* geluid was of een geluid dat niet op zijn plaats was. Voor zijn ongetrainde oor, klonk het niet op zijn plaats.

Hij ontmoette Canavero's ogen en realiseerde zich toen pas dat Canavero in nood leek te zijn. Het gezicht van de dokter toonde shock, verwarring. Onzekerheid.

Dat kan niet goed zijn, dacht Lars.

Maar wat is de oorzaak van de -

Nog een paar klikken, en toen drong een tweede soort geluid Lars' geest binnen. Dit geluid was in alle opzichten anders.

Het was *organisch.* Levend.

Nee.

Het was een zacht piepend geluid, toen luider toen het veranderde in een vragend geroep. Toen werd het een meer opgewonden, anticiperend geschreeuw.

Het is niet mogelijk.

Canavero begon naar hem toe te rennen. Lars keek toe hoe de man eerst jogde en toen begon te sprinten. Hij was niet ver weg, maar het leek of de tijd was vertraagd.

En dan, over Canavero's schouder, een schaduw. Gevolgd door een andere.

En nog een.

De schaduwen - in de vorm van een mens, met armen en dikke benen en brede lichamen - dansten over het plafond terwijl het geroep en geschreeuw in volume toenam.

Hij wist toen dat wat hij zag geen verschijning was. Het was geen illusie. Het geluid en de visuele input vlogen zijn hersenen binnen, en hij *wist het*.

De vierendertig chimpansees en vijf gorilla's die ze hier, binnen deze muren, hadden grootgebracht en gekweekt, waren ontsnapt. Jarenlang hadden Lars en zijn team de meest exquise zoogdierproefpersonen gekweekt en de beste dieren uitgekozen om mee te fokken. Het had veel meer geld gekost dan Lars ooit had gedacht, maar uiteindelijk had hij chimpansee- en gorillababy's gekregen, waaronder vijf chimpanseefokmannen en twee gorillaparen.

Een van die gorilla's, Jonas, was na een geslaagde TR-2 proef vorige week ontsnapt door een ongelukkige misrekening met kalmeringsmiddelen. Het beest had niet eens de moeite genomen iets te vernietigen tijdens zijn sprint door de faciliteit, en verkoos snelheid boven vernietiging.

Lars begreep nu waarom - de hybride mens-gorilla test was van plan te ontsnappen en de aandacht op het laboratorium te vestigen.

Waar de jager die ze hadden ingehuurd had gefaald, was Lars geslaagd.

Maar nu, met minstens dertig apen op vrije voeten, wist Lars niet *wat* te doen.

Hij wist dat ze intelligent waren, maar dat het een spectrum was. Chimpansees en gorilla's waren intelligent *in vergelijking met mensen*. Ze zouden hun menselijke neven niet verslaan in een spellingswedstrijd of een debat.

Hij zei tegen zichzelf dat ze hem of Canavero geen kwaad zouden doen. Deze wezens wilden *vrijheid* - een van de lang bestaande grondbeginselen van het dierenrijk, ingebakken in elk levend wezen sinds het begin der tijden. *Vrijheid boven vrije gedachten.* Dat is het begrip waar hij al jaren mee werkt.

Lars was dan ook bijzonder bezorgd toen tenminste tien chimpansees hun aanwezigheid in de operatiekamer leken te erkennen.

Die chimpansees keken naar hen, toen naar elkaar.

Toen begonnen ze naar de luchtsluis te kruipen.

BEN VOELDE ELIZA'S HAND WEER OM ZIJN ARM GRIJPEN. Ze zaten nog steeds gehurkt achter de gekantelde medische tafel, maar het schieten was gestopt. Ben gluurde over de rand van de tafel en schoof voorover om te kijken.

"Ben," zei Eliza. "Wat is dat..."

Zij had het ook gehoord. Het langzame, sputterende begin van de geluiden van jammerende chimpansees. Eerst zachtjes, en dan luider toen meer dieren zich begonnen te roeren.

"Draai je om!" schreeuwde Lars Tennyson. Ben zag hoe de man door de luchtsluis naar achteren staarde, zich op iets concentreerde terwijl hij de arm van de bewaker naast hem vastpakte. Ben keek toe hoe de bewaker zich omdraaide, net toen Lars naar beneden reikte en de walkie-talkie van de heup van de man trok. Hij hield het tegen zijn mond. "Attentie - alle agenten ter plaatse. Meld u onmiddellijk bij het laboratorium op de tweede verdieping. Ik herhaal...

Hij maakte de tweede helft van het bevel niet af. De bewaker kwam in actie en begon op de chimpansees te schieten.

"Nee!" Eliza stond op en ging om de hoek van de tafel staan. Ben trok haar weer naar beneden.

"Stop," zei hij. "Je wordt nog vermoord."

Ze staarde hem aan. "We moeten iets *doen*, Ben. Dat is waarom we hier zijn. Ik ben klaar met ruziën hierover."

Ze stond weer op, en voordat Ben kon reageren, rende ze met volle snelheid achter Lars aan. De bewaker was dichter bij de luchtsluis gekomen en Ben zag dat er drie chimpansees de binnendeuren van de luchtsluis naderden. Ze bewogen zich gestaag en heimelijk, hielden hun lichamen laag en grijnsden naar de mensen in de kamer.

Eliza botste tegen Lars op, en beiden vielen op de grond. Ben stond nu ook, en hij was van de zijkant van de tafel naar de smalle gang tussen de rijen gegaan, waar Lars, Eliza, en de bewaker waren.

Terwijl de bewaker zich klaarmaakte om te schieten op de eerste chimpansee die door de deuren kwam, werden Bens ogen naar zijn linkerzijde getrokken.

Canavero was in beweging, rende snel naar Eliza en Lars. Hij had de afstand gehalveerd, en hij zou er eerder zijn dan Ben, maar Ben had nog steeds zijn aanvalsgeweer.

"Stop!" schreeuwde Ben boven het lawaai uit. De kakofonie was nu uitgegroeid tot een dof gebrul, en Ben kon zien dat er een twintigtal apen rondliepen in de grote hal achter de luchtsluisdeuren. Hij zag ook dat nog een paar bewakers zich verzamelden in het trappenhuis, geschokt en verbaasd over wat er zich in de ruimte afspeelde.

Een van de bewakers leek dezelfde te zijn die Ben in de gang had neergeschoten. Hij wist niet zeker of ze op de apen in de kamer zouden beginnen te schieten, maar zoals later bleek, kregen ze de kans niet.

Vier of vijf apen renden onmiddellijk naar het trappenhuis, overrompelden de drie bewakers en legden hen het zwijgen op voordat zij konden beginnen te schieten.

Ben huiverde bij de brutale vertoning, maar hij voelde niets voor de bewakers. Geen medelijden, geen verdriet.

Canavero stopte en staarde naar Ben. Eliza en Lars lagen over de grond te rollen, maar het was Ben duidelijk dat Lars uiteindelijk de overhand zou krijgen. Hij was een beetje groter, sterker, en leek te weten hoe hij moest vechten. Eliza weerde zijn aanvallen af, maar ze was niet in staat om haar stoten te laten landen.

Hij moest dit stoppen. Hij moest er een eind aan maken, snel.

Maar er werden hier drie oorlogen gevoerd. De chimpansees, de bewakers, Lars en Canavero. Allemaal tegen hem. Allemaal tegen Eliza.

Hij vroeg zich af of de chimpansees even scherpzinnig zouden zijn als de gorilla - of zij in staat zouden zijn hun ontvoerders en beulen te herkennen, en Ben en Eliza vrijuit te laten gaan.

Of dat ze zouden denken dat ze vijandig waren omdat ze de kamer deelden met Tennyson.

Hij stond op het punt het uit te vinden.

"Ga liggen, nu! Op je knieën!" schreeuwde Ben naar Dr. Canavero. De man voldeed. Ben wist dat hij daar niet zou blijven, maar voor het ogenblik kon hij zich tenminste concentreren op Eliza's strijd.

Twee van de chimpansees kwamen voorbij de luchtsluisdeuren net toen Ben Lars en Eliza bereikte. Er was nog een derde binnen, maar de twee die waren verschenen in de chirurgische suite waren verspreid, geflankeerd rond de zijkanten van de bewaker.

Dit gaat niet goed voor hem aflopen, dacht Ben.

De bewaker hield stand, hief langzaam zijn wapen op en richtte het op de chimpansee aan de rechterkant.

Ben ramde de kolf van zijn geweer tegen de achterkant van Lars' hoofd, en de man rolde van Eliza af. Hij was licht gewond maar nog wakker. Hij rolde weg en kwam overeind in een gehurkte positie, wankel.

De bewaker bij de luchtsluis probeerde de apen te misleiden - op het laatste moment zwaaide hij zijn geweer naar de linkerkant en opende snel het vuur. De kogels gonsden uit zijn wapen en zwaaiden in een wijde boog rond naar de plaats waar de chimpansee zich bevond.

Of in ieder geval, *was geweest.*

Die chimpansee had de aanval voorzien en liep op handen en voeten *achter* de bewaker. Met een soepele, berekende beweging duwde de chimpansee zich van de tafelrand en vloog in de lucht naar de rug van de bewaker.

Hij klampte zich vast en hing aan de man, terwijl de *tweede* aap toesloeg.

Recht in het gezicht van de bewaker.

Met een even snelle als soepele beweging duwde deze chimpansee zijn vingers *in de* oogkassen van de man en trok er toen aan, vlees en been wegtrekkend alsof het papier-maché was.

De bewaker schreeuwde van de pijn, een bloedstollend geluid dat iedereen in de kamer deed opschrikken - mens en aap.

De eerste aap viel van de rug van de man toen hij voorover viel, met zijn gezicht op de grond, zijn eigen gezicht bloedend en hem van een paar meter afstand aankijkend.

Beide chimpansees keken direct naar Ben, dan naar Eliza, dan naar Lars.

En toen begonnen ze terug te kruipen naar de deuropening.

"Ze zijn bang," fluisterde Eliza.

"Van hem?" Vroeg Ben.

Lars zat kreunend voor een van de tafels en wreef over zijn achterhoofd. Zijn voorhoofd was bedekt met zweet en hij ademde zwaar, maar verder leek hij in orde te zijn.

"Van deze kamer," zei Dr. Canavero. "Ze weten wat hier gebeurt. Ze weigeren hier langer te blijven dan nodig is."

Ben knikte. "Geweldig. Je hebt die arme jongens hun hele leven zo gemarteld dat ze PTSS hebben gekregen door een *kamer*. Weet je hoe gestoord dat is? Wat is er in godsnaam mis met jou?"

Eliza stond op en borstelde zich af. Haar haren vielen uit de vele bandjes die er in hadden gezeten en een paar helderrode lokken hingen over haar voorhoofd, maar ook zij leek in orde. Ze deed een agressieve stap in de richting van Lars, en de man slaakte een kik.

"Het is voorbij," zei Ben. "Afgelopen. We zijn klaar hier. Wij allemaal."

"En wat ben je van plan met *hen* te doen?" vroeg Lars plotseling. Zijn vinger schudde, wijzend naar de chimpansees die de luchtsluis bewaakten.

Ben haalde zijn schouders op. "Geen idee. Het lijkt me dat we niets hoeven te doen. Die kerels weten precies wie hier de vijand is. En het is niet ik of zij."

Eliza knikte en ging toen naar de verste muur, weg van Ben. Ze leek te proberen meer afstand te nemen van de luchtsluis, voor het geval dat. "Dat klopt," voegde ze eraan toe. "Ze zullen ons laten gaan. Niet jullie twee."

Canavero scheen geamuseerd te zijn door deze verklaring, en zelfs Ben vroeg zich af of het waar was. "Geloof je dat?" vroeg Canavero. "Denk je dat ze net zo intelligent zijn als die gorilla? Als Jonas? Jullie vergissen je, beste vrienden. Deze *beesten* zijn gewoon dat - beesten. Ze opereren meer uit instinct dan uit een verlangen naar wraak."

"Waarom doodden ze dan die bewaker en gingen toen terug de kamer uit?"

"Ze hebben een *instinctieve* angst voor deze plek. Het is iets dat vanaf hun geboorte in hun wezen zit ingebakken. Het maakt ze niet uit *wie hier is* - ze doden ons als we proberen te vertrekken."

Ben knikte. "Goed," zei hij. "Ik waag het er wel op."

Hij begon terug te lopen naar de tafel waar Alina's lichaam lag. Toen hij daar aankwam, keek hij neer op de jonge vrouw die op het bed lag.

Haar ogen waren open, ze staarde naar hem.

"KUN JE JE BEWEGEN?" Ben vroeg het meisje.

Ze keek verward naar hem op en schudde toen langzaam haar hoofd. "Ik - ik denk het niet," bracht ze uiteindelijk uit. "Mijn lichaam... het voelt alsof ik slaap."

Haar Engels was goed, maar ze sprak langzaam en weloverwogen, Ben volgend met haar ogen. Ze was bang, maar ze leek kalm.

"Oké," zei Ben. "Rust maar even uit. We gaan..."

"Dat zul je *niet* doen," zei Lars, die nu achter Ben stond. "Dit... dit is nog niet voorbij. We moeten...

"Nee, Lars," zei een andere stem. Ben keek om. *Canavero.* Hij stond nu dichterbij, achter een van de tafels met een computer erop. "Deze man heeft gelijk. Het *is* voorbij."

"Maar het onderzoek..." Zei Lars. "Al het werk. En mijn..."

"Het onderzoek is allemaal nog hier, mijn vriend." Hij strekte een arm uit en zwaaide die de kamer rond. "Niets ontbreekt. Elk stukje ervan is hier. Al mijn werk, het is..."

"*Mijn* werk, bedoel je," onderbrak Lars. "Dit is allemaal *mijn* werk. *Mijn* droom. Ik heb hier jaren over *gezwoegd*, om het voor elkaar te krijgen. Ik heb jou ingehuurd om het af te maken, om het alledaagse werk te doen dat ik niet kon. Alles hier is *van mij.*"

Ben fronste zijn wenkbrauwen, nog steeds staande naast Alina's bed. Hij hield het geweer in zijn handen. Zoals hij al eerder had gezegd, hij wilde het niet gebruiken tenzij het absoluut noodzakelijk was - ze zouden alle munitie nodig kunnen hebben om zich hier uit te vechten.

Canavero glimlachte. "Natuurlijk. Dat geloof je toch."

Lars snoof en ging toen naar Canavero toe. "Het is de *waarheid*, Canavero. Het zou verstandig voor je zijn om dat te onthouden -"

"Jouw leiderschap is een lachertje hier, Tennyson," zei Canavero. "Je *droom* is niets anders dan een utopie. Een hopeloze verspilling van kostbare middelen."

Ben wist niet zeker of Tennyson zou gaan huilen of zou proberen de dokter zijn hoofd eraf te rukken. Het was een wending in de discussie, een wending die Ben niet had zien aankomen.

Maar hij wist dat het belangrijkste was om klaar te zijn om te vertrekken. Ze moesten hier zo snel mogelijk weg, en ze moesten ervoor zorgen dat deze jonge vrouw met hen mee kon gaan.

Hij leunde weer voorover en begon langzaam haar been te bewegen, haar knie te buigen. "Ik moet zien of je uiteindelijk kunt lopen," zei hij. "Doet dit pijn?"

Ze schudde haar hoofd. "Nee, eigenlijk voelt het beter. Ik geloof dat ik kan bewegen als je me een paar minuten geeft."

Ben knikte en zette toen haar been weer neer. Ze grimaste van de pijn, maar probeerde wel met haar voeten en benen te wiebelen.

Hij draaide zich terug om te luisteren naar het gesprek tussen Tennyson en Canavero.

"Je denkt dat dit allemaal voor *jou is*, is het niet?" Zei Canavero, zijn stem nu verheffend. Tennyson was op een meter of tien voor de man blijven staan. De dokter stond nog steeds achter het werkstation, terwijl hij naar de anderen in de kamer keek. "Geloof je dat dit allemaal deel uitmaakt van een plan dat jij in gang hebt gezet? Dat dit allemaal *uw werk* is? "

"Ik heb deze divisie vanaf de grond opgebouwd!" Tennyson schreeuwde. "Ik *heb* dit laten gebeuren. Alles. Het was...

"Het was je *grootvader* die het deed," zei Canavero. "Na het ongeluk - na je zus, hadden we een manier nodig om dit vooruit te duwen en toch jou bij het proces betrokken te houden. Hij huurde mij jaren geleden in om het onderzoek te beginnen; ik was beschikbaar bij het bedrijf toen jij mij hier bracht omdat *mij dat verteld was*, Tennyson."

Tennyson stopte. Alleen al het noemen van zijn zus leek hem bang te maken. "Wat... wat zeg je?"

"Jouw... wat hij ook was... Dietrich? Hij was het echte brein achter de operatie, Tennyson. Wat, dacht je, dat je hem *toevallig* had ontmoet op de universiteit al die jaren geleden, en dat jullie *toevallig* dezelfde interesses hadden? Dat hij *toevallig* de persoonlijkheid had die wilde dat jij zijn hele leven beheerste?"

Tennyson likte zijn lippen, en Ben kon zijn neusgaten zien flakkeren en zijn ogen zien vuren. De man was opgefokt, en hij kon nog steeds niet zeggen of er iets van waar was. Maar iets had duidelijk een gevoelige snaar geraakt bij Lars.

Canavero vervolgde zijn spervuur. "*Drie jaar lang*, Lars, heb ik *alles* in dit project gestoken. Het *echte* project. De *echte reden waarom* we hier zijn. *De echte reden waarom* Baden Tennyson deze plek heeft gebouwd. Jouw idiote project om het leven van je zus te redden was een leuke bijbaan, iets waar we aan zouden werken als de tijd het toeliet.

"Maar dat - al die kleine droom van jou - is *niets* vergeleken met wat we hier *eigenlijk* aan het doen zijn."

"En wat is dat?" vroeg Tennyson. Hij leek in ontkenning te zijn, kruiste zijn armen over zijn borst en liet zijn hoofd wat achterover vallen. Hij testte zijn hoofdarts.

"*Weet* je dat niet? *Zie* je het niet?" Canavero was terecht opgewonden; nu leek hij net zo boos als Tennyson een moment eerder was geweest. "Je bent gewoon niet in staat om het te begrijpen. Het onderzoek, de proeven, de *successen* die we hier hebben gehad. Lars, je hebt de investering *gezien*. De mannen en vrouwen die hun steun aan deze plek hebben aangeboden. Denk je dat zij hopen op een altruïstisch einde van dit alles? Dat zij hun fortuin en hun toekomst willen spenderen aan filantropische inspanningen?"

Lars keek beduusd. Ben wierp een blik op Eliza, die toekeek vanaf haar plek aan de andere kant van de muur, bij de slaapkamerdeur van Lars' zus.

De temperatuur in de kamer leek af te vlakken, en terwijl Ben en Eliza beiden nog hun dekens droegen, droegen de andere mannen geen extra bedekking. Ze moeten het allebei koud hebben, maar geen van beiden leek het te laten merken. Bovendien waren ze nog niet zo lang in de kamer.

Ben huiverde en wenste dat hij zichzelf niet had herinnerd aan de kou in de lucht.

"Zij steunen deze visie omdat het ook *hun* visie is, Lars," zei Canavero. "Zij willen wat *wij* willen - wat jouw opa en ik willen."

"Alweer, alsjeblieft," zei Lars, "licht me in. Jij schijnt er veel meer van te weten dan ik."

Canavero lachte hier eigenlijk om. "Ben je echt zo ver weg, Tennyson? Je hebt nachten gewerkt, vroege ochtenden, doelbewust jezelf afgezonderd. Je bent niet genoeg in de buurt geweest, blijkbaar. Toch is elke handtekening op elk papier van jou - je begrijpt toch wel waar dit allemaal om gaat?"

Lars sprak niet.

"Je denkt dat dit over *jou gaat*. Je *zus*. Maar dat is het niet. Dat is het nooit geweest. Dietrich wist dat, en het was zijn taak om jou aan je doel te laten werken, omdat *jouw* doel lang overeenkwam met *ons* doel.

"Dietrich was me trouw."

"Dietrich was loyaal aan je *grootvader*, Lars. Hij had misschien andere gevoelens voor jou, maar hij wilde deze technologie vooral op de markt brengen. In de handen te krijgen van de mensen die het het meest willen. De mensen die ervoor *betaalden*."

BEN'S OREN SPITSTEN ZICH BIJ DIT. Hij was al eerder in situaties geweest waarin rijke, invloedrijke mensen geld ruilden voor dingen die ze dachten nodig te hebben. Maar een beetje weten wat EKG hier deed, waar ze naartoe werkten, gaf Ben een idee over waar Canavero het over had.

"Deze plek is gecreëerd door mensen, zoals je grootvader, die deze technologie graag wilden gebruiken."

"Je bedoelt het leven van mijn zus -"

"Je zus zou de laatste fase van de overdrachtstest zijn, Lars,' antwoordde Canavero. "Ze heeft misschien wel geleefd, maar ze was alleen maar bedoeld als *experiment*. Een *bewijs van het concept,* zo je wilt. Maar met de vooruitgang die we hebben geboekt - vooruitgang *waar jij* achteraan hebt gelopen, zou ik kunnen toevoegen - is haar succesvolle overdracht onnodig."

Overdracht. Dat woord weer. Ben liep een paar stappen in de richting van Canavero's werkstation. "Dat heb je al eerder tegen ons gezegd. 'Overdracht.' Wat betekent het echt?"

Canavero leek blij met de vraag, onder de indruk dat Ben hem gesteld had. "Heb je je niet afgevraagd waarom we deze proeven niet gewoon 'transplantaties' noemen, mijn vriend?"

Ben knikte. "Ja, zoiets."

"Nou, dat is wat ik net aan Lars uitlegde. Het feit dat hij het niet kon zien - het feit dat hij blind is geweest voor het verraad van Dietrich en de focus van de rest van zijn team elders - bewijst hoe verloren hij is geraakt in het leven van zijn zus.

"Maar waar onze investeerders in geïnteresseerd zijn, is veel meer dan een of andere orgaanboerderij. Het onderzoek dat we hier hebben gedaan geeft ons de mogelijkheid om verder te gaan dan louter *transplantaties* - het plaatsen van een orgaan in een nieuw lichaam, een nieuwe gastheer. Het geeft ons de mogelijkheid om een menselijk leven *volledig over te dragen*. Van de ene gastheer in de andere."

Ben zag Eliza's hand naar haar mond gaan, iets wat ze duidelijk deed om de schok te registreren die ze voelde. Ben had niet hetzelfde te vertellen, maar hij voelde precies hetzelfde.

"Je neemt me in de maling," zei hij.

"Moet dat?" vroeg Canavero. "En waarom is dat? Is het onredelijk dat er mensen zijn die hun leven wensen voort te zetten lang nadat hun fysieke lichaam het heeft opgegeven? Is het onredelijk te verwachten dat de geneeskunde en de wetenschap gewoon *stoppen* na het onderzoeken van de mogelijkheden van hersentransplantatie en neurale functieherconditionering? Waarom? Vanwege door mensen gecreëerde ethiek?"

Ben reageerde niet.

"De mannen en vrouwen die deze plek hebben opgebouwd willen *meer*, mijn vrienden. Ze willen *echte vrijheid*, voor altijd. Om van de ene gastheer naar de andere te kunnen springen, wanneer hun huidige biologische voertuig te oud wordt? Kun je *je* de mogelijkheden voorstellen?"

Ben wel, en hij vond het maar niets. Naast de angstaanjagende experimenten die hen op dit pad hadden gebracht, kon hij niet begrijpen hoe iemand ooit het doden van een mens zou kunnen rechtvaardigen zodat een ander zijn vorm en gedaante kon aannemen.

Overdracht.

Het was een verpletterende realisatie, maar Canavero had zijn punt gemaakt. Er waren daar mensen die dit wilden, en die mensen zouden voor niets stoppen om het te laten gebeuren.

"Maar... maar ik kan niet..." Tennyson leek gebroken, een android die niet in staat was zijn ingebouwde programmering uit te voeren. Hij strompelde opzij, door de schok van dit alles kon hij niet goed reageren. Uiteindelijk legde hij een hand op de tafel, zijn goede been steunend, en keek op naar Canavero. "Jij... *klootzak*. Dit - dit was *van mij*. Alles hier was om *haar* te redden... en - oh, mijn God."

Hij viel voorover, verloor bijna volledig zijn evenwicht, maar greep zich vast aan een kruk en zweefde even onzeker. "Jij... jij gaat haar *vermoorden*. Je kunt niet..."

Hij stopte, draaide zich om naar Eliza en de deur waar ze naast stond. Hij begon naar haar toe te lopen, snel mank lopend, de pijn negerend.

Eliza's ogen verwijdden zich, en ze gleed naar de zijkant. Lars veranderde niet van koers.

"Lars," riep Canavero's stem. "Waarom denk je dat *wij* de verdraaiden zijn? Waarom denk je dat *wij de schuldigen* zijn? Zijn wij niet degenen die werken aan de vooruitgang van de wetenschap van de geneeskunde?"

Lars stopte niet. Hij bereikte de deuropening, Eliza volkomen negerend, en duwde die open.

"Wat denk je dat ik hier gedaan heb, mijn vriend?" vroeg Canavero.

Toen *stopte* Lars. Hij hield de klink van de deur in zijn hand, half over de drempel.

Hij liet de hendel los, draaide zich langzaam om, en staarde Canavero aan. Er stonden tranen in zijn ogen. Hij leek volledig verslagen.

Ben hield het geweer gereed, om één of beide mannen uit te schakelen als ze zouden besluiten hun geschillen uit te vechten en Eliza of hem erbij te betrekken.

"Lars, je was altijd slim, maar naïef. Je geloofde in iets onmogelijks. Maar je moest toch weten dat het nooit zo vroeg zou werken? En toch hield je haar in leven - of hoe je dat ook zou noemen - *drie jaar lang*.

"Mijn vriend, dat alleen al lijkt een marteling. Wat voor leven is dat? Leeg op een bed liggen terwijl je gedachten en dromen en herinneringen door je hoofd razen, niet in staat om wakker te worden of te gaan slapen of ook maar iets te doen dat op een menselijk leven lijkt?"

Lars schudde zijn hoofd. "Nee... zij... zij is..."

"Ze is *dood*, Tennyson. Net als de dag dat je haar hier binnenbracht."

Canavero maakte er een punt van om een toets op het toetsenbord van de computer luid aan te klikken, met doelbewuste precisie.

"Nee - wat heb je -" Lars' stem haperde, en hij viel op zijn knieën in de deuropening.

"Ze is dood, Lars."

Er klonk een alarm, een stil maar merkbaar gepiep dat uit de privékamer van de jonge vrouw kwam. Lars draaide zijn hoofd om te kijken, stond op en rende de kamer in.

"Wat heb je gedaan?" Vroeg Ben. Hij begon naar Canavero toe te lopen. "Wat heb je *in godsnaam gedaan?*"

"Anafylactische shock," zei Canavero, terwijl hij zijn handen in de lucht stak alsof hij zijn onschuld wilde bewijzen. "Door het veranderen van de verbinding die in haar lichaam loopt, was het een onmiddellijke reactie. Binnen twee minuten is ze weg."

"Twee minuten?"

"Of eerder," zei de dokter. "Ze was zwak, verzwakt door jarenlang alleen maar vloeistoffen te drinken en in een minder-dan-menselijke staat te leven."

Eliza kwam uit de deuropening. "Dat was niet aan jou om te beslissen," zei ze. "Haar leven was niet aan jou om te nemen."

Canavero trok een wenkbrauw op. "Oh? En jouw beslissing zou anders zijn geweest? Je zou ervoor gekozen hebben om het arme meisje in leven te houden, zelfs als dat zou betekenen dat je *jaren* in een ziekenhuisbed zou moeten leven?"

Ben antwoordde niet. Hij kon het niet. Hij voelde iets aan zijn hart trekken, het heen en weer trekken terwijl zijn interne psyche met zichzelf vocht. Het leek allemaal verkeerd, en toch was hij niet zeker dat Canavero verkeerd *was*.

Er klonk een schreeuw - een diepe, keelachtige gil - vanuit de kamer, en Ben wist dat Lars toekeek hoe zijn zus stierf, totaal niet in staat om het te stoppen. De man was gebroken, volledig vernietigd, en nog steeds werd dit laatste stuk van zijn leven van hem weggerukt, brutaal en langzaam.

Na een paar seconden, hoorde Ben voetstappen. Rennen.

Uit de kamer kwam Lars, in de richting van Canavero. Ben

stapte aan de kant. Hij keek toe hoe de twee mannen het tegen elkaar opnamen in de buurt van de luchtsluis.

De afstand werd kleiner en Ben vroeg zich af hoe lang hij hen zou laten vechten voordat hij zou ingrijpen om er een eind aan te maken.

En dan, net voor Lars Canavero bereikte, deden de chimpansees hun zet.

CHAPTER 64

ELIZA

DE CHIMPANSEE STAK ZIJN HAND UIT EN *GOOIDE* CANAVERO GEWOON DOOR DE LUCHTSLUIS. Lars stond precies één seconde met een blik van ontzag en angst op zijn gezicht voordat ook hij door een van de chimpansees werd meegesleurd en in de luchtsluis werd gegooid.

Eliza zag het allemaal gebeuren terwijl ze bij de deuropening aan de zijkant van de kamer stond.

"Eliza!" riep Ben. "Help me!"

Ze liep erheen, probeerde te negeren wat er in de luchtsluis gebeurde.

Maar ze kon de geluiden niet buitensluiten. Het geschreeuw. Het geluid van scheuren - kleding, lichaamsdelen. Het was gruwelijk.

Ze bereikte Ben en begon onmiddellijk de infuuslijn en andere apparaten die nog op Alina's lichaam waren aangesloten te ontmantelen. Het waren er niet veel, want ze was stabiel op zichzelf, in tegenstelling tot de zus van Lars in de andere kamer.

Toen ze klaar waren, hielpen ze beiden voorzichtig Alina overeind en op haar voeten.

"Kun je lopen?" Ben vroeg het haar.

Ze pauzeerde, testte het een moment. "Ja," zei ze uiteindelijk. "Ik kan lopen. Maar ik heb misschien je hulp nodig."

Ben en Eliza bleven aan weerszijden van haar staan en hielden haar in evenwicht terwijl de jonge vrouw haar benen testte.

Het lawaai van dichtbij was onmogelijk te missen, en Eliza wist dat zij gevaarlijk dicht langs de chimpansees moesten lopen om er langs te komen. Zelfs dan zouden ze de overgebleven chimpansees in het grotere lab buiten moeten ontwijken.

Als ze *zouden* aanvallen, zou het binnen enkele seconden zijn. Ze kon zien dat Lars' gebroken, bloedende lichaam nu heen en weer werd geslingerd tussen de chimpansees in de luchtsluis.

Ze hoorde het geluid van geweerschoten, de kleine kogeltjes die het glas van de luchtsluis doorkliefden. Ze vroeg zich af hoe lang Canavero had voordat de chimpansees hem te pakken kregen.

"Laten we gaan," zei ze. "Nu, terwijl ze met Lars bezig zijn."

Ben knikte, en samen trokken ze Alina half rond de drie chimpansees die vlakbij stonden. Geen van hen keek op van Lars' lichaam.

Canavero was binnen, trillend, ineengedoken in de achterste hoek van de kleine luchtsluis. Hij was alleen, duidelijk doodsbang. "Sluit de deur! Snel!" schreeuwde hij. "Ze zullen binnenkomen."

De deuren schoven vanzelf dicht en Eliza keek een ogenblik naar de dokter, hopend dat hij niet zou proberen op hen te schieten. Als de man van plan was de chimpansees uit te schakelen, had hij zoveel mogelijk munitie nodig. Eliza haatte de gedachte daaraan, maar ze wist dat ze daardoor waarschijnlijk veiliger waren voor zijn geweervuur.

Zij bereikten de binnenste deuren van de luchtsluis voordat een van de chimpansees hen ook maar enige aandacht schonk. Maar toen Eliza naar buiten keek, merkte ze twee grotere mannetjes op die hun ontsnapping leken te bewaken. Zij blokkeerden de buitenste luchtsluisdeuren, en Eliza zag de linker aan de andere kant van het glas.

Ze vertraagde haar ademhaling, dwong zichzelf te ontspannen. Ze hoopte dat haar non-verbale communicatie zichtbaar was door de ruit, maar nog meer hoopte ze dat de chimpansees de dynamiek van wat er gebeurde begrepen. *We staan aan jouw kant, vriend*, dacht ze. Ze wenste dat er een manier was om de boodschap in de hersenen van het kleine zoogdier te krijgen, maar ze wist dat hun leven waarschijnlijk zou afhangen van de wensen van de dieren.

Zij werd verscheurd tussen twee verschrikkelijke alternatieven: bij de gekke dokter blijven en wachten tot zij geen lucht meer hadden of iemand hen vond, of de buitendeuren openen en er het beste van hopen.

Gelukkig hoefde ze niet te bellen.

"Canavero," zei Ben, zich tot de dokter wendend. "Blijf hier."

"Wat?" De dokter antwoordde. "Ben je gek geworden? Ze zullen me *doden*. Ze zullen me versnipperen als papier. Je zag wat ze met Lars deden - met de bewakers! Ik doe niet mee aan jouw idiote plan om om hen heen te sluipen."

Ben snoof en gaf de jonge vrouw toen aan Eliza, die tegen de muur van de luchtsluis leunde voor extra steun. Ben liep naar Canavero toe, zijn wapen rechtstreeks op de man gericht.

"Wat doe je?" vroeg Canavero. Hij schoof opzij in een zielige poging om weg te komen van Ben.

Ben ging naast de man zitten en hurkte toen neer, zodat zijn gezicht recht voor dat van de dokter was. Eliza keek toe met nieuwsgierige intensiteit.

"Je bent een man van de wetenschap. Een dokter. Het soort man dat verondersteld wordt dingen als leven en dood te begrijpen."

Canavero grijnsde naar hem maar knikte uiteindelijk. "Wat is je punt?"

"Ik ben het soort man dat zijn best doet om buiten dat soort dingen te blijven. Het is niet mijn beslissing wie leeft of sterft. Ik heb dat altijd aan iemand anders overgelaten, iemand die groter is dan ik. Maar het ding is, ik geloof ook dat iemand ons allemaal kansen geeft. Kansen om te bewijzen of we dat leven *waard zijn* of niet.

"Jullie - mensen zoals jullie, in ieder geval - jullie zijn het soort mensen dat me doet aarzelen. Jullie doen me afvragen of het de moeite waard is om de hoge weg te nemen. Mensen zoals jij lijken te vergeten dat er *twee* kanten aan elke vergelijking zitten. Je denkt dat je alles over *het leven weet* omdat je het begrijpt, hoe je het aan andere mensen kunt geven door *hun hersenen eruit te snijden en ze in het hoofd van iemand anders te plaatsen*. Maar weet je wat?

Canavero reageerde niet.

"Ik denk dat je totaal vergeten bent om de *andere* kant van die leven-dood vergelijking te bestuderen. Je bent vergeten hoe het voelt *om te sterven*. Ik weet hoe dat voelt, *mijn vriend*, want ik ben daar een paar keer geweest. Ik kwam er goed uit, maar het is niet leuk om mee te maken. Ik denk dat jij het soort persoon bent die dat nooit heeft meegemaakt, en *daarom* kun je de dingen doen die je hier doet. Omdat je niet echt de *andere* kant van de vergelijking hebt bestudeerd."

"Ben," zei Eliza. "We moeten gaan. Nu." Er waren meer chimpansees buiten de luchtsluis, die de mensen in de gaten hielden terwijl ze overlegden.

Ben knikte maar hield zijn blik op Canavero gericht. "Je hebt dit echt moeilijk voor me gemaakt, Canavero. Ik ben meestal het soort man dat zoveel mogelijk levens wil redden, maar de laatste tijd heb ik dat perspectief veranderd in het redden van de *juiste* levens. Het maakt niet uit hoeveel het er zijn, als het maar de juiste zijn.

"En mensen zoals jij, die de vergelijking negeren en proberen te vergeten dat deze vreemde, verdraaide vorm van 'leven' die je denkt te creëren een prijs heeft, verbeuren dat recht. Dus, nee, je maakt helemaal geen deel uit van mijn 'idiote plan om ze te omzeilen. In feite is dat helemaal niet mijn plan."

Ben leunde achterover, zwaaide toen de kolf van zijn geweer omhoog en boven zijn hoofd, en bracht het met geweld neer op het linkerbeen van de dokter, precies bij de knieschijf. Eliza hoorde het geluid van botten die verbrijzelden aan de andere kant van de kamer.

Canavero jammerde van de pijn, liet het machinepistool vallen en drukte zijn handen over zijn been. "Jij - jij basta -"

"We zijn klaar hier, Doc," zei Ben en stond op. Hij keerde terug naar de kant van de kamer waar Eliza en Alina zaten te wachten en keek hen beiden aan.

Tenslotte drukte Ben met zijn vrije hand op de rode knop bij de buitenste luchtsluisdeur. Hij schoof langzaam open.

En twintig chimpansees keken hen aan, niet langer van hen gescheiden door dik glas.

BEN KALMEERDE ZICHZELF. De adrenaline gierde door zijn aderen, de chemicaliën in zijn hersenen scheidden allerlei exotische verbindingen af en produceerden die hij op dit moment nodig dacht te hebben.

Eigenlijk wist hij niet zeker *wat* hij nodig had. Alles was verwarrend, alles was vreemd. Hij stond oog in oog met tientallen apen, allemaal naar hem kijkend, allemaal geïnteresseerd in wat hij ging doen.

Hij wist niet zeker hoe hij zich voelde over wat hij Canavero had aangedaan. Hij had zich nooit voor zoiets opgegeven, had nooit gewild dat zijn leven zo'n wending zou nemen. En toch kon hij zijn beslissing niet aanvechten. Hij wilde Canavero dood, voor wat hij deze dieren had aangedaan, voor wat hij *de mensen* onder zijn controle had aangedaan.

Maar dat betekende niet dat *Ben verantwoordelijk* was voor het doden van de man. Hij wilde alleen maar een kogel door zijn hoofd jagen, om het snel te beëindigen, eerlijk zelfs. Maar als Canavero *eerlijk* verdiende, verdiende hij een lot veel erger dan de dood. Hij verdiende het om veroordeeld te worden, niet door een jury of een panel of door Ben of Eliza.

De man verdiende het veroordeeld te worden door zijn onderdanen. Dat deden ze allemaal.

Dus opende Ben de deur van de luchtsluis en keek toe hoe een twintigtal dieren naar hen drieën keken. Hij begreep de uitdrukking op hun gezichten niet, maar hij had het gevoel dat hij geen gedragsdeskundige hoefde te zijn om te weten welke boodschap ze probeerden over te brengen.

Dit eindigt nu.

Ben keek nog eens naar Eliza om er zeker van te zijn dat ze klaar was, en hij schoof zijn arm onder die van Alina om haar nog eens te helpen steunen.

Hier gaat niets.

Hij zwaaide zijn linkerbeen naar voren en drukte het in de vloer, direct over de drempel van de schuifdeur. Onmiddellijk ontblootte de chimpansee links van hem, het dichtst bij hem, zijn tanden en fronste zijn wenkbrauwen.

Ben stopte. Hij wachtte, maar de chimpansee veranderde niet van uitdrukking.

Tenslotte leunde Ben langzaam opzij en legde het aanvalsgeweer op de grond, net binnen de luchtsluis. Hij liet het voorzichtig los en stond weer op, gestrest door de wetenschap dat zijn beste kans om zichzelf en de anderen te verdedigen nu op de grond lag, buiten bereik.

Het gezicht van de chimpansee ontspande, en hij sprong zijwaarts, uit de weg.

Ben wachtte nog een seconde, maar de chimpansee leek tevreden, dus deed Ben een stap in de grotere kamer. Eliza en Alina waren daar bij hem, maar hij spande nog steeds zijn bovenlichaam en hield zijn adem in.

Overal in de kamer leken de chimpansees de signalen van de eerste te volgen, en ze stapten of gleden uit de weg, waardoor een pad in het midden van de kamer vrij kwam.

Ben slaakte een zucht van verlichting, voelde de golf van angst wegzakken. Hij liep langzaam, doelgericht, hield zijn hoofd omhoog en richtte zich op de deuropening aan het einde van de kamer.

De eerste chimpansee keek hem na; toen Ben weer naar voren stapte, rende hij naar de luchtsluisdeur.

Bens geweer lag nog steeds op de vloer, halverwege tussen het lab en de luchtsluis, en de chimpansee duwde er met zijn voet tegenaan. Het gleed naar de rand van de luchtsluisdeur net toen die begon te sluiten. De deur klemde zich tussen het magazijn en de kolf en drukte het stevig tegen de deurpost, het geweer hield de deur ongeveer een halve meter open.

Ben was halverwege de kamer toen hij omkeek. Drie chimpansees probeerden met hun kracht de deur open te krijgen. Het schoof een paar centimeter, en vier andere chimpansees gleden de luchtsluis binnen.

Waar Canavero wachtte.

Ze bereikten veilig de andere kant van de kamer, en Ben hielp Eliza om Alina te verschuiven om zich voor te bereiden op de afdaling van de trap. Ze was volledig bij bewustzijn en begon zelfs gewicht op haar benen te zetten.

Ben wierp een laatste blik op de deuropening aan de overkant van het grote laboratorium, zag steeds meer chimpansees door de spleet naar buiten komen en zag de donkere schaduwen van bewegende gedaanten vlak daarachter. Hij hoorde niets - geen geschreeuw, geen geweerschoten, geen geschreeuw van de dieren binnen bij de dokter.

Hij besloot zich niet voor te stellen wat er met de vermaarde dokter van Lars zou kunnen gebeuren en richtte zich in plaats daarvan op de trap.

Terwijl ze naar beneden klommen over de stukken van de lichamen van de bewakers die hadden geprobeerd te vluchten, zuchtte hij nog eens, terwijl hij voelde hoe het gewicht van wat ze zojuist hadden meegemaakt zijn tol begon te eisen. Hij moest naar Grindelwald, om Alina terug naar haar vader te brengen.

En, meer dan wat ook, had hij een biertje nodig.

In de *Downtown Bar stond* zijn rekening nog open, als hij het zich herinnerde.

CHAPTER 66

BEN

Drie dagen later

Anchorage, Alaska

Ben rolde zich op de rand van het bed, precair boven de vloer, in een poging om weg te glijden zonder Julie wakker te maken. Hij was gisteravond midden in de nacht aangekomen en was begroet door een zombie-achtig *"mmmwwwrrrr"* van zijn vrouw, dus had hij gekozen voor de stiekeme aanpak van onder de lakens kruipen.

Toen hij zijn voeten op de grond zette en zich omhoog drukte om te gaan staan, leek de hele hut te kreunen van wanhoop. De houten vloerplanken van het oude huis spraken tegen de muren, die tegen de plafonds schreeuwden, en al gauw leek het hele huis te schreeuwen van de pijn met een hoog gejank.

Ben zuchtte. *Als dat haar niet wakker maakt, weet ik niet wat wel.*

Hij had de lege fles wijn gezien die Julie gisteravond had leeggedronken toen hij binnenkwam, en hij wist dat ze opgewonden was geweest om hem te zien. Maar het leek erop dat de wijn sneller had gewerkt dan Ben's rit naar huis, en zijn vrouw zou nu een kater gaan wegslapen.

Hij grinnikte toen ze luid snurkte, keek hoe ze geeuwde en zich dan weer omrolde alsof het luidruchtige verval van hun huis dat om haar heen ineenstortte de minste van haar zorgen was.

Ze lag schattig in bed, in een oud, haveloos t-shirt, met een kraag die zo versleten was dat het gat in haar hoofd naar beneden gleed en bijna haar beide schouders onthulde. Hij overwoog terug in bed te kruipen om te zien of ze wakkerder was dan ze had laten merken.

In plaats daarvan trok hij zijn slippers en badjas aan en liep door de deur naar de woonkamer en vervolgens naar de keuken. Het was amper 7 uur 's morgens, en hij had het grootste deel van de twee dagen gevlogen, maar hij was thuis, en zijn lichaam leek dat te weten. Het wilde terug naar zijn normale programma, inclusief wakker worden met de zonsopgang.

Hij gaapte, rekte zich uit en haalde een hand door zijn haar. De afgelopen week was krankzinnig geweest - eerst ontdekken wat EKG van plan *kon* zijn, en er vervolgens achter komen dat de waarheid nog veel erger was. Tel daarbij op dat Ben terug had moeten kruipen naar Olafs winkel en huis en de man had moeten uitleggen wat er met zijn zoon Clive was gebeurd.

Een reddingsteam had het lichaam van de jongeman opgehaald en teruggebracht naar zijn vader, die een fatsoenlijke begrafenis aan het plannen was.

De chimpansees waren in het laboratorium en het gebouw gebleven omdat ze de buitendeuren niet van het slot konden krijgen. Een plaatselijk natuurreservaat stuurde vrachtwagenladingen specialisten en materiaal, waaronder kalmeringsmiddelen, om de dieren te rehabiliteren en opnieuw onder te brengen in opvangcentra en dierentuinen in heel Europa. De chimpansees konden helaas niet worden vrijgelaten in hun wilde omgeving, omdat ze allemaal waren opgegroeid in het laboratorium.

Roger Dietrich en Lars Tennyson zouden - naar verluidt - postuum worden onderzocht voor een lange lijst misdaden die Ben niet eens begon te begrijpen, en Eliza Earnhardt werd door dieren-rechtenactivisten en de advocaten van humanitaire organisaties al klaargestoomd als een uitstekende kandidaat voor ondervraging.

Ze was enthousiast over de kans en had Ben een lijst met vragen gemaild waarover ze zijn mening wilde weten.

Hij zette de koffiepot aan en koos voor de grotere karaf in plaats van het apparaat met één kopje pods dat Julie vorig jaar in de uitverkoop had gekocht en dat ernaast stond. Het zou een dag met drie kopjes worden, dat was zeker.

Hij wreef in zijn ogen en vroeg zich af of hij vandaag wel door zou komen zonder een dutje te doen of dat hij ergens na de CSO geplande debriefing weg zou moeten glippen. Julie had een afspraak gemaakt met Mevr. E, en het hele team was van plan om via videoconferentie te komen, waar ook ter wereld, vol spanning om de details van Ben's verhaal te horen.

Terwijl hij wachtte tot de pan het water had verhit en het elixer had bereid dat hij nu het meest nodig had, liep Ben naar de kleine keukentafel waar hij en Julie het grootste deel van hun maaltijden nuttigden. Haar computer lag bovenop een stapel papieren, en Ben opende de laptop.

Hij wilde zijn e-mail controleren, dus nadat het scherm aanging en het WIFI-icoontje aangaf dat de machine verbonden was, klikte hij op het icoontje van Julie's webbrowser.

Het venster dat opende was geen nieuw venster, maar een dat geminimaliseerd was.

Het scherm van de laptop werd gevuld en begon te laden - een nieuws website.

Ben fronste zijn wenkbrauwen. Julie had zich blijkbaar ingelezen over EKG en aanverwante zaken.

Maar toen het artikel eindelijk geladen was - automatisch vertaald in het Engels door een of ander algoritme - las Ben de kop en slikte.

Het ging niet over EKG op zich - het ging over de oprichter en leider, Baden Tennyson.

En het was geen *onderzoek* waar Julie mee bezig was. Het artikel was ongeveer twaalf uur geleden gepubliceerd, op de blog van een regionale economische website. Het was actueel nieuws.

De titel stond in grote letters en was moeilijk te missen, en het gaf Ben een zinkend gevoel in zijn maag toen hij het las.

EKG-eigenaar woedend over verraad; eist schadevergoeding

Het artikel beschreef een deel van de juridische strijd die Baden Tennyson moest voeren wegens nalatigheid, hoewel de auteur van het stuk suggereerde dat zijn advocaten en aandeelhouders zich gewoon uit de problemen zouden kopen. De man was ongelooflijk rijk, zelfs buiten zijn bedrijf, en hij - net als zijn kleinzoon - was gewend om alle middelen die nodig zijn op zijn problemen te gooien om ze weg te laten gaan.

Ben las verder, en een bepaalde zin deed hem de tafel stevig vastgrijpen terwijl het koffiezetapparaat sputterde. Het was een citaat van Lars' grootvader.

"Deze divisie was uiterst belangrijk voor de toekomstige operaties op EKG. Ik ben teleurgesteld in het falen van mijn kleinzoon om daar de orde te handhaven, maar ik ben meer bezorgd over het feit dat er onbekende partijen zijn die ons bestaan trachten te verstoren en te saboteren.

"*Ik zal er mijn persoonlijke missie van maken om deze mensen te vinden, uit te roeien en te berechten, met alle mogelijke middelen.*

Ben keek omhoog naar het plafond, wilde niet geloven wat het artikel beweerde, maar wist dat het de waarheid was.

Zo gaat het verder.

AFTERWORD

Bedankt voor het lezen! Ik hoop dat je van deze thriller hebt genoten, en ik hoop dat je een eerlijke recensie achterlaat.

Als dank, bezoek nickthacker.com/dutch om een gratis thriller roman te downloaden!

OVER DE AUTEUR

Nick Thacker is een thrillerauteur uit Texas die in Hawaii en Colorado woont. In zijn vrije tijd leest hij graag in een hangmat op het strand, skiet hij, drinkt hij whisky en trekt hij op met zijn mooie vrouw, twee honden en twee dochters.

Voor meer informatie en een lijst van Nick's andere werk, bezoek Nick online: www.nickthacker.com